La collection « Ado »
est dirigée par Michel Lavoie

Cauchemar aveugle

L'auteure

Originaire de Saint-Étienne-des-Grès, Fernande D. Lamy réside à Saint-Mathieu-du-Parc, en Mauricie. Si sa vie pouvait être résumée en deux mots, ce serait : les livres. Ils sont présents dans ses loisirs tout comme ils l'ont été pendant ses études en technique de documentation et comme ils le sont dans la profession de libraire qu'elle exerce depuis au-delà de vingt ans. C'est son père qui a semé en elle le désir d'écrire, et c'est maintenant chose faite avec la publication de *Cauchemar aveugle*.

ts d'Ouest

ado plus |

Fernande D. Lamy

Cauchemar aveugle

Catalogage avant publication de Bibliothèque et Archives Canada

Lamy, Fernande D., 1954-

Cauchemar aveugle

(Roman Ado ; 71. Plus)

ISBN-13: 978-2-89537-112-0
ISBN-10: 2-89537-112-1

I. Titre. II. Collection: Roman ado ; 71. III. Collection:
Roman ado. Plus.

PS8623.A489C38 2006   jC843'.6   C2006-940393-7
PS9623.A489C38 2006

Nous remercions le Conseil des Arts du Canada de l'aide
accordée à notre programme de publication. Nous reconnais-
sons l'aide financière du gouvernement du Canada par l'entrem-
ise du Programme d'Aide au Développement de l'Industrie de
l'Édition (PADIÉ) pour nos activités d'édition. Nous remercions
également la Société de développement des entreprises cul-
turelles ainsi que la Ville de Gatineau de leur appui.

Dépôt légal - Bibliothèque et Archives nationales du Québec, 2006
Bibliothèque et Archives Canada, 2006

Première édition : 2006 ; réimpression : 2007

Révision : Raymond Savard
Correction d'épreuves : Renée Labat

© Fernande D. Lamy & Éditions Vents d'Ouest, 2006

Éditions Vents d'Ouest
185, rue Eddy
Gatineau (Québec) J8X 2X2
Courriel :   info@ventsdouest.ca
Site Internet :   www.ventsdouest.ca

Diffusion Canada : PROLOGUE INC.
Téléphone :   (450) 434-0306
Télécopieur :   (450) 434-2627

Diffusion en France : Distribution du Nouveau Monde (DNM)
Téléphone :   01 43 54 49 02
Télécopieur :   01 43 54 39 15

Chapitre premier

Découverte déconcertante

– LUMINO! Lumino! Viens ici mon chien! Le magnifique bouvier bernois laissa entendre un jappement sonore en réponse à l'appel de son maître. Promptement, le chien se plaça contre la jambe du jeune garçon, à la portée de sa main tendue.

Son dévouement inconditionnel pour Thierry n'avait d'égal que sa douceur. Lumino était le prolongement du garçon, sa sécurité. Ils étaient inséparables.

– On va explorer les alentours, Catherine! lança-t-il à la volée.

– D'accord! Mais ne vous éloignez pas trop! ordonna-t-elle.

Catherine Leclerc, sa nouvelle accompagnatrice, avait été engagée par ses parents suite à la recommandation chaleureuse du service de placement universitaire.

L'adolescent de quatorze ans était habitué à de telles consignes, puisque, à l'âge de sept ans, il était devenu aveugle à la suite d'un malheureux accident. D'un geste affectueux, il gratta la tête de Lumino et lui enfila son harnais. Arrivé à peine depuis une semaine, Thierry connaissait déjà parfaitement sa nouvelle maison. Mais la cour que Lumino avait reniflée et délimitée dès le premier jour, restait pour l'aveugle un mystère. Aux questions qu'il avait posées à son père, à sa mère ou même à Catherine, les réponses étaient restées évasives. L'adolescent savait qu'il y avait un boisé, une remise, que la maison était située près d'une route achalandée, mais qu'y avait-il d'autre ? Cette journée du début de juillet promettait de belles découvertes.

Philippe et Laurence Roy, les parents du garçon, avaient choisi cette demeure à cause de sa proximité de l'université. Le département d'informatique ainsi que la bibliothèque offraient des nouvelles technologies adaptées aux aveugles. Ils tenaient à ce que leur fils puisse avoir un accès facile aux nombreux services dispensés par l'établissement situé en face de leur résidence. Autre raison de leur choix : l'école que le garçon fréquenterait en septembre était voisine de l'université. La proximité de ces deux établissements avait fait pencher la balance.

D'un pas assuré grâce à son chien, Thierry descendit les cinq marches qui le menaient dans la cour de béton. Le vent doux de l'été faisait jouer ses cheveux brun clair. Il sentait l'excitation le gagner, modérée par son chien qui, comme dans toutes les occasions, gardait la maîtrise de ses sorties.

– Allez, Lumino ! Aujourd'hui on explore toute la cour. Je compte sur toi.

À nouveau, il caressa le doux pelage noir, blanc et roux. Répondant aux moindres de ses désirs, l'animal remua la queue et entreprit de le guider tout en lui évitant les obstacles.

Thierry avait su développer au maximum ses quatre autres sens, ce qui le rendait sensible aux vibrations de son entourage, celles des gens comme celles des choses. Tout lui servait de point de repère.

À environ vingt mètres de la maison, le jeune aveugle foula du gravier. Il tournait le dos aux bruits de la circulation. Il était dans la bonne direction pour entreprendre sa reconnaissance des lieux. Il laissa glisser sa main sur la remise destinée à l'outillage de l'entretien du terrain. Au-delà, c'était l'aventure.

– Doucement, on prend tout notre temps. Papa et maman sont partis pour la journée. On va où ça nous tente pour une fois.

Thierry sentit grandir en lui une appréhension, une pointe d'angoisse, ce qui excita son imagination déjà bien débordante. Vivre dans l'obscurité était un défi que le garçon relevait jour après jour. Il en avait l'habitude mais, aujourd'hui, sans raison apparente, il ressentit une impression de peur. Il se trouva ridicule. Sa pensée se tourna vers son père.

Ce dernier l'aimait. Enfin il l'espérait, mais il le trouvait trop sévère et trop froid envers lui. Jamais Philippe ne démontrait le moindre enthousiasme pour ses progrès. Thierry espérait toujours un geste, un mot d'encouragement qui le lui aurait démontré. L'adolescent sentait qu'il représentait un échec pour lui depuis son accident.

Sa mère lui manifestait de l'amour et de la tendresse à profusion, mais elle était souvent absente, elle aussi. Thierry devait l'accepter, car ils étaient tous les deux médecins.

Il marchait droit devant lui, sans hésitation, gardant en tête toutes les informations qu'il parvenait à capter. Après avoir parcouru une quarantaine de mètres, la texture du sol se fit plus douce. Un tapis de verdure enveloppait le bruit de ses pas. Thierry se pencha et laissa sa main effleurer l'herbe.

– Arrête, Lumi. On prend le temps de respirer. Ça sent bon. On entend plein de sons merveilleux. On est jamais venus jusqu'ici, hein ! Allez vas-y !

Sur ces mots, il lâcha le harnais du chien qui se mit à flairer joyeusement, restant à proximité de son maître, toujours prêt à reprendre du service. Thierry d'un coup sec déplia sa canne blanche et avança avec précaution.

Imperceptiblement, le jeune garçon dévia de quelques pas sur sa gauche. Il cherchait à évaluer à quelle distance se trouvait le boisé. Il entendait le bruissement des feuilles dans les arbres, le chant des oiseaux. Cette nature l'enchantait. Il nota que les sons provenaient davantage de sa droite. Il allait rebrousser chemin lorsque sa canne heurta un obstacle. Le son aigu imprima une légère vibration qui se communiqua à son bras. Intrigué, le garçon laissa le mouvement de sa canne en suspens. Il donna un autre coup sur l'objet.

Lentement, le jeune aveugle se mit à genoux. D'une main experte et sensible, il effleura du bout des doigts le granit froid et doux. Malgré la chaleur de cette journée, il ne put réprimer un frisson. Il en suivit le pourtour avec précaution, sa main touchant la face lisse de la pierre. Il laissa tomber sa canne et, de ses deux mains, continua d'explorer cet étrange objet. Un signe était incrusté au sommet de la pierre, un cœur contenant une croix. Au-dessous, il identifia une première lettre... C... continua lentement... I... intrigué par ce qu'il découvrait. Il effleura le trait horizontal... G... guidé par les profonds sillons du granit... I... il dut se rendre à l'évidence, il avait sous les doigts une pierre tombale ! Il lut l'inscription entière :

Ci-gît :
Élisabeth Pinard
1910-1964

Thierry fut si surpris qu'il se laissa tomber sur les talons. Il recula aussi vite que s'il avait reçu une décharge électrique.

— Une tombe ! Mais c'est une tombe ! On m'avait parlé d'un boisé.

Son cœur battait à tout rompre dans sa poitrine. Son imagination lui jouait peut-être des tours. Il crut entendre gémir.

– Mais où suis-je ? Lumino !

Le chien obéit et vint se placer près de lui. Thierry posa la main sur le dos de l'animal et se releva. Il saisit le harnais, mais garda bien en main sa canne. D'une simple pression, son chien avança doucement en contournant la pierre tombale. Ils firent quelques pas et, à nouveau, il toucha à d'autres pierres du bout de sa canne. Il prit quelques instants pour bien se situer. À l'odeur et au bruit du vent, il identifia la présence de grands conifères mêlés à des feuillus.

« Je suis dans un cimetière ! » pensa-t-il.

Au jeune aveugle, cette réalité fit l'effet d'une mauvaise plaisanterie. Lumino, gagné par l'agitation de son maître, remuait la queue en réponse à l'émotion vive du jeune garçon.

– Allez, on rentre à la maison.

Il avait l'impression qu'à tout moment, quelqu'un ou quelque chose se mettrait en travers de sa route. Il tentait de se raisonner en se disant que les fantômes n'existent pas.

Cette idée ne l'empêchait pas de sentir son corps frissonner. Il pressa le pas et fut rapidement de retour à la maison. Il se rendit à la cuisine où se trouvait Catherine.

– Allô ! Thierry, déjà revenu de ta promenade !

– Mm… oui.

– Mais qu'est-ce qu'il y a ?

Après une légère hésitation, il demanda :

– Il est très grand, le cimetière ?

Elle fut prise au dépourvu. Cela se sentit au son de sa voix.

– Assez oui, mais tu ne devrais pas aller aussi loin et te limiter au boisé lorsque tu sors de la maison. N'étaient-ce pas les directives de ton père ?

Sans répondre, il donna de l'eau fraîche à son chien qui but à grandes lampées. Ensuite, il se dirigea vers le réfrigérateur et prit une bouteille d'eau. Lorsqu'il eut terminé de la boire, il retira le harnais de Lumino et, s'apprêtant à monter à l'étage, se tourna vers Catherine.

– On aurait dû me prévenir. J'ai droit de savoir, il me semble !

– Oui répondit-elle. Désolée !

Sans rien ajouter, il monta les treize marches et franchit les cinq pas qui le menaient à sa chambre. Elle était spacieuse et bien équipée. Ses parents ne lui refusaient rien : informatique de fine pointe comprenant un synthétiseur de voix et l'équipement nécessaire pour qu'il puisse s'entraîner sans avoir à sortir de chez lui.

Pour apaiser son irritation, l'adolescent s'installa à la rame. Son agitation se calma peu à peu. Légèrement plus petit que la moyenne des garçons de son âge, il gardait une excellente forme physique grâce à ses séances d'entraînement quotidiennes, fortement recommandées par son père qui acceptait très mal l'inaction de la part de son fils. Thierry passa le reste de la journée dans sa chambre à écouter sa musique favorite, ne descendant qu'aux heures de repas. Perdu dans ses pensées, il ne parvenait pas à détourner son attention du cimetière. Lumino vint se frotter le museau sur ses jambes.

– Mon bon Lu, une chance que je t'ai ! Je t'aime au max !

Il s'accroupit près du chien, mit ses bras autour de son cou et enfouit son visage dans le doux pelage. Il s'amusa avec son fidèle compagnon qui répondit à ses jeux. Bientôt la nuit tomba. Il se mit au lit et s'endormit.

Chapitre II

Des rêves trop réels

THIERRY leva la tête bien haute pour parvenir à voir l'extrémité d'un monstrueux escalier. Les marches étaient si étroites qu'elles semblaient presque inexistantes à certains endroits.

— Allez, Thierry ! Monte ! Immédiatement ! Viens me rejoindre. On ne discute pas !

Thierry le supplia :

— Mais papa, viens m'aider. J'ai besoin de toi. Viens me chercher !

— Non ! Tu peux y arriver seul ! Tu es désolant à voir !

— Laisse au moins Lumino venir me rejoindre. C'est trop haut, j'ai peur, papa. Papa !

— Rejoins-moi ! Si tu veux réussir quelque chose dont je serai fier, tu dois te débrouiller seul. Il faut toujours tout planifier pour toi !

Au bas de ce gigantesque escalier, il vit son père retenir son chien par la laisse, lui tourner le dos et partir.

— Papa, papa, papa ! Attends. Il fait trop noir. Attends-moi ! Lumino ! Viens !

Thierry se réveilla en sueur. Toujours le même cauchemar. Il se retourna rageusement, prit son oreiller et y enfouit son visage. Ses rêves le poursuivaient longtemps après son réveil. Le lendemain, bien décidé d'en savoir plus, il retourna au cimetière. Il entendit des gens circuler à proximité. Tout n'était que chuchotements, murmures et prières.

Ce soir-là, au retour de ses parents, il leur parla de sa promenade en gardant pour lui la sensation de peur ressentie au contact de la pierre tombale. Tous ses sens étaient tendus afin de saisir leurs réactions.

– J'ai fait le tour du terrain.

Levant à peine les yeux de son journal dont Thierry entendait le froissement des pages, son père soupira bruyamment et lui dit :

– Tu devrais essayer de te faire des amis au lieu de traîner comme ça, tout seul. Ce n'est pas bon pour un garçon de ton âge.

Son cœur se contracta. Il était pourtant fier de son exploit. Il ressentit plus de froideur qu'au moment où il avait touché cette pierre. Il songea qu'il avait été idiot de s'attendre à plus. Sa mère le félicita, mais émit des réserves :

– Bravo, Thierry ! Mais tu dois être prudent. Le terrain est immense et il y a toutes sortes de gens qui s'y promènent. Ne t'éloigne jamais sans nous aviser, ton père, Catherine ou moi. Promis ?

Amer, il resta muet. Il attendit une autre réaction de la part de son père, qui ne vint pas. Agacé par son silence, il demanda :

16

– Pourquoi on m'a rien dit à propos du cimetière ?

Son père déposa bruyamment sa tasse de café.

– Je n'en voyais pas l'utilité puisqu'il ne fait pas partie de notre propriété. Tu devais te limiter au boisé qui est sur notre terrain. Je te l'ai déjà dit !

Son père lui avait répondu comme on écarte un moustique dérangeant mais sans importance, n'accordant aucune attention à la frustration de son fils.

– De toute façon, je savais que tu le découvrirais tôt ou tard…

Philippe fit une pause, puis reprit :

– Ah ! Au fait, je t'ai inscrit au complexe sportif de l'université. Tu auras un moniteur qui te guidera dans tes activités. Les séances commencent mardi prochain.

– Non ! Tu sais que j'aime pas ça, pas maintenant. J'ai tout ce qu'il me faut ici. Pourquoi tu m'en as pas parlé avant ?

– C'est un excellent moyen pour t'intégrer dans ton nouveau milieu. Cela va t'obliger à sortir un peu, sinon tu ne ferais rien !

Cette remarque blessa le jeune garçon.

– C'est ça, je fais jamais rien à ton goût, hein !

– Calme-toi chéri. Ton père veut t'aider, intervint sa mère.

– Bien moi, je crois pas que ce soit pour m'aider. Je veux pas y aller ! Je déteste cette nouvelle ville ! Tu parles d'un endroit pour se faire des amis ! Deux écoles et un cimetière

comme voisins immédiats, rien de plus facile !
Génial comme idée ! s'emporta-t-il à nouveau.

— Thierry ! Ça suffit. On t'a expliqué les
raisons qui ont motivé le choix de cette maison,
puis ton inscription est faite et tu vas y aller ! La
discussion est close.

Son père plia son journal et le déposa
sèchement près de son assiette, ce qui fit
sursauter le jeune garçon.

Le souper se termina dans un silence de
plomb. Thierry aurait voulu que son père
revienne sur sa décision. Du bout d'une main
tremblante de colère et de déception, il chercha
Lumino à ses pieds, le caressa et demanda la
permission de se retirer. Sa mère le lui permit,
exaspérée par ces affrontements répétitifs. Il
monta à sa chambre et claqua la porte.

Comme il en avait été décidé, son père le
conduisit à son entraînement, le mardi suivant.

— À plus tard. Je passerai te prendre vers
3 heures. Tu verras, tu vas apprécier. Je te
demande pas de me remercier, lui dit-il avant de
lui ouvrir la portière.

— Il faut que tu aies toujours raison, lui lança
Thierry, agacé par le ton supérieur de son père.

Il sortit de la voiture et fut accueilli par
l'enseignant d'éducation physique, Jean
Dupuis, qui avait été avisé de son arrivée.

La cordialité et l'énergie stimulante de ce
dernier calmèrent ses craintes, facilitant ainsi
son intégration. Encore une fois, son père avait
eu raison.

À la fin de la séance, se dirigeant vers leurs casiers, M. Jordan, qui s'était présenté au début du cours comme étant enseignant à la polyvalente, s'informa tout en le guidant :

— C'est toi qui viens d'arriver dans la maison en face de l'université, près du cimetière ? Tu aimes l'endroit ?

— Oui, c'est moi. C'est trop nouveau. Je suis pas très familier encore.

— C'est un endroit très… singulier.

— Que voulez-vous dire ?

— Cela faisait plus de trois ans qu'elle était inhabitée.

— Vous savez pourquoi ? insista-t-il

— Pas vraiment. Des rumeurs seulement.

— Comme quoi ?

Devant l'insistance de l'adolescent, l'enseignant regretta ses paroles.

— C'est juste des racontars qui circulent dans les cours d'école entre élèves en mal de sensations. N'écoute pas ce que je raconte. Je suis idiot de parler de ça.

Il lui fit de la main une légère pression sur l'épaule. Il se voulait rassurant.

— Oublie ça. À la prochaine.

L'homme prit ses effets dans sa case du vestiaire, la referma et quitta la salle après avoir serré la main de Thierry. Presque aussitôt, son père arriva.

— Et puis l'entraînement ? Cela s'est bien passé ?

— Je crois que le groupe m'aime bien, dut-il admettre malgré lui.

– Bon, parfait. Tu vois, j'avais raison.

Le jeune garçon s'accrocha au bras de son père. Il garda secret ce que lui avait raconté le prof. Il craignait trop que son flegmatique de père ne se moquât de ses craintes.

Cette nuit-là, il rêva de nouveau à son père, de plus en plus exigeant. Seul comme dans tous ses autres rêves, Lumino hors de sa portée.

Il se réveilla encore en sueur. La solitude de cette nouvelle maison l'oppressait. Son chien vint lui lécher le visage. Avec reconnaissance, il le caressa.

Un étrange phénomène s'insinuait dans son cerveau, comme si ce nouvel environnement activait des zones insoupçonnées de son esprit. Il avait déjà rêvé, souvent même, mais jamais avec une telle intensité. Ses rêves l'effrayaient. Au petit matin, il réussit enfin à se rendormir.

Chapitre III

Regards admiratifs,
regard calculateur !

AU RÉVEIL, après avoir fait sa toilette, brossé son chien qui raffolait de cette marque d'attention, Thierry descendit à la cuisine prendre son petit déjeuner. Catherine l'accueillit, un sourire dans la voix.

– Bonjour. Bien dormi ?

Elle était impressionnée de le voir évoluer avec autant d'assurance.

– Bonjour, Catherine. Oui, merci. Mes parents sont déjà partis ?

– Oui, il est plus de 10 heures. Aujourd'hui, tu n'as pas de cours. Si cela t'intéresse, après ton déjeuner, nous pourrions aller nager à la piscine de l'université. J'ai entendu dire que tu en raffolais. Qu'en dis-tu ?

– Ça serait super !

Elle avait misé juste. Sa réaction l'enchanta.

– Nous irons à pied.

– À pied ?

– Je te guiderai. Ce n'est vraiment pas loin. Le plus important, c'est de traverser la route aux feux de circulation et de là, l'établissement n'est qu'à trois minutes de marche, au total dix minutes. Lumino va rapidement s'orienter. Alors, tu pourras faire le trajet tout seul la prochaine fois.

– Super!

Un élan de gratitude monta en lui. Il eut soudain envie de l'embrasser, mais la pudeur le retint.

Il monta à sa chambre, son chien sur les talons, pour aller chercher son maillot. Il le mit dans un sac qu'il fit glisser sur son épaule. Il redescendit trouver la jeune femme, prête à partir.

– Je mets le harnais à Lumino?

– D'accord! Il sera plus réceptif à nos directives.

Après avoir donné une caresse à son chien, Thierry lui mit le harnais.

– En route pour l'université! La journée est superbe! Le soleil est au rendez-vous! s'exclama Catherine en ouvrant grand la porte.

Il fut attentif à tout, disposé à assimiler le nouveau trajet. Avec soin, elle lui fit la description de ce qui les entourait : la route, le trottoir, les obstacles.

– Nous avons sur notre droite… le cimetière.

– Il est très grand, n'est-ce pas? demanda-t-il toujours aussi intéressé.

– Oh! Assez grand. Tu l'as déjà arpenté, en partie du moins?

– Oui! Mais s'il te plaît, décris-le-moi. Papa refuse de le faire et maman n'a jamais le temps!

– Vraiment ? D'accord. À environ cent cinquante mètres, tout droit se trouve l'entrée principale du cimetière. Il y a des allées un peu partout, des bancs, de grands arbres et, bien sûr, des monuments funéraires de toutes les dimensions et de toutes les formes. Autour, il y a un boisé dense et profond. Ah oui ! il y a aussi des caveaux…

– Des caveaux ! C'est quoi ?

– Des monuments en forme de maison-nettes ou petites chapelles funéraires pour déposer les dépouilles. À l'intérieur, certaines ont même des marches qui s'enfoncent sous le niveau du sol.

Catherine sentit la main qui lui tenait le bras frissonner. Elle comprenait mal le choix d'un tel environnement pour un adolescent comme lui. Ce dernier resta silencieux.

– Ça suffit. Nous sommes rendus au feu de circulation. On peut traverser.

Elle reprit sa description.

– Nous voilà sur le terrain de l'université. Il y a une allée d'arbres qui longent la rue et à gauche, sur le bord du trottoir, un abri pour l'arrêt d'autobus. Il se trouve presque en face de ta chambre.

– Oui, ça, je le savais. Il y a beaucoup de monde, en ce moment, qui attend.

– Tu as raison.

Catherine appréciait de plus en plus la réceptivité et la vivacité du garçon. Tout en poursuivant la description des lieux, le singulier trio marcha vers les pavillons. Plongée dans cette animation universitaire, Catherine ne remarqua pas un individu vêtu d'un très long manteau sombre, aux cheveux longs et noirs, retenus par une bande élastique sur la nuque et qui les suivait du regard. Il se tenait appuyé contre l'abri d'autobus. Lorsqu'ils passèrent à sa hauteur, l'homme, dont les yeux étaient dissimulés par des lunettes fumées, les détailla avec attention.

Depuis que la nouvelle circulait sur le campus qu'un jeune aveugle avait aménagé dans la maison rouge et qu'il était inscrit à la gym, l'individu nommé Max avait vu là une chance inespérée. En l'apercevant, il sentit monter en lui une intense excitation qui provoqua un grand frisson le long de son corps.

« Il me le faut. Il est parfait ! pensa-t-il en suivant toujours du regard l'aveugle. Un outil que je vais rendre docile pour servir tous mes projets. L'endroit est si merveilleux ! ».

Thierry, à des années-lumière de penser que quelqu'un pouvait comploter contre lui, arriva avec Catherine à la piscine. Il entendit des chuchotements sur son passage. Avec le temps, il s'était habitué à ces réactions. Lumino restait imperturbable face aux gens qui l'appelaient, le caressaient ou le sifflaient même. Le jeune garçon savait que rien ne pouvait le déconcentrer.

Catherine le conduisit à proximité des douches.

– Laisse-moi ici. Je suis capable de me débrouiller tout seul.

Il disparut dans la section des hommes. Catherine ne tarda pas à faire de même de son côté. Empressée, elle ressortit quelques minutes plus tard pour voir, fascinée, qu'on l'attendait.

– Oh! Tu es un rapide, toi!

Ils se retrouvèrent dans l'eau. Excellent nageur, Thierry se donna à fond, sûr de lui et détendu. La jeune femme constata que le jeune garçon était en pleine forme. Pendant que Lumino restait couché au bord de la piscine, ils firent plusieurs longueurs.

De retour à la maison, il remercia la jeune femme, monta à sa chambre et s'installa confortablement dans sa grande chaise. Il prit ses écouteurs, les ajusta et plongea dans sa musique favorite. Il ressentait une agréable sensation de bien-être. Le reste de la journée s'écoula sans qu'il s'en aperçoive.

À l'heure du repas, Catherine lui apporta un énorme sandwich au poulet avec des crudités et un grand verre de lait.

– Merci, je meurs de faim.

Lumino se retrouva sur pied, lui quêtant un morceau de son sandwich.

– Tranquille. Assis.

Il le sentit lui frôler les jambes et l'entendit exécuter son ordre sans tarder.

– Bon chien. Prends.

– Gardes-en pour toi, lui dit Catherine, Si tu veux, je peux t'en apporter un autre.

– C'est pas trop te demander ?

– Non. Je reviens dans quelques minutes.

Thierry lui offrit un sourire radieux. Il se garda bien de lui dire que son père lui interdisait ce genre de relâchement.

« Une fois n'est pas coutume. Aujourd'hui, permission spéciale », s'accorda-t-il insouciant et heureux.

– Elle est bien, n'est-ce pas, Lumino ? confia-t-il à son chien lorsqu'il entendit Catherine descendre l'escalier.

Elle retourna à la cuisine en se disant que ce garçon qu'on lui avait décrit taciturne et refermé sur lui-même, était en fait agréable et totalement différent en l'absence de son père. La rigidité de cet homme envers son fils ne laissait aucune place au laisser-aller. Elle lui porta sa deuxième assiette et le laissa se relaxer dans sa chambre pendant le reste de l'après-midi.

Chapitre IV

Un geste de trop

THIERRY ne se rendit pas compte que l'heure du souper était passée. Catherine ne monta pas le chercher, le croyant endormi. Malgré sa cécité, il allumait la lumière de sa chambre afin d'indiquer qu'il s'y trouvait.

À 8 h 30, ses parents rentrèrent du travail, épuisés. Sa mère s'informa de lui auprès de Catherine :

— Tout s'est bien passé aujourd'hui ? Il est dans sa chambre. J'ai vu la lumière à sa fenêtre.

— Oui. Nous sommes allés à la piscine de l'université. C'est un bon nageur. À notre retour, il est monté et il a écouté de la musique. Il était tellement absorbé que je lui ai permis de dîner là-haut. Il n'est pas redescendu, il a dû s'endormir. De toute façon, il était près d'une heure lorsqu'il a dîné. Je m'apprêtais à aller voir s'il avait besoin de quelque chose.

Catherine remarqua les rapides coups d'œil de Laurence à son mari, qui était sur le point de se verser un verre. Elle nota qu'il arrêta son geste au moment où il portait le verre à ses lèvres. Elle crut lire une profonde contrariété. Comme elle s'apprêtait à sortir, Laurence lui offrit d'aller la reconduire chez elle.

– Non, merci. Cela n'est pas nécessaire. À demain.

Sur ces mots, elle sortit. Catherine avait perçu un malaise qu'elle trouva fort regrettable après cette journée si agréable.

« On dirait que j'ai dit quelque chose que je n'aurais pas dû. Il est tellement exigeant envers son fils ! » songea-t-elle en traversant la rue.

Toute à ses pensées, elle leva les yeux vers la chambre de Thierry. De la fenêtre grande ouverte, elle entendit des éclats de voix mais, bientôt, elle dut monter dans le car qui arrivait. Elle sentit un pincement au cœur.

Sitôt la porte fermée, Laurence vit son mari au pied de l'escalier et l'entendit appeler.

– Thierry ! Je te prie de descendre tout de suite ! Tu m'entends !

Sa voix avait le ton des mauvais jours, irritée, tranchante.

– Laisse-le, Philippe, il s'est probablement endormi. Ce n'est pas grave. Pour une fois qu'il peut prendre un peu de temps à faire ce qu'il aime et rester à dîner là-haut !

– C'est peut-être pas grave comme tu dis, mais c'est un principe qui est en jeu. Il sait que je ne permets pas ces laisser-aller. Tout l'après-midi ! Je suis sûr que nous n'aurions rien su si Catherine n'avait rien dit. Il doit descendre dîner. Tu ne dirais rien toi, bien sûr ! Tu m'exaspères quelquefois ! C'était à Thierry de refuser et de lui dire quelles règles sont établies dans notre maison !

– Laisse tomber pour une fois ! On lui en parlera, mais attends à demain !

Pour toute réponse, il cria à nouveau :

– Thierry, viens ici immédiatement !

Il vit venir Lumino du haut de l'escalier. Il était aux aguets. Après quelques secondes, le chien retourna dans la chambre de son maître. N'obtenant toujours pas de réponse et de plus en plus contrarié, il monta et entra sans frapper dans la chambre.

– Thierry, réponds lorsqu'on te parle !

Cette fois, il lui avait littéralement crié cet ordre. D'un geste exaspéré, il alla fermer la fenêtre dans un bruit sec. Son fils sursauta, ce qui inquiéta son chien qui laissa entendre un grognement en direction de Philippe. Celui-ci lui ordonna de se calmer.

Le chien obéit. Il se coucha et posa sa tête sur ses pattes de devant.

– Papa, tu m'as fait peur ! Je t'ai pas entendu venir à cause de mes écouteurs. Tu m'as appelé ? Je vous ai pas entendu rentrer, maman et toi. Catherine est partie ?

Son père le regarda se lever et le chercher du bout des mains. Il ne fit aucun geste pour aller vers lui. Il croisa les bras.

– Oui, nous sommes rentrés. Pour nous entendre dire par Catherine que tu as passé la journée à ne rien faire, enfermé, comme toujours !

Thierry se mit aussitôt sur la défensive et baissa les bras. Il tenta de réprimer le tremblement de sa voix. Il savait que son père le regardait et attendait une explication ou du moins une réponse.

– Comment ça, toujours ? C'est faux. Je n'ai pas passé la journée enfermé, comme tu dis. Nous sommes allés à la piscine. Catherine a dû oublier de te le dire, parce…

– Elle me l'a dit. Elle a aussi dit qu'en arrivant, tu es monté et que tu n'es pas redescendu. Et combien de fois t'ai-je défendu de dîner dans ta chambre ? Tu n'en fais qu'à ta tête !

– Les règlements ! Les performances ! Les cours ! Quoi encore ? Tu n'as que ces mots-là à la bouche. On se croirait dans une école militaire !

Hors de lui à son tour, déçu que cette agréable journée se termine ainsi, il cria :

– Tu sais ce que tu peux en faire, tu ne sais rien dire d'autre. J'en ai plein le dos ! Laisse-moi donc en paix ! C'est défendu d'avoir une belle journée, sans règlements, sans que tu me casses les pieds ! J'en ai plein le dos de tes ordres !

Son père s'emporta et gifla Thierry qui, sous l'impact, trébucha. Lumino se leva et gronda en s'interposant entre l'adulte et l'enfant.

– Philippe ! Philippe ! Arrête ! hurla son épouse en entrant.

Sans rien ajouter, son mari lui tourna le dos et alla se réfugier dans sa chambre.

– Thierry, ça va ? Thierry !

Elle se précipita vers lui et l'aida à se relever.

– Tu n'as rien ? Je suis là !

Elle le serra très fort dans ses bras.

– Pourquoi il a fait ça, hein ! Pourquoi ? Je le déteste. Je le déteste encore plus que lui peut me haïr !

Il s'éloigna de sa mère en la repoussant.

– Arrête, ne dis pas ça. Il a très mal agi et ça ne se reproduira plus, je te le promets. Ton père s'emporte vite, tu le sais. Il t'aime même si tu penses le contraire !

– C'est pas vrai, il m'aime pas ! Il a même pas voulu faire un pas dans ma direction pour que je puisse le toucher. Tu le défends tout le temps !

– Je le défends, je te défends. Je sais que c'est difficile pour lui, aussi.

– Pour lui ! Qu'est-ce qui est difficile pour lui ? Moi ! dit-il.

– Non ! Non !

– Tu me dis toujours ça. Laisse-moi tranquille !

Cette fois, Laurence trouva que son mari avait dépassé les limites.

Après avoir aidé son fils à se mettre au lit, elle alla trouver Philippe au salon, où il était descendu se servir un autre verre d'alcool. Elle l'apostropha :

– Mais qu'est-ce qui t'a pris ? Ne refais plus jamais ça, sinon…

Sa phrase resta en suspens. Il se tourna vers elle et elle vit qu'il était aussi affolé que Thierry. Il alla vers elle et lui prit les deux mains.

– J'ai perdu la maîtrise de moi-même, Laurence. Je regrette. Je ne sais plus où j'en suis.

Elle se dégagea et le fixa, surprise d'un tel aveu. Désemparée, elle insista :

– Mais qu'est-ce qui t'arrive ?

– Je ne sais plus. Lorsque cela le concerne, tout me semble de plus en plus démesuré : l'effort, la somme de travail à fournir. Il me provoque continuellement ! Je veux en faire quelqu'un de fort ! On dirait qu'il ne comprend pas ça ! Il n'écoute jamais. La tâche est trop lourde.

– Trop lourde ! C'est de ton fils dont tu parles, pas d'un patient quelconque ! Il se débrouille très bien. Tu le penses toujours plus vieux que son âge. Il n'a que quatorze ans et il est aveugle !

– Là, tu vois, tu ne cesses jamais de me le rappeler. On dirait que tu te complais dans cet état de choses.

– Moi ! Je me complais ! Tu déraisonnes ! Si je le répète, c'est que tu sembles, toi, trop souvent l'oublier. On t'estime, on recherche tes consultations, mais que diraient tous ces gens s'ils apprenaient comment tu es minable avec ton propre fils ? Je pense que c'est l'image de ta réussite qui t'inquiète !

Laurence lui avait craché ses derniers mots au visage. Il blêmit sous l'insulte. Il tenta à nouveau de s'approcher de son épouse qui recula d'un pas, toujours en colère.

– Ce que tu viens de faire à Thierry est inexcusable. Je suis tellement fatiguée de réparer tes excès. Il espère ton aide et tout ce que tu lui donnes, c'est la froideur de tes exigences. Jamais de tendresse, jamais un mot d'encouragement.

Le ton n'avait cessé de monter.

– Si tu continues, tu vas complètement le démolir !

– Je regrette, mais je ne connais pas d'autre façon pour lui apprendre à se débrouiller et je persiste à croire que c'est la bonne.

– Laisse-le respirer ! Pour un si petit détail, tu es tellement intransigeant, excessif !

– Je sais, j'ai besoin de prendre du recul. J'ai mal agi en portant la main sur lui. Je le reconnais, mais, en ce qui concerne l'éducation de Thierry, nous voyons les choses trop différemment.

Sur ces mots, son mari monta dans sa chambre, prit ses affaires et alla coucher dans celle des invités. Laurence se laissa tomber lourdement sur le canapé, mit ses deux mains sur son visage et éclata en sanglots. Elle tenta de réprimer le plus possible le bruit de ses pleurs pour ne pas être entendue par son fils qui, pensait-elle, dormait à l'étage.

Mais Thierry ne dormait pas. Tous ses sens étaient en éveil. Il se leva, alla se placer dans l'encadrement de la porte et, s'appuyant la joue en feu contre le chambranle, il resta là, figé. Chaque mot, chaque éclat de voix, lui avait fait mal au cœur. Ses parents s'étaient encore affrontés à cause de lui !

Il sentait ses mains glacées, sa peur au ventre. Il se laissa glisser par terre. Lumino vint lui lécher le visage. Il n'eut aucune réaction, trop perdu dans ses pensées. Il resta ainsi jusqu'au moment où sa mère monta enfin et vint le voir. Chagrinée, elle lui dit :

— Chéri, tu ne dors pas ! Ne reste pas là, retourne dans ton lit.

Elle l'aida à se relever.

— Je suis désolée. Il ne portera jamais plus la main sur toi. Jamais ! Tu m'entends.

— C'est ma faute, maman, je l'ai provoqué.

— Chut ! Ne dis pas ça ! Je t'interdis de t'en rendre responsable. Son geste était sans commune mesure avec le reproche qu'il te faisait. Je ne laisserai personne te faire de mal. Personne !

Sa mère l'embrassa et sortit. Lumino sauta près de lui et ils s'endormirent.

Thierry plongea dans un mauvais rêve.

Autour de lui, ce n'était que désolation. Il se retrouva au centre du cimetière. Blafard, son père vint mettre son visage à quelques centimètres de celui de son fils et, dans un souffle, lui dit :

— Tout est de ta faute. Garde-toi de ne jamais révéler notre secret, sinon tu ne me reverras plus jamais, jamais.

— Mais quel secret ?

Le jeune garçon se réveilla en sursaut. Le mot « secret » résonnait encore dans sa tête.

– Un secret ? Quel secret ?

Le reste de la nuit fut sans rêve.

Le lendemain, il descendit très tôt. Il sortit avec son chien. Le jeune garçon offrit son visage aux chauds rayons du soleil. Il aimait cette sensation de bien-être. Son cauchemar lui semblait loin. Mais le nœud qui lui serrait l'estomac le ramena à la triste réalité.

– Lumino, reste près de moi, ordonna-t-il à son chien qui flairait de plus en plus loin.

Il entendit la porte s'ouvrir et sa mère l'appeler :

– Thierry, viens déjeuner !

– Oui, j'arrive.

Sans entrain, il se leva en entraînant son chien. Il savait trop bien ce qui l'attendait. Lorsqu'il entra, il sut que ses parents étaient installés à la table à prendre leur premier café, grâce aux bruits familiers du matin. Les gestes trahissaient leur tension. Un lourd silence régnait autour de la table. Il ne prononça aucun mot. Trop d'émotions lui brouillaient l'esprit. Devait-il faire semblant qu'il avait tout oublié ? Mais le nœud qu'il ressentait au ventre l'en empêchait. S'excuser ? Mais de quoi ? Personne ne prenait la peine de lui expliquer l'erreur qu'il avait commise. Tout ce drame pour un si petit écart de conduite !

« C'est lui qui devrait s'excuser ! C'est lui qui m'a frappé ! » pensa-t-il, irrité.

Sa mère prit la parole pour tenter de rompre ce silence trop pesant :

– Ton jus de pamplemousse est à droite de ton assiette. Tu veux une rôtie ?

N'obtenant aucune réponse, elle lui toucha doucement le bras.

– Réponds, s'il te plaît.

– Non, merci. Je n'ai pas faim.

– Écoute ta mère, il faut que tu manges. J'ai pris une décision.

Conscient de ce qui allait suivre, son fils lui coupa la parole.

– J'ai oublié quelque chose dans ma chambre. Je reviens tout de suite.

Il se leva d'un bond en faisant tomber sa chaise. Lumino, couché derrière, la reçut sur le dos, émit une plainte et se rendit près de la porte.

– Lumino, reste près de moi.

Aussitôt, il revint près de lui. Thierry s'accroupit pour le caresser.

– Ça suffit ! clama Philippe.

Le ton de sa voix fit sursauter tout le monde. Il se reprit, plus calmement.

– Thierry, ça suffit. Ne rends pas la chose plus difficile. C'est déjà assez pénible comme ça.

Son père se leva et releva Thierry. Ses gestes étaient fermes. Il sentit son fils se raidir à son contact. À contrecœur, Thierry se laissa faire sans rien dire. Il voulait repousser plus longtemps ce qu'il allait entendre. Il en fut incapable.

— J'ai bien réfléchi toute la nuit. Pour être sincère, cela fait plusieurs jours que j'y pense... Je pars.

Bien que sa gorge se contractât par le chagrin, Laurence ne dit rien. Les mains de Thierry se mirent à trembler si fort qu'il les cacha sous la table.

— J'ai décidé d'accepter un nouveau poste. C'est un contrat d'un an pour former des stagiaires. Ce qui est arrivé hier est inacceptable. Ta mère a raison. J'ai dépassé les bornes, et c'est toi qui en paies la note. Je dois prendre du recul pour essayer de comprendre ce qui ne va pas.

— C'est moi qui te rends les choses difficiles ? La tâche trop lourde, c'est ça ? T'es déçu quand tu me regardes ? T'as honte. Aie donc le courage de me le dire en face pour une fois !

Thierry se leva et monta à sa chambre, suivi par son chien.

— C'est pour le mieux, approuva Laurence malgré sa peine.

Philippe laissa son épouse perdue dans ses pensées et monta à l'étage. Il trouva son fils étendu sur son lit, le visage enfoui dans ses bras. Il s'assit près de lui.

— Thierry ! Écoute-moi. Ce n'est pas pour toujours. Juste se donner un peu de temps à tous les trois. Tu me détestes et tu as raison. Et moi, actuellement, un rien m'exaspère. Tourne-toi lorsque je te parle !

Thierry se remit sur le dos. Le chagrin crispait son visage. Ses yeux s'ouvraient et se refermaient, agités par des spasmes qu'il ne parvenait pas à contrôler. Son père détourna son regard, bouleversé malgré lui. Il jugea préférable de ne rien dire de peur de laisser son émotion paraître. Thierry ne parvenait plus à retrouver son calme, à ralentir son cœur qui battait à tout rompre. Il aurait tout donné en cet instant pour fixer son père dans les yeux, pour y lire ses vraies émotions.

Le jeune aveugle se leva et alla s'asseoir près de la fenêtre. Ces quelques pas firent comprendre à son père combien était grande déjà la distance qui les séparait. À son tour, il se leva et alla vers la porte. Avant de sortir, il se tourna et dans un geste d'impuissance haussa les épaules.

– Je suis désolé qu'il en soit ainsi, mais je sais que j'ai pris la bonne décision. Pour ce qui est de l'argent, tu n'as pas à t'inquiéter. Tu ne manqueras de rien. Si tu veux, j'augmenterai ton argent de poche.

– Je suppose que je devrais te dire merci ! J'en ai pas besoin de ton argent, tu peux le garder ! Tu fais rien pour moi, et je veux rien te devoir ! On va très bien se débrouiller sans toi !

L'amertume dans la voix de son fils empêcha Philippe de lui répondre. Il laissa échapper un profond soupir et quitta la chambre. Lorsqu'il réapparut dans la cuisine, il vit que Catherine était arrivée.

– J'ai déjà prévenu Catherine de ton départ. Elle est d'accord pour allonger ses heures de travail. J'en aurai besoin, lui dit sa femme.

– Excellent, ce n'est pas facile les professions qui exigent autant de déplacements. Merci, je crois que vous et Thierry, vous vous entendez très bien.

La tension du couple alerta Catherine. Elle se doutait que ce n'était pas la vraie raison. Pourquoi Thierry n'était-il pas là pour discuter avec eux ? Elle éprouva de la tristesse envers lui.

– J'apprécie beaucoup votre offre et je l'accepte avec empressement. Vous nous enlevez un grand souci.

Catherine alla se verser un café. Un silence gêné s'installa entre eux. Elle vit M. Roy quitter la pièce. Elle lut dans les yeux de sa femme une grande peine. Elle détourna la tête lorsqu'elle les vit briller avec beaucoup d'intensité.

Résolue, Laurence se leva et murmura pour elle-même :

– C'est pour le mieux. Je dois quitter pour la journée. Ça ira ? Il manque de petites choses pour le souper, mais…

– Ne vous inquiétez pas, j'irai faire des courses.

– Je vais aller lui dire au revoir.

Laurence, à son tour, quitta la pièce, laissant Catherine perdue dans ses pensées. Lorsqu'elle entra dans la chambre de son fils, elle le trouva encore posté devant la fenêtre. Il n'eut aucune réaction.

– Thierry ? dit-elle, en s'avançant vers lui. Comment vas-tu ? Ton père t'a parlé ? Tu comprends, j'espère ?

– Non, ce n'est jamais important de m'expliquer ce qui se passe… comme d'habitude ! Ce que je sais, c'est qu'il part et qu'il veut me donner plus d'argent. C'est tout !

Sa mère s'avança pour le serrer contre elle, mais il eut un geste de recul qui la peina.

– D'accord, ce n'est pas facile à accepter, mais la vie doit continuer. Catherine est arrivée. Je regrette, je dois te laisser pour me rendre à l'hôpital. On en reparlera ce soir si tu veux. Je t'aime.

La fin de sa phrase resta sans écho. Même aujourd'hui elle partait… Il en voulait au monde entier. Lorsqu'elle fut sortie, il se tourna vers Lumino et se mit à le caresser ardemment. Le chien se laissa faire.

Au cours de l'après-midi, Thierry s'installa au salon pour continuer la lecture en braille d'un volume emprunté à la bibliothèque. Il entendit son père entrer, déposer sa serviette de cuir et monter à sa chambre. Il l'écouta prendre ses valises et entreprendre de les remplir. C'était donc vrai ! Il avait espéré qu'il revienne sur sa décision. Sa déception et sa rancune lui griffèrent le cœur. Il tourna son visage vers l'escalier, attentif aux moindres bruits.

Catherine avait dû s'absenter pour faire les courses. Il entendit son père descendre l'escalier. Il détourna son visage. Il ne voulait surtout pas qu'il croie qu'il le surveillait. Il traversa au salon et déposa ses deux valises par terre.

– Voilà !

Thierry ne remua pas d'un doigt.

— Tu ne dis rien ?

— …

— Je suis désolé, mais le temps, je l'espère, va arranger les choses. Je regrette la tournure des événements et si je ne veux pas tout gâcher, je dois partir maintenant.

Enfin, Thierry se tourna vers lui, le visage fermé et froid.

— C'est ça ! Va-t'en donc ! On n'a plus besoin de toi !

Sans rien ajouter, son père prit ses valises, tourna le dos et partit.

Un silence pesant fondit sur Thierry. Il se plia et se mit à crier :

— Oui, c'est ça, va-t'en ! Bon débarras ! On va pouvoir respirer sans te demander la permission !

Lumino s'agita autour de lui en geignant. Thierry aurait voulu fuir, marcher droit devant sans se retourner. Il se sentait coincé, mal dans sa peau, incapable de faire quoi que ce soit dans cette ville, collé sur un cimetière où tous et chacun pouvaient surveiller ses gestes. C'était terrible !

De retour, Catherine le trouva immobile près de la fenêtre du salon. Elle tenta de discuter avec lui. Il resta obstinément silencieux. Personne ne le comprenait, croyait-il. Il ressentit un pressant besoin de s'isoler. Il monta à sa chambre et se jeta sur son lit. Seulement se retrouver dans ses pensées pour faire resurgir un souvenir, obsédant, toujours le même.

Chapitre V

Un souvenir vieux de sept ans

C OMBIEN de fois s'était-il remémoré ce qui s'était passé durant ce fameux après-midi de ses sept ans où tout avait basculé dans sa vie ?

La journée d'été était radieuse. Après le déjeuner, il avait reçu la permission d'aller rejoindre ses copains au parc avec sa nouvelle bicyclette. Il avait pédalé comme un fou, insouciant, heureux.

À cette époque, son père lui consacrait tous ses temps libres. L'éducation et la discipline rigoureuse qu'on lui imposait étaient toujours imprégnées de tendresse. Son père prenait le temps de lui expliquer les motifs de ses agissements. Il ne le laissait jamais dans le doute. Comme un rituel, à genoux, les yeux dans les yeux, les mains sur ses épaules, son père lui parlait d'homme à homme.

Comme cette fois où il avait traversé la rue en courant, sans regarder de chaque côté, il avait eu droit à l'une de ses plus grandes colères. Il avait pleuré dans sa chambre, où on lui avait dit d'aller réfléchir. Presque aussitôt, son père était venu le rejoindre et, dans un même geste, il le mit debout face à lui, s'agenouilla pour lui expliquer face à face le danger qu'il avait couru. Thierry comprit, sécha ses larmes et lui promit de toujours lui obéir.

Il avait vu la peur dans les yeux de son père. Dans son regard, il lisait non seulement de l'amour, mais aussi une immense fierté à son égard. Il se souvenait encore à quelle vitesse, cette journée-là, il avait foncé vers le parc. Il passa toute la journée à jouer et à se balader. Sa mère ne devait travailler que le soir, après le retour de son père. C'était lui qui le garderait.

Au moment où il effectuait un de ses nombreux trajets, il vit au loin l'auto de son père s'engager dans l'entrée. Il accéléra le rythme, tête baissée, les coudes relevés tanguant de droite à gauche. Il arriva juste à temps pour croiser le regard de sa mère qui lui fit signe de la main, mais il insista pour qu'elle s'arrête. Baissant la vitre en vitesse, elle lui rappela :

– Chéri, tu sais que je suis pressée. J'ai un rendez-vous. Ton père va rester avec toi.

– Mais je veux un bisou !

– Ça va, embrasse-moi. Vite, mon trésor !

Après un baiser retentissant, Thierry, les yeux rieurs, regarda sa mère s'éloigner, un pied par terre, l'autre sur la pédale de son vélo. Il lui fit un au revoir de la main.

Ce fut la dernière image de sa mère… Lorsqu'elle eut tourné le coin de la rue, Thierry abandonna sa bicyclette et entra en courant dans la maison. Il alla trouver son père.

– Bonjour, papa.

– Salut ! fiston, je suis au salon.

Son père avait dénoué sa cravate et s'était versé un verre d'alcool.

– Ça te dirait de venir faire une course avec moi ? On en aurait que pour quelques minutes.

– Oh ! oui, je veux. Tu vas m'acheter un klaxon pour mon vélo, dis ? Tu me l'avais promis !

– Si tu es sage. On y va. Je t'ai vu pédaler, tu as l'air d'un vrai champion !

Il lui lança ces mots tout en s'installant au volant. Malgré son énervement, l'enfant trouva son père bien calme.

– Je vais plus vite que tous les copains. Mon nouveau vélo est super. Je pourrai faire un autre petit tour en revenant ?

– Si tu veux, mais ce sera le dernier de la journée.

– D'accord. On va où ?

– Il faut que j'aille acheter du vin, ensuite…

Il continua de bavarder. L'auto s'engagea dans un tronçon de route boisé, négociant trop ouvertement une courbe vers l'extérieur. Elle racla le gravier de l'accotement. La voie étant libre, il quitta des yeux la route et se tourna vers son fils qui lui souriait. Puis, ce fut le drame ! Thierry regarda devant lui, les yeux exorbités en voyant un chien surgir de nulle part. Il cria :

– Papa, le chien ! Devant !

Surpris, son père reporta son attention sur la route et donna un brusque coup de volant pour tenter de l'éviter, mais en vain. Il heurta la bête de plein fouet et il termina sa course dans le fossé. L'impact fut suffisant pour actionner le mécanisme des coussins gonflables. Sans ceinture, sur le bout de son siège, Thierry absorba le choc. Il fut projeté vers l'avant, puis vers l'arrière sous l'effet du gonflement du sac, telle une petite bombe. Le déclenchement du système lui sauva peut-être la vie, mais vu sa petite taille, il lui brûla les yeux.

Ce furent ses derniers souvenirs de l'accident : le cri, le choc, la brûlure et l'obscurité, surtout l'obscurité. Lorsqu'il se réveilla, perdu dans un lit inconnu, il se crut en pleine nuit. Tout était noir, très noir. Il sentait les pansements sur sa tête. Il voulut les enlever, mais ses bras étaient retenus par des sangles. Tout son corps lui faisait mal. Il se mit à crier :

– Papa ! Papa ! Maman ! Maman !

Ce jour-là, tout s'était brusquement figé. Sa mère s'était tenue à son chevet, mais son père ne vint pas. Elle lui expliqua que l'accident l'avait laissé en état de choc. Il ne comprenait pas ce que ces mots voulaient dire. Il aurait voulu que son père lui explique lui-même, comme il en avait l'habitude. Il attendit en vain.

Plus jamais son père ne reparla de cette sinistre journée, élevant même la voix face à l'insistance de son fils. Malheureux, Thierry cessa ses questions et, au fil du temps, le mutisme de son père lui fit croire que tout était de sa faute.

Il en voulait à son père de cet abandon. Il retrouva un père fort et discipliné, aussi exigeant qu'avant, mais ne retrouva plus l'ami, le complice sur lequel il pouvait toujours compter. Sa mère, malheureuse de l'épreuve qui accablait son fils, implora son mari de se reprendre. En vain.

Il ne partagea plus ses jeux, lui consacra de moins en moins de temps, s'isolant dans son travail. Du rire si communicatif de ses parents, il ne restait plus qu'un écho du temps jadis, où tout semblait si agréable.

Depuis lors, il vivait dans le noir ; sept ans depuis cette journée pleine de soleil, interrompue de façon absurde, pour faire place à une nuit interminable. Le départ de son père aujourd'hui ajoutait un peu plus d'obscurité dans son esprit.

Il délaissa la musique, la lecture et les activités physiques. Sa mère voulut l'amener consulter un spécialiste : il refusa. Seul Lumino parvenait encore à le faire réagir. Pas une seule fois, il ne négligea de s'occuper de lui.

Mme Roy informa Catherine des vraies raisons du départ de son mari. Les deux femmes cherchaient par tous les moyens à faire émerger Thierry de sa léthargie. Sans succès.

Un matin qu'il refusait à nouveau de déjeuner, sa mère monta le voir. Elle le trouva inoccupé, comme trop souvent ces derniers temps. Elle se fâcha.

– Ressaisis-toi ! Si tu continues de cette façon, tu vas tomber malade. Ce n'est pas aussi dramatique que tu le crois. Je sais qu'il te manque et à moi aussi, mais vaut mieux un an que toute une vie sans lui…

– …

– N'est-ce pas ?

– Oui, oui, dit-il pour clore la discussion.

Elle se dirigea vers la porte. Sur le seuil, elle se tourna vers lui.

– Si tu ne réagis pas pour toi, fais-le pour Lumino. Il est en train de dépérir autant que toi. Il ne fait aucun exercice, lui non plus. Il ne veut pas te quitter d'une semelle, mais son entrain s'en ressent. Tu ne voudrais quand même pas qu'il perde tout ce que vous avez appris ensemble ?

Elle n'attendit aucune réponse et redescendit, navrée. Elle lui cria :

– Bonne journée quand même !

Lorsque la porte claqua, Thierry descendit à son tour et se dirigea vers la cuisine où se trouvait Catherine.

– Je sors. J'amène Lumino prendre l'air.

– C'est une excellente idée.

– Lumino ! Au pied !

À ces mots, le chien lâcha un aboiement retentissant.

– Tu entends comme il est content.

– Ouais !

Ils sortirent ensemble, le harnais et la laisse ajustés, mais Thierry ne se servit que de cette dernière pour permettre à son chien plus de liberté dans ses mouvements. Malgré le trouble que lui inspirait le cimetière, un attrait irrésistible le mena dans sa direction.

La matinée était avancée, l'endroit désert, sans bruit, sauf celui des autos qu'il entendait au loin. Perdu dans ses pensées, Thierry mit quelques secondes à remarquer que son chien ralentissait la cadence. Il n'était plus au bout de sa laisse mais aux aguets, à sa hauteur. Il s'arrêta net. Le jeune garçon baissa la tête vers lui et lui mit la main sur le dos pour comprendre cette soudaine immobilité. Le contact de son poil hérissé et un grognement féroce l'alertèrent.

– Qu'est-ce qui se passe, Lu ?

En réponse à sa question, il entendit aboyer un autre chien, à moins d'une douzaine de mètres.

L'adolescent se figea et prit le guidon dans sa main.

– Du calme !

Il porta toute son attention sur l'autre bête. Il entendit le frottement d'un vêtement.

– Il y a quelqu'un ?

Personne ne lui répondit. Pourtant, il y avait quelqu'un tout près. Il perçut le bruit d'une chaîne que l'on tirait pour faire taire la bête. Son chien demeurait sur le qui-vive.

« Lumino n'a jamais été autant sur la défensive ! On dirait qu'il est prêt à passer à l'attaque. »

La frayeur commença à le gagner. Le chien étranger se remit à aboyer de plus belle.

– Monsieur, maîtrisez votre chien, s'il vous plaît, il provoque le mien et cela pourrait entraîner des choses regrettables. D'habitude il ne réagit pas aux autres chiens.

Il prononça ces mots avec un aplomb surprenant, mais ils restèrent sans écho. Le jeune aveugle maîtrisa sa peur, craignant que Lumino la perçoive comme un signal d'attaque.

Cette fois, ce fut le bruit d'une chaîne qui répondit aux interrogations du jeune garçon. La bête émit un gémissement de douleur et se tut. D'un pas feutré, l'inquiétant duo se rapprocha d'eux. Thierry ressentit le malaise d'être scruté de la tête aux pieds. Cette présence silencieuse, intimidante, hostile même, le dérouta.

Lumino remplaçait ses yeux, mais il ne pouvait pas lui dire qu'il avait devant lui un énorme doberman, que le maître et le chien étaient d'une ressemblance stupéfiante, tous deux très hauts sur pattes, maigres, tout en muscles. Que l'homme portait des cheveux longs, très noirs, affichant un affreux rictus et qu'à cet instant, il le voyait appuyé contre un monument funéraire, le dévisageant sans retenue.

Le bouvier bernois les gardait bien en vue tous les deux, prêt à défendre son jeune maître qui resta sans bouger quelques instants.

Enfin, prenant sur lui-même, la main toujours au guidon, il commanda :

– Allez Lumino ! À la maison !

Docile, le chien fit demi-tour. Le chien et son maître inconnu, dans son dos, firent eux aussi quelques pas. La distance diminua pour n'être plus que d'une dizaine de mètres. Par l'effet d'une brise, Thierry fut frappé par la senteur nauséabonde que dégageait le duo, une forte odeur de transpiration, de nicotine et de chien trempé. Il dut réprimer son dégoût, ravalant une désagréable nausée qui accentua son inconfort. Il activa le pas afin de mettre une plus grande distance entre lui et ce qu'il percevait maintenant comme une menace.

« Mais qui sont-ils ? »

Enfin, à son grand soulagement, il les entendit s'arrêter puis s'éloigner. Il murmura à son chien :

– Ils puent, j'en ai mal au cœur ! Allez, détends-toi, ils sont partis. Pourquoi il a rien dit ?

Le duo revint à la maison sans autre incident. Thierry enleva le harnais de Lumino encore un peu fébrile et se rendit à sa chambre. De sa fenêtre, il écouta attentivement et entendit encore un chien aboyer. Il referma la fenêtre et s'en éloigna. Sa peur des premiers instants fit place à de l'appréhension.

– Ce sont peut-être un maître et son chien fantômes ? se dit-il en riant de lui-même. Mais non, Lumino a eu une réaction bien réelle et je l'ai entendu marcher. C'est peut-être à ça que Benoît, mon prof, faisait allusion l'autre jour.

À sa surprise, ce dernier passa le voir l'après-midi pour prendre de ses nouvelles. Il remarqua le peu d'entrain de l'adolescent qui lui annonça son intention d'abandonner l'entraînement. L'homme l'encouragea à ne pas renoncer en lui avouant que tout le groupe l'aimait bien et que son courage était pour eux une source d'inspiration.

Thierry le remercia et lui dit qu'il y réfléchirait. La démarche du professeur enchanta Catherine. En le reconduisant jusqu'à sa voiture, elle l'informa du départ de son père afin de lui expliquer l'humeur maussade de Thierry.

– J'espère qu'il n'abandonnera pas, conclut Benoît.

Au retour de Mme Roy, Catherine lui fit part de cette visite.

– Je souhaite que cela porte fruit. J'avoue que j'ai peur, Catherine. Il se renferme de plus en plus. Il n'en dit jamais assez pour se laisser aider. On dirait… qu'il baisse les bras.

– Un peu comme tous les adolescents en crise. Il ne faut pas désespérer, il est solide. Donnez-lui le temps de se ressaisir, passez plus de temps avec lui si vous pouvez. Je crois qu'il n'attend que ça. Vous lui manquez aussi.

– Oui, je le sais. Je suis souvent absente. Merci beaucoup. Je ne sais pas ce que je ferais sans vous.

Les deux femmes se saluèrent, puis Catherine quitta la maison. Laurence monta voir son fils. Il travaillait à son ordinateur.

– Bonjour. Tu as passé une bonne journée ?

– Assez bonne, oui.

– Catherine m'a dit que tu as reçu la visite de M. Jordan. C'est gentil à lui d'être venu prendre de tes nouvelles.

Après quelques instants de silence, elle ajouta :

– Vas-tu reprendre ton entraînement ?

– Je sais pas. J'ai plus le goût de rien !

Dans un élan de tendresse, sa mère enlaça les épaules du garçon et déposa un baiser dans ses cheveux.

– Tu verras, ça va revenir.

Un silence alourdi de questions muettes s'installa entre la mère et le fils.

– Bon ! C'est assez ! Allez ! On sort. On va au resto, et tu as le droit de commander tout ce qui te plaira. On se trouve une petite terrasse sympathique et on se la coule douce. Qu'en dis-tu ?

– C'est super, maman. Ça me tente !

– Bravo ! On fait la fête, on le mérite bien, dit-elle en lui tendant le bras, heureuse de le voir enfin s'animer.

– On amène Lu ?

– Comme tu veux.

– Non, on le laisse se reposer, ce soir.

– D'accord !

Ils s'assurèrent que l'animal ne manquait de rien et, pour la première fois depuis le départ de Philippe, sortirent le cœur léger.

La soirée était merveilleuse. Tous deux étaient bien installés sur une terrasse et l'ambiance était à la nonchalance. L'animation joyeuse, l'éclat des voix, des rires qui fusaient de partout autour de lui, les chaises, le bruissement des vêtements, tout grisa le jeune aveugle, lui faisant oublier ses inquiétudes.

Après s'être régalés d'une délicieuse salade d'endives aux petits lardons et au vinaigre balsamique, le sorbet glacé à la mangue qu'ils s'offrirent les ravit.

Heureuse de la réaction de son fils, Laurence se mit à lui décrire les gens qui les entouraient dans une sorte de jeu. Il s'amusa de ces descriptions, loufoques et caricaturales qu'elle s'ingéniait à lui faire.

Encouragée de le voir rire de bon cœur, la jeune femme devenait exubérante et poursuivit sa tournée du regard. Elle remarqua un duo étrange. Elle resta silencieuse quelques secondes puis reprit, un léger trouble dans la voix :

– À l'extrémité de la terrasse, nous faisant face, on se croirait sur un ring, il y a un homme et son chien. Il est tellement grand que, même assis, il a la taille d'un homme moyen.

– Sérieux ? T'en rajoutes pas un peu ?

– À peine. Je ne sais pas si je me fais des idées mais, malgré ses verres fumés, j'ai la nette impression qu'il n'arrête pas de nous fixer. Peut-être veut-il notre photo !

L'adolescent cessa de rire et demanda :

– Ils ont l'air de quoi, tous les deux ?

– Très grand, maigre, les cheveux longs, très noirs comme du charbon, pas très propres à mon avis. Il porte un long manteau de cuir. Pour ce qui est du chien, il lui ressemble.

– Pourquoi tu dis ça ?

– C'est un énorme doberman, maigre, très haut sur pattes, efflanqué comme lui, tout en muscles. On devrait interdire ce genre de bête en public ou exiger une muselière. Ils ont l'air aussi épeurant l'un que l'autre.

Il pensa aussitôt à Lumino et se demanda comment il aurait réagi face à un chien semblable. Il avait la désagréable impression d'être à nouveau en présence de l'inconnu du cimetière. Il n'en dit mot à sa mère.

– Tiens, il se lève… Il vient vers nous.

L'homme alla régler sa note et quitta la terrasse en frôlant leur table.

– Ils donnent froid dans le dos. Encore plus bas, elle ajouta en rigolant :

– Ils puent tous les deux !

Elle ne révéla pas à son fils qu'il n'avait pas cessé de les regarder avec insistance en passant près d'eux. Le trouble du garçon s'amplifia en reconnaissant l'odeur désagréable. C'était eux !

Son enthousiasme tomba. Devant son mutisme soudain, sa mère lui demanda :

– Tu voudrais qu'on rentre à la maison ? Tu sembles fatigué.

– Un peu. J'ai hâte de retrouver Lumino.

– Reste ici, j'en ai pour une minute. Je vais aller régler l'addition.

Elle se leva, se dirigea vers la caisse, sortit son porte-monnaie et paya. Au moment de retourner vers leur table, elle vit à nouveau l'individu longer le trottoir près de Thierry et regarder dans sa direction. Le garçon repéra l'odeur révélatrice. Il tourna vivement la tête vers l'individu. Sa mère arriva près de lui. L'homme avait disparu.

– Ils étaient encore là, n'est-ce pas, maman ? Je les ai sentis.

– Oui. Je n'aime pas ça du tout. Il se comporte bizarrement. On s'en va.

Il se leva, prit le bras qu'elle lui offrait et ils quittèrent la terrasse.

– Cela t'a plu ?

– Oui, merci. Super la soirée, maman !

La foule de badauds était dense en cette chaude fin de journée. Ils marchèrent sans se hâter jusqu'à la voiture.

Il garda pour lui son malaise d'avoir rencontré à deux reprises dans la journée cet étranger au comportement inquiétant. Peut-être que tout n'était que le fruit de son imagination ?

De retour à la maison, Thierry s'amusa avec son chien un long moment. Ensuite, il se dévêtit et se mit au lit. La chaleur ne l'empêcha pas de glisser dans un sommeil paisible, détendu comme l'avait été une bonne partie de la soirée. Son rêve baigna dans cette atmosphère de quiétude.

Tout était calme. Il marchait dans le cimetière sans crainte. Ses gestes étaient lents. De chaque stèle fleurie irradiait une lumière blanche et douce. Il continua d'avancer sans effort. Il tournait la tête dans tous les sens C'était magnifique ! Il pivota sur lui-même, curieux de tout

voir. Il marcha à reculons, le cœur joyeux.
Soudain, son sourire se figea ! Il vit toutes les
lumières disparaître d'un coup. Il se retourna,
inquiet. Tout était gris, sombre. Une immense
silhouette se dressait devant lui. Il leva les yeux
vers le visage de celui qui lui bloquait le passage.

Il vit un être trois fois plus grand qu'un
homme normal avec un grand manteau noir, si
grand que les pans l'encerclaient de tous les cotés,
tel un chapiteau, pour le retenir prisonnier. Il
entendit un énorme rire.

— Mais que me voulez-vous à la fin ?

Thierry n'obtint qu'un rire plus tonitruant.
Il aperçut sur son épaule un chat. L'homme et le
chat avaient le même regard perçant. Tous deux
le fixaient intensément. Il voulut crier, se sauver,
mais leurs regards hypnotiques l'en empêchaient.
Soudain, le chat s'élança vers le visage de Thierry,
qui leva le bras pour se protéger les yeux. Pendant
qu'elle sautait, la bête se transforma en chien et le
renversa.

Thierry se réveilla.

— Lumino ! Tu m'as fait peur ! Je suis
content que tu m'aies réveillé !

L'affolement de son cœur résonnait jusque
dans sa gorge. Le chien venait de sauter sur le
lit. Était-ce seulement Lumino, la chaleur
suffocante, le bruit du tonnerre au loin appor-
tant avec lui la promesse de la pluie bienfaisante,
ou encore, ce chien qu'il entendait aboyer
quelque part dehors qui l'avait réveillé ? Il se

leva, tendit les mains devant lui et se dirigea vers la fenêtre. Aucun souffle de vent. Il entendit le roulement du tonnerre se rapprocher de plus en plus.

– Lu, tu l'entends, ce chien ? Mais qui sont-ils ? On descend, j'ai soif !

À la dernière marche, la voix de sa mère du haut de l'escalier lui fit tourner la tête.

– Tu ne dors pas ?

– Non, il fait trop chaud. Je vais nous chercher à boire. Tu veux quelque chose ?

– Oui, mais je viens avec toi. Moi aussi, la chaleur m'indispose.

Elle descendit et l'accompagna à la cuisine. Elle versa à chacun une limonade bien fraîche, pendant que Thierry changea l'eau du bol de son chien.

Tous les deux se dirigèrent ensuite vers la porte-fenêtre et sortirent s'asseoir dans le calme de la nuit. Lumino les suivit.

– Maman, est-ce que la maison était habitée avant nous ?

– Oui, mais le dernier occupant remonte à plus de trois ans. Pourquoi ?

– Pour savoir. Tu trouves pas étrange qu'elle soit restée vide pendant si longtemps ?

– Pas vraiment. Le prix, peut-être ? C'est une très belle maison pourtant. Elle est spacieuse et les pièces sont bien éclairées.

– Raisons de plus, elle a toutes les qualités, mais personne ne voulait l'acheter. Pourquoi nous ?

– Pour ce qui est des autres, je l'ignore, mais pour ma part, tout comme ton père, la principale raison était la proximité de l'université, de ta future école et des services de transport. Tout cela regroupé dans un même arrondissement.

– Et le cimetière dans tout ça ?

– J'ai hésité, mais Philippe était tellement content d'avoir déniché cet endroit tranquille et pratique. Il m'a vendu l'idée que l'important pour toi comme pour nous, était ces commodités. Les voisins sont silencieux, tu ne trouves pas ? lança-t-elle en laissant échapper un rire moqueur.

– Ça te dérange qu'il soit si près ? poursuivit-elle devant son sérieux.

– J'aurais aimé que vous m'en parliez avant. J'ai une sensation étrange, un malaise. Je n'arrête pas d'y penser. J'en rêve même parfois.

Laurence regarda son fils avancer précautionneusement la main pour déposer son verre sur la table de jardin.

– C'est nouveau, mais tu vas t'y faire. Au début, moi aussi, j'ai été impressionnée par la tristesse qui émane de ce lieu. Avec le temps, je le trouve apaisant.

– Pas moi. Quand je suis seul, j'imagine plein de choses. Dis-moi, cette musique au loin que j'entends quelques fois du côté gauche de la maison, elle vient d'où ?

– D'un bar…

Thierry aurait juré percevoir de la gêne dans la voix de sa mère.

– Un bar ! s'exclama-t-il. Nous avons comme voisin immédiat, à droite, un cimetière, en face l'université et à gauche, un bar !

– Oui, mais il n'est pas ouvert tous les jours, seulement pendant les fins de semaine et certaines fêtes, comme aujourd'hui.

– Un bar ! répéta-t-il tout bas, incrédule.

– Ton père et moi avons pris soin de bien nous informer. Il n'y a pas lieu de t'inquiéter, je t'assure. S'il y avait eu la moindre rumeur contre l'établissement, nous n'aurions jamais emménagé ici.

– Papa a dû être très convaincant pour que tu acceptes ça ! Vous pensiez me faciliter les choses ?

L'humeur du garçon changea. Sa voix trahissait son agacement. Avant qu'elle ait le temps de répondre, il enchaîna :

– Il voulait peut-être me cacher !

Sa mère se leva, s'approcha de lui, lui prit les deux mains et les posa sur ses joues avec tendresse.

– Ne crois pas ça. Ce sont les circonstances qui nous ont menés ici. La proximité de notre travail a aussi pesé dans notre décision.

Il retira ses mains.

– J'ai toujours l'impression d'être surveillé, maman !

Elle le regarda avec plus d'attention encore. Elle connaissait chaque vibration, chaque intonation de sa voix et expression de son visage. La clarté de son regard perdue s'était communiquée à tout son corps. Quelque chose n'allait pas.

– Qui pourrait te causer des inquiétudes ? On n'a aucun voisin.

– Oui, c'est vrai, mais il y a des étrangers qui viennent près de la maison. Je t'assure qu'on nous épie. J'ai l'habitude d'entendre les gens parler de moi et de Lu, mais là c'est différent. Il y a quelqu'un qui rôde tout près, c'est énervant. Je le sens !

– C'est normal, moi aussi j'ai cette impression. Prendre possession d'une nouvelle demeure exige toujours un peu de temps pour s'adapter. Qu'elle soit restée vide longtemps ou pas, on ressent l'atmosphère de ses anciens propriétaires. C'est encore plus vrai pour celle-ci, à mon avis. Le début des classes en septembre va t'aider à te faire des amis, ce sera plus facile, crois-moi.

Il tourna son visage face à la brise bienfaisante, tant attendue. L'orage était imminent.

– Et l'inconnu à la terrasse ? se hasarda-t-il.

Le roulement sourd du tonnerre masqua le trouble de sa voix.

– C'est un incident très fâcheux. Je n'ai pas aimé, moi non plus. J'ai trop insisté dans ma description comme pour toutes les autres. Je regrette de t'avoir causé cette peur. Il faut toujours être très prudent où que l'on soit ! Ici comme ailleurs. Tu attires les regards, tu es trop beau !

Elle lui avait fait ce compliment sur un ton badin, cherchant à le faire sourire pour dissiper la tension qu'elle percevait. Comment exprimer ses craintes lorsque tout se limitait à une rencontre où il avait eu plus de peur que de mal, à des cauchemars de plus en plus étranges et à une odeur ? Était-ce son imagination qui s'amusait à le troubler, des coïncidences sans importance ou existait-il un danger réel ?

Le silence s'étira dans la nuit, chacun perdu dans ses pensées. Le vide créé par l'absence de son mari alourdissait la vivacité de raisonnement de la jeune femme.

— Bon allez, on rentre, dit-elle. Le vent se lève, il va pleuvoir d'une minute à l'autre.

L'adolescent fut tiré de sa rêverie. Il garda pour lui ses peurs et ses réflexions troublantes. Il se croyait trop vieux pour tout raconter à sa mère.

— D'accord. Viens, Lumino !

Le chien ne se fit pas prier pour entrer.

— Bonne nuit, dors bien. Ne te tracasse pas pour rien.

— Tu as peut-être raison. Bonne nuit, maman.

Parvenu à sa chambre, Thierry se laissa tomber sur son lit puis s'endormit aussitôt. Au-dehors, l'orage tant attendu éclata enfin dans toute sa force. Lumino vint se coucher près de son maître. Ce dernier malgré le vacarme parvint à trouver le calme bienfaisant d'une nuit enfin sans cauchemar.

Le lendemain, l'entrain retrouvé, il rit en secret de son imagination trop fertile. Il fit part à Catherine de son intention de reprendre ses cours de gym. La jeune femme le félicita de cette décision en lui rappelant que c'était mardi et que le cours avait lieu en après-midi. Ce à quoi il ajouta :

– C'est parce que j'ai le goût et que personne ne m'oblige, cette fois ! En attendant je sors me promener avec Lumino.

– D'accord.

Par la fenêtre, elle le regarda s'éloigner. Il avait mis le harnais à son chien et se dirigea vers le trottoir qui longeait le cimetière. L'orage avait rafraîchi le temps. Il respira à pleins poumons.

– C'est une belle journée !

Le bouvier bernois agitait la queue, sensible à sa voix enjouée.

– On va voir s'ils sont encore là ou si c'est juste un hasard. Nous deux, on fait une équipe super. On est pas des trouillards !

Ils s'engagèrent dans l'allée principale. Il entendait le bruit des autos dans son dos, celui du vent ainsi que le chant des oiseaux. Aucune mauvaise rencontre ni odeur désagréable ne vint troubler sa promenade.

– C'est un hasard qu'ils se soient trouvés à la terrasse, confia-t-il à son chien.

« Laurence a raison, j'ai trop d'imagination. Tout de même, il est grand et profond ce cimetière, pensa-t-il. On peut y faire des choses défendues et rien ne les empêcherait. Pourquoi j'imagine ces trucs ? Que je peux être bête ! Mais c'est vrai ! Un mort dans un endroit pareil, c'est facile à cacher ! »

Sa balade matinale se transforma en une expédition de reconnaissance. De retour sur le trottoir, ils continuèrent plus avant et se rendirent jusqu'au bar, au coin de la rue, sous le regard étonné des passants. Sa longue exploration dura près d'une heure. Catherine l'accueillit près de la porte.

– Ah ! te voilà ! Si tu veux aller à ton entraînement, tu as juste le temps de te changer et de manger une bouchée.

– Oui, je monte tout de suite.

Thierry grimpa chercher ses effets et avala son dîner en vitesse.

Il hâta le pas dans la mesure du possible. Familier du trajet, Lumino le conduisit sans hésitation.

Une amère déception l'attendait à son arrivée, qui lui enleva tout son enthousiasme. Son père avait communiqué avec M. Dupuis, son professeur, pour le mettre au courant de son nouveau travail et s'informer des progrès de son fils. Le prof lui avait signalé ses absences répétées. Son père l'avait rassuré en lui disant qu'il retournerait aux cours très bientôt et que justement la raison de son appel était pour l'inscrire à la session d'automne.

En écoutant son professeur, il eut un raté pareil à celui ressenti lorsqu'il se reprenait à la dernière seconde pour ne pas trébucher dans un escalier. Son père avait prévu sa réaction et, encore une fois, tout décidé sans rien lui demander. Il regretta d'être venu.

« Non, mais c'est pas vrai ! Il nous a abandonnés. Qu'il nous fiche donc la paix ! »

Le jeune aveugle sentit la colère gronder en lui. Malgré sa tentation de quitter le cours, il parvint à ravaler son mécontentement et exécuta tout ce que l'on attendait de lui avec acharnement, exprimant sa frustration dans chaque mouvement.

Le professeur, sans comprendre, dut à plusieurs reprises modérer ses gestes trop violents. Le cours terminé, M. Jordan alla trouver le professeur et lui révéla :

— Quand je suis passé chez Thierry, son accompagnatrice m'a dit qu'il acceptait très mal le départ de son père. Je vais aller le voir, il est aux douches.

— D'accord. Tu lui parles pour ce soir ?

— Oui, je m'en occupe.

En entrant, il vit Thierry sur le point de partir. Il s'empressa d'aller vers lui.

— C'est moi, Benoît Jordan. Comment tu vas ? Écoute, c'était le dernier cours de la session d'été aujourd'hui et, pour clôturer l'étape, tout le groupe va au resto. Que dirais-tu de te joindre à nous, ce soir ? Je pourrais passer te prendre.

— Je sais pas, je suis fatigué. Il faut que j'en parle à ma mère.

— Naturellement. De toute façon, je vais passer chez toi vers 5 h 30, voir si tu peux venir. Je dois rester à la bibliothèque pour un travail. D'accord ?

Il lui posa une main amicale sur l'épaule et insista :

— Ça va aller ? Je sais que tu passes un dur moment.

— Tout va très bien, crâna Thierry en insistant sur chaque mot.

— Bon, à tout à l'heure.

Il se dirigea vers la douche. Thierry sortit avec Lumino.

∞

À 5 h 30 pile, Laurence accueillait Benoît Jordan.

— Vous êtes la maman de Thierry ? Enchanté.

— Laurence Roy. Je suis contente de vous rencontrer. Entrez. Thierry m'a parlé de vous. Ce que vous faites pour lui me touche beaucoup et je vous en remercie.

— Ce n'est rien. Il a décidé de venir avec nous ?

Au même moment, Thierry apparut en haut de l'escalier.

— Oui. J'arrive.

— Est-ce que tout est en place, maman ?

— Tu es parfait.

Laurence lui passa la main dans les cheveux, ce qui le mit mal à l'aise.

— Maman ! Arrête !

— Elle a raison, ta mère, tu es super. Bon, on part. Je dois faire un saut à la maison, j'ai oublié mon veston pour la fin de la soirée.

— À ce soir, maman.

— À ce soir, mon grand. Amuse-toi bien.

Après leur départ, Laurence dit à Lumino :

— Ne me regarde pas avec tes grands yeux tristes, tu restes ici. Tu devras te contenter de moi pour s'occuper de toi ce soir. À la bouffe !

Après un moment d'hésitation à regarder la porte close, le chien la suivit, la tête basse.

Durant le court trajet jusque chez lui, M. Jordan en profita pour informer Thierry de la présence de son fils Luc.

— Je vis seul avec lui. Sa mère est partie de la maison depuis bientôt quatre ans. Il a dix-huit ans et il est un peu rebelle. Ne sois pas trop surpris. C'est un brave garçon, mais un peu nerveux. Voilà, on est déjà arrivé.

Il lui ouvrit la portière, lui offrit le bras et le dirigea à l'intérieur de la maison.

— Fais comme chez toi, je reviens. Luc, tu es là ? cria-t-il. C'est moi !

Une voix étonnée et impatiente monta du sous-sol.

— Ouais. Qu'est qu'il y a encore ? Tu devais pas aller au restaurant ?

— Oui. Monte, j'ai quelqu'un à te présenter.

Thierry entendit claquer une porte et des pas dans l'escalier. Avant que son père ne prononce un mot, Luc lança :

— Salut ! C'est toi le fameux Thierry dont mon vieux me parle tout le temps ?

M. Jordan fronça les sourcils et haussa les épaules en direction de son fils.

– J'en ai pour deux minutes.

Il quitta la pièce.

– Oui, c'est moi, mais j'ai rien de fameux, tu sais.

– Oh ! que oui ! Mon père... n'a que des éloges pour toi, mon cher !

Le ton mordant que Luc employa et la pointe de jalousie qu'il perçut figèrent Thierry. Sans qu'il sache pourquoi, la voix de Luc changea, son accueil aussi.

– Relax ! Assieds-toi, il y a une chaise juste à ta gauche, à un mètre environ.

– Ah ! Merci.

– Ça fait longtemps que t'es dans le coin ?

– Non, deux mois seulement.

– Elle est comment la maison du cimetière ?

Thierry ressentit à nouveau une gêne. Il n'eut pas le temps de répondre que déjà M. Jordan réapparaissait au salon. Luc continua sans se préoccuper de lui.

– Tu vas à quelle école en septembre ?

– À la poly, près de l'université.

– Ah ! La même que moi. Il paraît que t'as un beau chien ?

– Luc ! On part.

Le jeune aveugle prit sa canne, la déplia et se leva.

– Salut Thierry, content de t'avoir rencontré.

– Moi aussi !

Quelques instants plus tard, le jeune homme, après avoir regardé l'auto quitter la

cour, descendit au sous-sol. Quelqu'un l'attendait dans sa chambre, silencieux. Il lui tournait
le dos, face au mur, à regarder des affiches de
cinéma. Une voix coupante et froide lui
reprocha :

— Tu m'avais assuré que personne ne
viendrait nous déranger !

— Oui ! C'est ce que je croyais, aussi. Mon
père avait oublié quelque chose.

L'homme au physique impressionnant se
tourna vers lui et le dévisagea droit dans les
yeux. Son regard avait quelque chose d'hypno-
tisant, laissant tous ses interlocuteurs saisis
d'étonnement. Ses pupilles étaient celles d'un
chat, à la lumière du jour.

— Mais je te dis que c'était imprévu ! répliqua Luc en détournant les yeux, mal à l'aise.

— J'y compte bien. Je veux pas être vu avec
toi, cette année non plus. On continue comme
l'an passé.

— Devine qui était avec mon paternel ?

— Thierry Roy, le jeune aveugle.

— Tu le connais ?

— Oui. J'ai des choses très sérieuses à
t'expliquer pour l'année qui vient. Je suis ici
pour ça. Cela fait plusieurs jours que j'y pense.
Je le surveille.

— Lui ! Qu'est-ce qu'il vient faire dans notre
commerce ?

— Notre « commerce » comme tu dis est au
point mort en ce moment et tu sais pourquoi ?

Luc le savait trop bien.

– Parce qu'au printemps passé, tout a failli vous éclater dans la face quand, par ta faute et celle de tes petits copains, vous avez été à un cheveu d'être dénoncés à la police. Tu t'en souviens ! Tous les trois, vous avez eu la chance d'avoir des parents influents. Vos pères ont réussi à étouffer l'affaire, mais tout le monde vous a à l'œil. Vous avez promis de rester peinards. Vous vous êtes retrouvés sans marge de manœuvre. Personne peut se permettre d'être à nouveau pris avec de la drogue, sinon c'est l'expulsion, le casier judiciaire. Ils ont été clairs là-dessus !

– Ouais ! Ouais ! Max, je me souviens de tout ça, mais la poussière est retombée. C'était l'année passée ! Mes copains et moi, on est à sec. On compte sur toi. On a plusieurs réguliers qui attendent la prochaine livraison. Ils vont aller voir ailleurs. Il faut trouver un moyen et vite. Tu dois nous en procurer !

– J'ai le stock, mais c'est encore trop risqué et c'est faux, la poussière n'est pas retombée. J'ai mes sources de renseignements.

– Mais alors, qu'est-ce qu'on fait ? T'as un plan ? insista-t-il, agacé par le ton arrogant de Max.

– Tout un plan. Pour cela, j'ai besoin de l'aveugle.

Luc ouvrit grands les yeux.

– Le phénomène de tantôt ? Mais tu voulais personne d'autre dans nos combines. Puis, il acceptera jamais !

– Qui t'a dit qu'on lui demanderait son avis ?

– Mais explique-toi, ça pas de bon sens ?

L'excitation le gagnait.

– Oh que si ! Il va nous servir de pigeon voyageur, de couverture si tu veux. Il fera l'ouvrage pour nous et on ramassera tranquillement l'argent. C'est lui qui va faire le parcours poly-université !

– Mais comment on va s'y prendre ?

Max laissa échapper un rire goguenard et condescendant.

– Mon plan, il est prêt là, dit-il en pointant son index sur sa tempe. Je peux t'assurer que ce jeune-là pourrait transporter un bazooka dans son sac sous le nez de n'importe quel surveillant ou flic et personne ne lui demandera de rendre des comptes. La maison du cimetière, tu y penses ! Aucun voisin, et le jeune est souvent seul avec son chien. Actuellement, le père est presque toujours absent.

– Je le sais. Benoît me l'a dit. C'est à cause de son emploi et le jeune le prend très mal.

– Bravo ! Autre point positif pour nous. On va devenir ses potes et lui faire un beau cadeau. Il n'est pas un froussard, je l'ai vu souvent se balader dans le cimetière, même qu'une fois, on s'est trouvé face à face. J'ai rien dit. Je l'ai testé. Il a agi avec sang-froid. On va le mettre à notre main.

– C'est bien beau tout ça, mais c'est quoi ton idée, tu vas la dire ? Allez déballe, s'il y a l'ombre d'une chance que ça marche, moi et les autres, on te suit.

— Oui, mais cette fois, pas de faux pas. Vous respectez la consigne et le reste ira tout seul. S'il y en a un qui essaie de me doubler, c'est fini. J'arrête tout et je me ferai un plaisir de le dénoncer à ses parents et moi, je disparais le temps que ça prend entre deux respirations. Compris?

— Voyons Max, personne veut te doubler. On fait une équipe du tonnerre.

Luc redoutait autant qu'il la souhaitait la compagnie de cet homme au magnétisme inquiétant.

— Ça va, ça va! Donc voici mon plan, tu n'auras qu'à avertir les deux autres et tâche de bien leur expliquer. C'est très facile, pas besoin d'être Einstein pour comprendre!

— Tu peux compter sur moi.

Chapitre VI

Un ami ?

L A RENTRÉE approchait à grands pas. Thierry était prêt. À plusieurs reprises, lui et Lumino s'étaient exercés à faire le trajet jusqu'à l'école. Ils le maîtrisaient parfaitement. Catherine n'avait fait qu'un seul parcours avec eux. L'adolescent refusa l'offre de se faire reconduire, la première journée.

Heureux, il découvrit, en passant par le cimetière, un étroit sentier où il se sentit en sécurité à la minute où il le franchit. La régularité du sol ainsi que l'épaisse végétation qui l'entourait, en faisait un endroit idéal pour le jeune garçon. Cela le rallongeait un peu, mais ce bien-être valait le détour.

Depuis la rencontre de l'homme et de son chien, aucun autre incident fâcheux n'était venu le perturber. Il finit par se convaincre que l'agressivité ressentie envers lui n'avait été que le fruit de son imagination.

Ses parents lui avaient offert un splendide sac à dos en cuir aux nombreux compartiments. Reconnaissant, Thierry avoua à sa mère que jamais il ne se servirait de tout l'espace disponible. Avec dextérité, il avait rangé son matériel spécialisé : magnétophone à cassettes pour l'enregistrement de ses cours, cassettes vierges et disques de musique, baladeur numérique, poinçon, tablette et papier, etc.

Le matin de la rentrée, après avoir nourri Lumino et déjeuné, Thierry fit une ultime vérification avec l'aide de sa mère.

– Tu as tout ce qu'il te faut ! l'assura-t-elle.

Après quelques instants de silence à le regarder s'affairer, elle se laissa tomber sur le lit de son fils en disant :

– Je te comprends, c'est énervant une première journée scolaire dans une nouvelle école. Je suis certaine que tu vas très bien t'en tirer.

Une lueur d'appréhension se glissa sur le visage de Thierry.

– Le directeur m'a assuré qu'il ferait tout pour te faciliter la tâche. Un prof va t'expliquer tes horaires, te montrer les locaux, le vestiaire, la cafétéria. Tu n'auras rien à chercher. Si tu veux, je peux aller…

– Non maman, je veux le faire tout seul avec Lumino, insista-t-il.

– Bon, mais tu n'as rien à prouver, tu sais ! Ah oui ! je voulais te dire que ce soir, j'ai une réunion après le travail ! Je vais rentrer plus tard, probablement vers 8 heures. J'ai demandé à Catherine d'être là, mais elle avait un rendez-vous important. Veux-tu que j'appelle ton père ?

– Non ! Je suis capable de me débrouiller. J'ai mon chien, je connais le parcours par cœur et 8 heures, c'est pas terrible.

– Comme tu veux. Ton souper sera prêt au frigo. On descend, c'est l'heure de partir.

Laurence alla le reconduire jusqu'au trottoir. Elle embrassa son fils. Elle mit la main sur Lumino en lui faisant ses dernières recommandations :

– Je compte sur toi, garçon, pour me le ramener en un morceau.

– Salut, maman, à ce soir.

– À ce soir.

Thierry prit le guidon de son chien et partit. Ils longèrent le cimetière. Il se promit cependant d'emprunter son sentier au retour. Sa mère les regarda s'éloigner et éprouva un pincement au cœur.

« Ça lui en prend du courage ! »

En ce midi de la rentrée, la cafétéria était bondée d'élèves. Les retrouvailles attendues se ponctuaient de cris, de salutations bruyantes. Le vacarme était à son apogée lorsque, reconduits par le professeur de son dernier cours, Thierry et Lumino firent leur entrée. Le jeune aveugle le remercia et lui assura qu'ils sauraient se débrouiller.

Les yeux de tous se tournèrent vers eux. Il se fit un bref silence ponctué de chuchotements et de murmures. On se poussait du coude en hochant la tête dans leur direction. Mal à l'aise, Thierry chercha à s'orienter à travers cette forêt de chaises et de tables.

Le bruit reprit de plus belle. Il avança sans trop savoir où se diriger. Tout à coup, dominant le tumulte, un retentissant « Thierry ! » vint calmer la tempête qui agitait l'esprit du jeune aveugle, telle une bouée de sauvetage dans ce flot incessant de paroles. Luc, en quelques enjambées, le rejoignit.

— Salut, vieux ! Tu me reconnais, c'est moi Luc. Tu es venu à la maison avec mon père l'autre soir.

— Ah ! Salut. Il y a beaucoup de monde !

— Oui. Suis-moi.

Luc lui mit un bras sur les épaules et, sans attendre de réponse, le dirigea vers le comptoir-lunch. Thierry, un peu hésitant au début, se laissa guider, content d'entendre une voix connue. Lumino tenu par la laisse se faufila entre toutes ces jambes et ces mains tendues pour le toucher. Le chien ne ralentit pas, indifférent au chahut, pour rester près de son maître.

D'un enthousiasme excessif, Luc lui servit de guide. Il lui décrivit toutes les possibilités du menu. Thierry se contenta d'un sandwich au jambon, d'un verre de lait et d'un muffin à l'érable et aux noix. Luc choisit la même chose et, parvenu à la caisse, insista pour tout payer. Étonné mais ravi de ce nouvel ami, Thierry le laissa faire en le remerciant.

— J'apporte le tout et on se trouve une place.

Pour ne pas buter sur quelqu'un, il sortit sa canne et avança avec précaution. Luc le guida par le son de sa voix, criant pour se faire entendre. Thierry ne le vit pas, d'un signe de tête menaçant, inciter deux garçons à déguerpir.

– Ouais ! J'ai une table. Là, c'est ça.

Une fois bien installé, Thierry prit son sac à dos et l'ouvrit. Après une brève recherche, il trouva une récompense pour son chien, couché à ses pieds.

– Il est super beau ton chien, tu sais ! C'est quoi son nom ?

– Lumino.

– Tout le monde le regarde avec envie, où plutôt tous les gars. Les filles, elles, c'est toi qu'elles regardent.

Ce commentaire flatteur empourpra ses joues. Cette réaction amusa Luc. La voix de ce dernier se faisait de plus en plus amicale comme celle d'un ami de longue date.

– Comment a été ton avant-midi ?

– Tous les profs ont été très bien avec moi et Lu. Tu devineras pas qui sera mon tuteur pour l'année ? Ton père. Il m'a préparé mon horaire sur cassette, il a enregistré plusieurs feuilles de cours. Avec mon synthétiseur de voix à la maison, tout ce matériel va grandement m'aider. Il est super, ton père.

– Quand il veut, oui. Tu parles d'une coïncidence !

L'annonce de cette nouvelle inespérée l'enchanta.

« Je pouvais pas demander mieux pour savoir son emploi du temps ! Les copains vont se marrer en apprenant ça », pensa Luc, ravi de la situation.

Durant toute l'heure du lunch, Luc resta près de lui et le mit de plus en plus en confiance. Il lui expliqua toutes sortes de choses utiles à savoir sur les salles de classe, les vestiaires, la bibliothèque. Autour d'eux, on leur lançait des regards étonnés, mais personne ne vint leur parler.

– C'est la première fois que je fréquente une poly. L'an passé, j'étais dans un collège privé. C'était beaucoup plus petit qu'ici. Cette année, papa tient à ce que j'expérimente autre chose. Je t'avoue que je me sens un peu dépassé.

– Tu vas t'y faire. Une première journée d'école, c'est très énervant. J'imagine que pour toi, c'est encore plus difficile. Mon père, moi et les copains, on va t'aider, t'en fais pas. Ils sont comment, tes parents ? C'est un drôle d'endroit pour venir demeurer, tu trouves pas ? C'est débile trippant !

Thierry ignora cette question trop directe sur ses parents, ainsi que cette nouvelle allusion sur sa demeure. Tous se posaient-ils la même question en le regardant ? Cette impression d'isolement au milieu de cette foule l'oppressa. Luc n'ajouta rien, conscient de brusquer un peu trop les choses. Il y eut un silence gêné de part et d'autre. Enfin, il reprit, la voix chuchotante :

– Pour les premières années, c'est le pire stress, la première journée. En plus, il y a l'initiation !

– Quelle initiation ?

– Chut ! Il ne faut pas l'ébruiter mais, chaque année, les premières se font surprendre par les plus grands. Il leur arrive plein de choses auxquelles ils ne s'attendent pas du tout. C'est marrant !

Pourquoi lui disait-il tout ça ? En quoi cela le concernait-il ?

Luc laissa sa phrase en suspens, amusé de lire l'inquiétude qu'il venait de susciter chez son compagnon. Puis comme pour lui-même, donnant l'effet de trahir un secret par amitié, il ajouta d'un ton à peine audible :

– Les premières années et les nouveaux ! C'est entre nous !

L'ouïe fine du garçon saisit très bien le reste de la phrase, malgré le vacarme environnant. Cette confidence l'inquiéta. Luc profita du silence de Thierry pour ajouter, sournois :

– Surtout, dis rien à personne, car si ça se sait, c'est pire !

– Pire ? Qu'est-ce qui est pire ?

– Oui, pire. Si les plus vieux sont frustrés dans leur surprise, ils choisissent une autre date et un autre endroit. L'initiation se produit à coup sûr, plus tard et plus gênante pour les nouveaux qui n'ont pas su garder le silence. C'est la coutume ici.

Luc éclata d'un rire méchant et regarda Thierry qui avait cessé de manger, la gorge nouée.

– Ne t'en fais pas. Je voulais te prévenir. Personne ne doit rien dire à personne, mais j'ai insisté pour que toi au moins, tu puisses être au courant. Ils ont accepté. Tu restes sur tes gardes, ils vont y aller mollo. Le plus important, ça, ils y tiennent : pas un mot. C'est pas méchant, mais la deuxième fois peut être beaucoup plus embarrassante !

— Merci. C'est chic de ta part. Je ne dirai rien.

L'heure du lunch tirait à sa fin. Luc offrit d'aller le reconduire à son prochain cours.

— Tu me montres ton horaire ?

Thierry fouilla dans son sac et le lui tendit.

— Benoît l'a mis avec mes notes.

— Je connais la poly comme le fond de ma poche. J'ai le temps d'aller te reconduire et ensuite de filer à mon cours. Après cinq ans dans le même établissement, je pourrais en faire le tour les yeux fermés… Ah ! je suis con de dire ça comme ça !

— C'est pas grave. Je vais devoir m'habituer moi aussi, mais pour aujourd'hui, je veux bien. Avec mon chien, je vais me débrouiller tout seul, assez vite.

Luc écoutait à peine ce que Thierry lui disait. Il mémorisait son horaire, ses cours et ses locaux. Au bas de la feuille, marqué d'un astérisque, il vit que les périodes de conditionnement à l'université se poursuivaient le mardi. Seule l'heure en était changée, soit à 6 h 30 le soir. Il réprima à grand-peine un soupir de soulagement.

— Alors, on y va ? Ta mère vient te chercher après l'école ?

Luc lui remit sa feuille après avoir griffonné les renseignements sur un bout de papier.

– Non. Elle travaille jusqu'à 8 heures.

– Je peux aller te reconduire, si tu veux ?

– Non. Ça ira.

Thierry prit la laisse de Lumino et tint le bras de Luc. Ensemble, ils se rendirent au cours. Il ressentait de la méfiance face à ce nouveau camarade, sans s'expliquer pourquoi. Peut-être que Luc en faisait trop ? Il se reprocha sa méfiance. L'après-midi se déroula très bien. Malgré tout, c'est avec soulagement qu'il entendit sonner la fin des cours. Presque aussitôt arrivé dans la cour, Luc se trouva à ses côtés. Il sursauta.

– Mais comment tu fais pour aller aussi vite ? Je viens juste de sortir. C'est vrai que je suis plus lent que les autres, mais quand même ?

– J'ai pas de mérite, mon cours a fini avant le tien. T'es sûr que tu ne veux pas que je t'aide à traverser la rue ? C'est très passant.

Tant de sollicitude l'agaça.

– Non, merci beaucoup, coupa-t-il. À demain.

Il ajusta son sac d'un haussement d'épaule, ramassa le harnais de son chien et partit d'un pas sûr, démontrant son habileté à se débrouiller seul.

À la hauteur du cimetière, un pressant besoin de calme, de solitude le poussa vers ce qu'il appelait déjà « son » sentier. Il s'y engagea, vidé par cette longue journée d'efforts physiques et mentaux. Il ralentit le pas et donna une caresse à son chien. Il se laissa conduire, rassuré par ce milieu devenu familier. Il relâcha sa concentration malgré lui, chose inhabituelle. Une légère déception effleura son esprit à l'idée que personne n'était à la maison pour l'accueillir.

— On a eu une grosse journée, mon Lu ! Toutes ses mains qui ont voulu te caresser, toutes ces voix qui m'ont demandé ton nom en me disant que tu es beau. Et ce Luc ?

Loin de tous les regards curieux, captivé par la nature environnante, Thierry oublia tout. La route à sa droite ne laissait entendre qu'un bruit étouffé. Plus loin devant, le cimetière était désert, silencieux. Il apprécia ce temps de solitude. Il soupira d'aise, enfin tranquille.

Chapitre VII

L'initiation

Soudain il remarqua un changement dans le comportement de son chien. Il entendit trois bruits secs de branches cassées. Il s'arrêta net, toute son attention retrouvée. Il les situa à moins de trois mètres de lui.

— Qu'est-ce qui se passe, Lu ?

La démarche de Lumino se fit plus lente. Le chien serra de près la jambe de son maître, dans une attitude protectrice. L'estomac du garçon se contracta. Deux des sons se situaient en face, un à droite à deux heures, l'autre à gauche à dix heures environ et le dernier, dans son dos, à six heures. On l'avait encerclé ! Il pensa aussitôt à l'homme et à son chien, mais il ne huma aucune odeur fétide. La réaction de Lumino n'avait rien à voir avec cette autre rencontre. Il était calme, vigilant comme toujours. Cela le rassura, mais sa tension n'en demeura pas moins vive.

— Qui va là ? S'il vous plaît, faites-vous reconnaître.

Silence. À nouveau, les trois mêmes bruits secs simultanés.

« Des voleurs ! » pensa-t-il

Il garda son calme malgré l'emballement de son cœur. Ne sachant plus que penser, l'adolescent ordonna :

– Allez ! À la maison.

Sa main serra le guidon de son chien. Il tint avec force la courroie de son sac sur son épaule et tenta de s'éloigner.

Tout se précipita. Dans sa hâte, il trébucha sur une racine de surface. Essayant de se protéger de la main, il échappa son sac qui alla choir à quelques mètres de lui. De son autre main, il s'agrippa plus fort encore à son chien. Ce dernier resta immobile, prêt à lui servir d'appui afin qu'il se relève.

Thierry sentit quatre mains vigoureuses le saisir et le remettre sur pied. Leurs gestes étaient empressés mais sans brusquerie. Celui de gauche s'activa pour secouer les brindilles collées à ses vêtements. L'autre, près de Lumino, offrit à manger au chien. Il le sut à l'odeur.

– Non ! Lumino !

Le chien arrêta tout mouvement. La crainte gagnait le jeune aveugle, malgré ses efforts pour garder son calme.

– Qui êtes-vous ? Parlez ? Où est mon sac, rendez-le moi !

Il essaya de se dégager pour le chercher. Celui de gauche l'en empêcha. À la place, il lui mit un bras autour des épaules et le serra contre lui, dans un geste amical. Thierry se débattit, mais la pression se fit plus forte. Il entendit un son familier. On venait de le photographier avec un appareil automatique à développement instantané. Il entendit les photos sortir dans un déclic.

Les trois acolytes gardèrent silence encore un moment, scrutant sa réaction et en se lançant des clins d'œil complices. Enfin l'un des trois parla :

— Félicitations Thierry, tu viens de traverser avec succès la première étape de ton initiation ! Bravo ! J'en étais sûr.

— Ah ! Luc ! C'est toi !

— Mais oui. Je t'avais dit de te méfier. Que ça pouvait arriver aux nouveaux, n'importe quand, n'importe où ! Tu te rappelles ?

— C'est qui les autres ?

— Celui qui a secoué la poussière, c'est Éric, un copain de l'université. Il me prête un coup de main pour les initiations.

— Comment s'appelle celui qui est dans mon dos. Il a mon sac. Il peut me le rendre ? Pourquoi il l'ouvre ?

La justesse de ses paroles surprit les trois complices. Luc fit signe à Maurice de se dépêcher.

— Oui. C'est Maurice, Momo pour les intimes, lui aussi c'est un copain. Il va te le donner ton sac. Il remet tout en place.

— Pas la peine, je vais le faire ! Vous m'avez vraiment surpris. C'est pour ça que Lumino n'a pas réagi !

— Ouais, c'est ça !

Le ton condescendant de Luc agaça Thierry. Il entendit rire derrière lui. Il voulut se retourner pour faire face mais Luc l'en empêcha en lui tenant les épaules. Sur un ton de confidence il lui expliqua les règlements de cette initiation :

— Certains gars à la poly voulaient te faire une initiation dans la cour de l'école, dans une salle pleine de monde. Je les ai empêchés. T'es mon pote ! Je les ai déjà vus déculotter quelqu'un sur une estrade et forcer quelqu'un d'autre à chanter dans les toilettes des filles. Toutes sortes de trucs marrants, mais peut-être pas pour ceux qui les subissent, tu comprends ?

— …

— D'habitude, on tire au sort qui on doit initier.

— Au sort ?

— Laisse-moi parler. J'ai voulu être avec toi sans tirage au sort. J'avais pas confiance aux autres. Il y en a qui pensent que tu serais pas capable de faire partie de la *gang*. Ils avaient pas mis ton nom. J'ai dit qu'ils se mettaient un doigt dans l'œil. Pour leur prouver qu'ils se trompaient, moi et mes copains, on a parié sur toi. Que tu serais aussi bon que les autres, mieux même. Tu aurais été le seul exclu ! Pas question !

Thierry ne comprenait rien à tout ce qu'il venait d'entendre, reconnaissant envers Luc d'avoir plaidé pour lui, mais pas très rassuré par la suite.

— C'est qui « ils » ?

– Ceux qui finissent cette année ! Parce que tout le reste de l'école ne sait rien. Chaque année, on suggère un truc nouveau pour la finale toujours très attendue, répondit Luc sur un ton exaspéré dans le but d'intimider l'adolescent et réduire ainsi les questions trop curieuses.

Ponctuant ses mots, il continua :

– L'idée est que les initiations vont se faire en secret. On doit trouver un moyen original pour ramasser de l'argent pour le *mégaparty* du bal de fin d'année. Les bercethons, les ventes de chocolat, les lave-autos, très peu pour moi et puis, ça manque d'originalité. J'ai trouvé mon idée. Ce sera la plus originale de toutes ! C'est super-capotant. Éric et Momo vont m'aider... et toi. Tu vas recevoir une tâche facile à accomplir toute l'année. Les photos sont là pour prouver que ton initiation a bien été faite.

– Une tâche secrète, toute l'année ? C'est pas tout ?

– T'auras presque rien à faire. Tu te rappelles ce que je t'ai dit au lunch au sujet des nouveaux ? S'ils trahissent, ils s'exposent à une deuxième initiation plus dure. Ils sont exclus du groupe et du bal de fin d'année. Par contre, ceux qui gardent le secret jusqu'à la fin participent à la grande soirée et là, des trophées seront remis au concept le plus original pour l'initiation du début de l'année et pour l'idée la plus débile et la plus payante. Moi, ce sera pas deux trucs séparés, mais une seule et même chose. On va tout rafler !

– Pourquoi moi ? Je crois pas…

Il se tut, gêné d'avouer ses craintes à Luc qui croyait si fort en lui. Thierry sentit grandir en lui son inquiétude. Comment pourrait-il réussir cette épreuve, car c'est ainsi qu'il la percevait, dans sa condition.

– C'est quoi mon épreuve ?

– Tâche, Thierry, tâche.

Les trois complices retenaient leur souffle. Luc se devait d'être convaincant.

– Sois pas si pressé, j'y viens. Je continue. Les photos doivent êtres conservées. Elles sont sous ta surveillance. Interdiction de les montrer à qui que ce soit. On va les mettre dans ton sac avec le reste. Elles marquent le début de la première étape et prouvent ta collaboration… complicité si tu veux !

Thierry détesta ce mot.

– Toutes les photos seront rassemblées dans un imposant album.

Fatigué d'attendre, Thierry insista :

– C'est quoi à la fin ?

– Les copains et moi, on a pensé te confier du matériel… heu ! Disons très spécial, beaucoup plus payant !

– Spécial comment ?

– On vient de mettre dans ton sac…

– Qui t'a dit que j'accepterais ?

La colère montait en lui.

– On demande jamais la permission pour une initiation. T'es pas au courant ? En plus du prix à gagner pour le meilleur concept, moi j'ai misé sur toi. Tu te rends compte du sérieux. Ce n'est pas un jeu pour moi. On va leur montrer comme ils sont mesquins d'avoir voulu t'exclure parce que tu n'y vois rien ! Donc, comme je le disais, les gars viennent de mettre dans ton sac, un bon nombre de DVD... XXX si tu vois ce que je veux dire. Les films pour les dix-huit ans et plus, à côté de ce qu'ils t'ont remis, auraient l'air de films pour la maternelle !

Les trois comparses eurent des ricanements entendus.

– Tu saisis ? Les pochettes sont celles de CD musicaux. Elles sont trafiquées et scellées. Seulement moi, Éric et Momo aurons le droit de se servir pour les louer en douce aux copains. Comme ça, on ramasse un bon paquet d'argent pour le bal ! Cool, n'est-ce pas ? Personne va te soupçonner.

– Mais si on me prend à l'école avec ça, c'est la porte. Mon père va me tuer ! Les profs vont refuser ce genre de plaisanterie ! Je ne peux pas !

– Du calme. Les profs, si tu gardes le secret comme prévu, n'en sauront rien et à la fin de l'année, ils en riront avec nous. Ils font pire. De plus, on aura retiré les plus compromettants. Donc, pour réussir initiation, pari et trophée, tu n'as qu'à transporter ce matériel un peu... spécial mais très payant. C'est tout ! Chaque DVD loué correspond à un billet de tirage. Ils doivent toujours rester scellés. Défense de les ouvrir. De toute façon, à quoi ça te servirait... tu n'y vois rien ! répéta-t-il sans pitié.

L'estomac de Thierry se contracta sous cette allusion blessante.

– Pour le reste, on est majeur et on les loue à des adultes. Ça fait de mal à personne. Question de rigoler un peu et toi, tu passes le test. C'est aussi simple que ça ! Mais personne doit connaître notre idée !

Thierry avait-il vraiment le choix s'il voulait prouver aux autres que lui aussi pouvait faire partie de la *gang*. Bien sûr qu'il ne dirait rien à personne. Le matériel lui-même était gênant ! Comment dire à ses parents qu'il devait dissimuler des films pornographiques pour permettre à ses amis d'en faire le commerce ? Après une hésitation, il répondit :

– D'accord. Il est où mon sac ?

– Tiens le voilà et que l'année nous soit favorable.

Luc fut secoué d'un grand rire complice, aussitôt suivi par les deux autres.

– Ma mère va s'en apercevoir !

– Ça, c'est ton boulot. On te fait confiance.

Enfin Thierry prit son sac. Il l'ouvrit et fit une brève vérification de la main. Il repéra aussitôt les boîtiers clandestins. Il y en avait beaucoup. Tous les compartiments étaient maintenant remplis.

– T'en fais pas, les pochettes affichent toutes des chanteurs, des paysages, rien pour attirer l'attention.

– On va trouver étrange que j'en aie autant en ma possession ?

– Non, même si quelqu'un d'autre en venait par malheur à fouiller ton sac, pour un amateur de musique comme toi, ça devrait pas poser de problème. Tous les aveugles aiment forcément la musique !

Le malheureux garçon ne s'habituait pas aux paroles blessantes de Luc.

– Mais le meilleur truc, encore… laisse personne fouiller dans ton sac, d'accord !

À l'unisson, Thierry entendit les deux autres approuver les propos de Luc avec chaleur.

– Une dernière chose : moi, je m'occupe de la poly et eux de l'université. Il y a beaucoup de monde intéressé là aussi.

– Comment je vais les reconnaître ?

– L'important, c'est que nous, on te connaisse. Personne d'autre n'est au courant. Et ni l'un ni l'autre a intérêt à parler. On veut pas se faire voler notre idée. Si quelqu'un l'apprend, c'est que tu auras été le raconter. Tout serait à reprendre à zéro et le pari serait perdu, tu saisis ?

– J'ai compris ! Je fais quoi maintenant ?

– Rien ou presque. On te le dira lorsqu'on aura besoin des DVD. C'est tout ! Fais attention à ton sac. C'est un très beau cuir. Ce n'est pas de la merde !

– Ouais ! C'est fini ? Je peux partir ? Il faut que je rentre.

– À demain. Prends ça relax ! C'est facile !

À ces mots, les trois acolytes disparurent aussi rapidement qu'ils étaient venus. Tout redevint silencieux autour de l'adolescent.

– Tu as entendu, Lu ? Je viens de me faire embarquer dans leur idée tordue ! Toute l'année à faire attention ! Ils ne m'ont pas vraiment laissé le choix. Une vraie école de fous !

Il remit son sac sur son épaule, en maugréant contre le sort qui s'acharnait contre lui. Ils lui avaient chamboulé son sac. Il devrait tout remettre en ordre pour s'y retrouver sans déplacer ces foutus DVD.

– À la maison, Lu.

Ses jambes tremblaient de fatigue mais plus encore de colère contre lui, contre Luc, contre cette main qui brûlait, contre ce mot qui revenait sans cesse :

– C'est pas légal, tout ça !

Mais une chose était certaine, il ne parlerait de son initiation à personne, pas même à sa mère. Il devrait faire confiance à Luc.

Le reste du trajet se fit tant bien que mal. Il respira à son aise que lorsqu'il franchit la porte. Il se délesta de son fardeau.

Il enleva le harnais de son chien, le nourrit puis, exténué, se dirigea au salon pour se reposer en écoutant de la musique. Il avait à peine effleuré le siège qu'il se retrouva aussitôt debout, mu par une nouvelle réalité : ne plus jamais se séparer de son sac, ne laisser personne s'en approcher. Le même mot lui revint, persistant :

« C'est qu'une initiation. Luc est mon ami… je crois. Mais… des DVD… pornos… dans mon sac ! Si jamais papa l'apprend, il va me tuer ! »

La fatigue, la musique et surtout ces films illicites provoquèrent son imagination. L'adolescent ressentit une désagréable sensation au ventre. Honteux, il tenta de la chasser en détournant de son esprit ces images sexuelles.

Sa main gauche lui faisait mal. Il monta à sa chambre, sans oublier son sac. Il s'installa au clavier spécial de son ordinateur et écrivit d'une seule main. Il formula sa frustration devant la certitude que tout le monde pouvait lui faire faire ce qu'il voulait et d'être toujours placé devant des faits accomplis. Il raconta ses peurs et ses rêves. Ses cauchemars prirent une étrange dimension à laquelle il n'avait jamais vraiment accordé son attention.

« Voyons, mon vieux, tu dérailles, tes rêves ne sont pas prémonitoires, ce ne sont que des cauchemars à cause du cimetière. »

Malgré cette remontrance, il resta songeur. D'un ton badin et pour chasser toutes ses pensées noires, il fit un reproche à Lu :

– Et pourquoi tu es toujours si loin de moi dans mes rêves ? Dans les prochains, tu restes avec moi, rit-il, la bonne humeur revenue.

Le bouvier bernois leva la tête vers son maître.

– Je ne suis pas gentil de te dire ça. Tu es toujours à mes côtés dans la vraie vie !

Le garçon ne vit pas le temps passer. Il entendit sa mère entrer, puis monter. Rapidement il effaça tout, éteignit l'écran et cacha son sac sous sa chaise.

– Bonjour, chéri.

– Allô !

Elle vit la paume de sa main sale et tachée de sang séché.

– Mais que t'est-il arrivé ? Attends, je reviens.

Sa mère descendit chercher sa trousse.

– Il faut désinfecter cette plaie. Tu as mal ? dit-elle quand elle revint.

– C'est pas grave, maman. Je me suis pris les pieds dans une racine et je suis tombé.

– Lumino ne t'a pas bien guidé ?

– C'est pas ça ! Non, c'est ma faute. La journée a été assez pénible. J'étais fatigué, c'est tout. Ça peut m'arriver à moi aussi, un moment d'inattention !

– Tu dois toujours être vigilant. Passer par le cimetière me semble bien hasardeux. Si tu veux continuer à le faire, tu dois redoubler de prudence, sinon j'irai te reconduire tous les jours à l'école.

– Non, pas la peine !

– Bon, mais promets-moi d'être plus attentif à l'avenir.

– Promis.

– Voilà, c'est fini. Alors, cette fameuse journée ?

Il lui raconta tout ou presque. Il passa évidemment sous silence son initiation, rougissant d'être complice d'un tel jeu.

« Quel bébé je fais, pensa-t-il en se reprochant sa gêne. Ce ne sont que des films après tout ! »

Tout près de chez lui, dans une résidence d'étudiants, trois individus festoyaient. Luc, Éric et Momo savouraient la mise en place de la première étape du plan de Max.

Le tintement de bouteilles de bière qu'on entrechoquait et les rires triomphants saluaient leur réussite.

Comptant sur un affreux tatouage de tête de mort aux yeux rouges, affublé d'un *piercing* au niveau des narines, Momo tentait ainsi de faire oublier son visage trop enfantin. La force du groupe constituait le carburant de sa bravoure. Il se pencha à l'oreille de Luc, le plus jeune du groupe.

— C'est qui le type assis au salon. Il dit rien. Il me fout la trouille avec ses yeux. On dirait un chat !

— Il paraît qu'il voit trois fois mieux que toi et moi, ricana Luc, dont rien ne pouvait altérer la bonne humeur grâce au triomphe qu'il s'attribuait.

Son coloc, Éric, aussi grand que lui mais tout en muscles, étudiant en éducation physique, alla chercher trois autres bières au frigo. L'inconnu avait refusé quoi que ce soit. Éric l'observait du coin de l'œil, agacé devant l'arrogance hautaine du personnage pour l'instant muet. Tous les trois se tournèrent vers lui. Luc prit la parole, fier d'être le mieux informé.

– Je vous présente Max. C'est lui notre fournisseur. C'est lui aussi qui a eu l'idée de se servir de l'aveugle pour le transport. On pouvait pas mieux trouver. Rien dans les mains, rien dans les poches, sauf l'argent et le plaisir. Le jeune reste à notre disposition grâce à son idée brillante !

– C'est génial ! Santé !

– Bravo ! T'as vraiment été pro pour le convaincre, un…

Max se leva et de ses yeux étranges les dévisagea, imposant le silence.

– Ça suffit ! Je suis pas ici pour m'amuser. C'est du sérieux. L'an passé j'étais déjà dans le décor. Luc faisait le lien. Cette année, je compte bien ne pas vous laisser faire d'autres conneries à cause de vos caprices d'enfants gâtés. Papa et maman ne seront pas toujours là, prêts à payer pour étouffer l'affaire. À la moindre irrégularité, continua-t-il indifférent aux mines renfrognées, je coupe les vivres. Plus de drogue, plus d'argent, plus d'argent, plus de drogue ! On est resté tranquilles tout l'été mais à présent, le commerce reprend. Le plan de base maintenant est de faire transiter le matériel le plus rapidement possible du garçon au client. Ne jamais en porter sur vous plus que ce qui est vendu dans l'heure qui suit. Vos dossiers vous exposent trop à des fouilles ! Thierry est le petit nouveau que tout le monde adore et dont personne ne se méfie.

– Oui, facile. Ton truc des films pornos, c'est génial. On va le faire saliver à force de fantasmer, le jeunot ! s'amusa Éric.

Momo éclata d'un rire vicieux.

— Assez !

Max fit claquer l'ordre comme un coup de fouet. Les rires cessèrent net. Momo sautilla d'une jambe à l'autre, mal à l'aise sous ce regard félin. Éric tenta de le soutenir, mais vaincu, baissa les yeux.

— Bon d'accord. Ensuite ? s'informa Luc.

— Vous le surveillez en douce. Son sac en ce moment vaut de l'or. La drogue est répartie dans les boîtiers vides, un sachet de poudre blanche par cassette. Il y en aura un minimum de vingt, peut-être plus à l'occasion. Je vous fournis la marchandise, si vous êtes réguliers. Si l'un de vous s'avise de me doubler... je vous fous dans la merde et, moi, je disparais. Chaque mois Luc me contacte et me remet le montant des transactions. Vous gardez votre pourcentage, et je vous refais le plein. Personne d'autre ne doit l'approcher de trop près.

— On va devenir des vraies mères pour lui, décréta Momo.

— Allez-y mollo. Prenez toujours juste la quantité vendue, c'est important ! Mettez l'argent dans les boîtiers vides, refermez-les avec précaution et marquez-les d'un petit trait rouge effaçable pour que Luc sache dans lesquelles est le pognon. Il est notre couverture. Si on est prudents, cette combine va durer toute l'année, plus même, j'y ai déjà pensé. Si jamais c'est le jeune qui, pour une raison ou pour une autre, essaie de nous doubler, on prendra les moyens de l'en dissuader. Sinon, on le couve de nos bons soins.

Les trois complices levèrent leur bière en signe de ralliement en l'honneur de Max qui daigna enfin leur faire un demi-sourire complice et condescendant. Ce qui ne manqua pas d'irriter Éric. Ce dernier avait été le plus difficile à convaincre de la solidité du nouveau plan. Lorsque Max quitta l'appartement, Momo, qui n'en pouvait plus, demanda aux autres :

– Mais il sent quoi, lui ? La transpiration, la charogne ? En manteau de cuir, par une telle chaleur ! Il donne froid dans le dos avec ses yeux-là aussi.

Les trois acolytes approuvèrent de la tête.

Face aux risques que représentaient les fouilles de sa mère, Thierry devint obsédé par son sac. Il le gardait près de lui, nuit et jour. Il demanda à sa mère de s'occuper lui-même de ses goûters, prétextant sa capacité de se débrouiller seul. Interloquée par une telle demande, elle accepta sans poser de question. Elle connaissait des mères dont le fils avait vécu des mois durant la casquette vissée sur la tête, dormant, mangeant, sortant avec elle. Après tout cette lubie n'avait rien de bien terrible.

Matin et soir, il examinait le contenu, malade à l'idée qu'un film pouvait manquer. Ses choses à lui, jamais les trois complices n'y touchaient, le rassurant ainsi de leur sincérité. Aux séances d'entraînement à l'université, Momo ou Éric, parfois les deux, l'attendaient pour se servir. Tout cela se faisait dans la discrétion, soit aux toilettes, soit dans un corridor désert ou à son casier.

Luc le talonnait constamment. À maintes reprises, il le reconduisit chez lui sans jamais sortir de l'auto, profitant de ces occasions pour le réapprovisionner, tout en mettant de l'ordre dans les boîtiers des DVD. Il lui rendait toujours quelques services. Il parvenait même à surveiller ses paroles blessantes. L'horaire du jeune homme coïncidait sensiblement avec celui de Thierry. Il le suivait pour ainsi dire partout.

Plus les jours passaient, plus l'étreinte se resserrait. Il tentait de s'y habituer, mais en vain. Il avait honte d'avoir accepté de faire partie de leur combine. Les fouilles répétées l'enveloppaient d'un malaise grandissant, et même leur gentillesse l'indisposait.

Ses camarades de classe étaient tous aimables avec lui, mais personne n'osait se lier vraiment d'amitié avec lui. Ils étaient plus intimidés par l'omniprésence de Luc que par son handicap. Thierry n'avait aucun moyen de connaître les autres initiés sans se trahir. Est-ce que tous avaient des épreuves aussi embêtantes que la sienne pour que personne n'ose aborder le sujet ? Seul nouveau dans sa classe, resterait-il isolé ainsi toute l'année dans le seul but de faire partie de la *gang* ?

D'un naturel calme et confiant, le caractère de Thierry changea. Le garçon devint méfiant, irritable et nerveux, mais surtout malheureux. Sa mère, qui avait cru pendant un moment que le bouleversement créé par le départ de son mari s'estomperait avec le temps, désespéra de voir l'humeur de son fils s'assombrir de plus en plus. Tous ses profs notèrent ce nouveau comportement et en firent part à M. Jordan.

Un soir, surpris par l'une des rares présences de Luc à table, son père le questionna :

— Tu ne trouves pas que Thierry change, ces temps-ci ? Ses profs me disent qu'il n'arrête pas de vérifier son sac, de s'assurer que son chien est toujours couché à ses pieds. Il n'a jamais été aussi distrait.

Luc vit une lumière rouge s'allumer dans sa tête. Les commandes étaient nombreuses, le stock à la hauteur, l'argent entrait. Tout baignait dans l'huile. Il ne répondit pas. Son père insista.

— Hé ! Tu m'écoutes ? Tu n'as rien remarqué ? Il ne t'a rien dit ?

D'agacement, Luc haussa les épaules :

— C'est vrai, je pense qu'il aime bien ça que je sois avec lui, mais il me dit pas tout pour autant. Je pense qu'une nouvelle école, une nouvelle ville, une nouvelle maison près d'un cimetière, son père qui fout le camp, c'est assez pour foutre les jetons. Pas besoin d'être devin pour voir ça !

Cette constatation de la part de son fils le surprit.

— Tu as peut-être raison ! Je n'aurais pas imaginé que tu serais aussi copain avec lui. Je suis bien content. C'est un garçon très bien. Tu pourrais peut-être lui donner un coup de main dans ses travaux. Là non plus, ça va pas très fort pour lui. Ça se sent même au cours d'éducation physique qu'on suit ensemble. Il n'est plus pareil.

— Ouais ! Ouais ! Peut-être. Il faut que je parte.

Il se leva d'un bond et laissa son père seul. Habitué à ces départs subits, ce dernier lui lança :

— Traîne pas trop n'importe où ! Essaie de rentrer à la maison avant minuit, pour une fois !

Il n'avait pas terminé sa phrase qu'il entendit la porte se refermer. Le jeune homme sauta dans sa voiture, fonça droit chez ses copains où il entra en coup de vent. L'appartement était vide.

— Ah ! C'est mardi et Thierry est au gym. Je gage qu'ils sont encore partis s'approvisionner !

Il se rendit tout droit aux douches. Tortueux comme un labyrinthe, c'était leur lieu de rencontre favori. Un moment, Luc crut avec soulagement s'être trompé. Il se retournait pour sortir lorsqu'il entendit des chuchotements venant d'un coin isolé. Avec prudence, il se dirigea vers les voix. En contournant un îlot de casiers, il les vit tous les trois ainsi que le chien. Éric fouillait sans gêne dans le sac à dos. Momo assis, le bras autour des épaules du garçon, lui parlait à voix basse. Félicitations et menaces subtiles de représailles, s'il y avait fuite, s'imbriquaient étroitement.

Le dos arrondi, les épaules baissées, la lassitude transpirait du corps de Thierry. Ces signes évidents de tension déplurent à Luc. Habitué à la présence des trois complices, Lumino agita mollement la queue sans même lever la tête lorsque Luc apparut. Éric continua sa besogne lorsqu'il le reconnut. Momo, lui, s'exclama en sourdine :

— Aïe ! Qu'est-ce que tu fais ici ?

Luc lui fit de gros yeux en serrant la mâchoire.

Se redressant d'un coup, Thierry inquiet, interrogea :

— C'est qui ? Luc ? Je dois partir, je vais être en retard au cours.

— C'est moi, oui. Ces deux-là sont corrects avec toi ?

— Oui, mais je trouve que vous avez souvent besoin de mon sac. Ça va être comme ça toute l'année ?

— Ce n'est pas croyable comme ça marche ! Tout le monde en veut et on cherche pas à en savoir la provenance. Personne te suspecte. Tu es parfait. On lâche pas, hein ? Prends ça relax !

— J'essaie de m'y faire, mais ça m'agace des fois. C'est tellement secret. On dirait que c'est illégal.

Éric remit sèchement le sac à Thierry.

– Allez, on se barre. Il y a trop de monde, ici !

– Oui, allez devant, je vous rejoins. Désolé Thierry, je serais bien allé te reconduire, mais mon père doit déjà être rendu. C'est trop risqué. C'est rien d'illégal, tu le sais. On te l'a expliqué. Allez ! Salut !

Thierry et Lumino se retrouvèrent seuls. Ils restèrent là, un moment sans bouger.

– Thierry ! Thierry ? Où es-tu ? Réponds, tu es là ?

L'écho sur les casiers le ramena à la réalité. La voix de M. Jordan résonnait sur ce dédale de métal. Le chien se mit à aboyer.

– Je suis ici.

Le professeur s'avança vers la voix.

– Mais que fais-tu là ? On t'attend ! On m'avait dit que tu étais arrivé.

Pour ne pas éveiller les soupçons, Thierry ravala sa fierté et se força à mentir.

– Je me suis perdu.

– Mon pauvre garçon, ton chien n'a pas pu t'aider ?

La pitié qu'il sentait dans ces mots lui mordit le cœur. Il redressa le dos.

– Ce n'est pas lui ! Mes ordres lui ont embrouillé le chemin !

– C'est un vrai labyrinthe ici. Prends mon bras. Ce n'est pas grave, tu sais !

– On dirait que tout va de travers. J'arrive à rien.

– Mais voyons, mon garçon, laisse-toi pas aller. Si tu veux en parler, n'hésite pas. J'ai demandé à Luc de te donner un coup de main. On y va. On nous attend.

Il entraîna Thierry et Lumino à sa suite. À la fin du cours, Jean Dupuis, son prof d'éducation, le prit à part.

– Tu vas bien?

– Oui. Pourquoi?

– Tu manques d'entrain. J'ai su que tu te tenais beaucoup avec le fils de Benoît?

– Oui et alors? C'est un copain, dit-il sur la défensive.

– À ta place, je me méfierais de lui. Son père ne peut pas être très objectif. L'an dernier, il a eu beaucoup de problèmes avec lui. Ses fréquentations étaient dangereuses. Il a peut-être changé. Je voulais juste te prévenir.

– Merci.

❧

– Mais qu'est-ce qui t'a pris de venir au gym? C'est le soir où on peut prendre notre part. Elle est mieux d'être bonne, ta raison!

Éric était furieux contre Luc. Momo, tel un tigre en cage, se promenait de long en large sans rien dire, aussi furieux que son coloc.

– Vous êtes subtils comme des lutteurs de sumo!

– On a des commandes à remplir!

– Boucle-la et écoute! Mon paternel reçoit depuis quelques jours des plaintes des profs de l'aveugle. Ils cherchent la raison de son nouveau comportement. Le jeune commence déjà à s'essouffler. On va trop vite. Tu peux mettre une barre sur tout, si ça foire !

— On m'a juré que c'était du solide !

— On se calme et on ralentit, j'ai dit.

— Mais...

— Ralentir, pas arrêter. On reprendra la cadence au fur et à mesure, le temps que ça se tasse et que le jeune s'habitue.

À ce moment, la porte s'ouvrit toute grande et alla se frapper contre le mur. Les trois complices tournèrent la tête en même temps.

— Max !

Il se tenait debout devant eux avec son chien, tel un chasseur prêt à fondre sur une proie. Ils eurent un mouvement de recul. L'inquiétant duo resta un instant silencieux. La voix de Max se fit menaçante :

— Qu'est-ce qui se passe ?

— Rien.

— Rien !

Le chien gronda en entendant le rugissement de son maître.

— Vous me prenez pour un imbécile ! Tous les matins, je vois Thierry. Juste à sa démarche ces derniers jours, je sais qu'il se passe quelque chose. Vous êtes de joyeux cons et ça se prétend des revendeurs avisés. Vous foncez à cent à l'heure, puis tant pis si ça casse, hein ?

— Hé ! Hé ! Une minute ! Tu charries ! se vexa Éric.

— J'étais en train de leur expliquer...

Max coupa la parole à Luc pour bien montrer qui était le chef.

— Vous avez le feu au cul ou quoi ? Vous ralentissez ou vous vous cherchez une autre manne.

— D'accord, on ralentit et on le laisse tranquille pendant quelques jours.

Chapitre VIII

Une fin de semaine ratée

E N ROUTE pour la maison, Mme Roy annonça une nouvelle à son fils :

– Ton père a téléphoné ce soir. Il va venir samedi.

Elle lui jeta un regard oblique en scrutant sa réaction. Elle le vit s'animer.

– Il a des billets pour l'orchestre symphonique. Au programme : les trames sonores des films culte pour vous deux.

– Ah ! C'est vrai… Bravo !

Sa mère fut soulagée. Elle avait craint un refus. Elle espérait depuis longtemps un signe de son mari à l'égard de Thierry. Le jeune garçon ne cessait pas de crier, content et excité.

– Calme-toi, dit-elle tout sourire.

Il continua tout bas :

– Oui ! Oui !

– Il te manque tant que ça ?

Il secoua la tête.

– C'est toi qui lui as dit de m'amener ? demanda-t-il, prêt à s'en offusquer.

– Non ! C'est son idée à lui. Il sait comment tu aimes la musique.

Heureux, il embrassa sa mère. En riant, elle lui dit :

– Attention, je conduis !

Ils éclatèrent de rire.

Le reste de la semaine lui parut interminable. Depuis le mois d'août, le garçon n'avait eu droit qu'à de brèves conversations téléphoniques et là, il avait son père pour toute la soirée. Malgré sa joie, il nota aussi qu'aucun des trois voyous ne lui avait réclamé son sac. Il fut soulagé par ce moment de répit.

Ponctuel, tel que promis, son père arriva à 7 heures. Après avoir déposé son sac à dos sous son lit, réflexe devenu machinal, Thierry descendit rejoindre ses parents.

– Bonjour, fiston. Ah ! que tu es beau !

Sa mère l'avait convaincu de porter un veston et une cravate pour plaire à son père.

– Vite partez, vous allez rater le début du concert. Bonne soirée, leur dit-elle.

Elle embrassa Thierry qui ne tenait plus en place.

– Salut maman ! À ce soir.

Il se pencha vers Lumino, prêt à être de la partie, et le caressa.

– Non, pas ce soir. Je vais tout te raconter, promis.

En chemin, son père s'informa :

– Et ta nouvelle école, c'est bien ? Tu t'appliques dans tes cours ? Ta mère m'a dit que tes notes ne sont pas fameuses. Il faudrait que tu redoubles d'effort ! S'il y a quelque chose qui te gêne, tu nous en parles, hein ?

— Oui… On peut parler d'autres choses ce soir ? supplia-t-il.

— Comme tu veux.

Le reste du parcours se fit dans un silence embarrassant.

Le spectacle fut à la hauteur de leurs attentes. À la sortie, après les salutations d'usage à des connaissances, son père l'invita au restaurant.

— Que dirais-tu d'aller manger un morceau ?

— Oui, super. J'ai faim.

Il ne se rappelait pas la dernière fois où il avait été aussi détendu avec son père. Lorsqu'ils furent servis, leur conversation se limita à des phrases toutes faites :

— La musique était bonne. Tu l'as aimée ?

— C'était magique, j'ai raffolé. J'ai la tête remplie de sons extra.

L'enthousiasme sincère de Thierry fit sourire son père.

— Baisse un peu la voix, on nous regarde.

Son fils obtempéra, gêné.

— Elle est bonne, la pizza ?

— Oui, c'est ma favorite, répondit-il, l'ardeur un peu refroidie.

— Tu vas me parler de ton école maintenant. Qu'est-ce qui se passe pour que tu aies de si mauvais résultats ?

L'adolescent était certain que son père reviendrait à la charge. Il fit un effort pour rester calme.

— C'est difficile, tu sais. C'est plus grand, c'est plus compliqué pour m'habituer. Je ne sais pas, mentit-il en haussant les épaules.

Soudain, à mi-voix :

— Thierry, fais attention ! Tu laisses tomber des morceaux partout et tiens-toi droit !

Il avait usé d'un ton que le garçon connaissait trop bien, sévère et tranchant.

La tension des derniers jours revint d'un seul coup. Le jeune aveugle redressa le dos et se figea. Il déposa le morceau qu'il tenait et chercha sa serviette de table de la main. Il rencontra celle de son père. Surpris, il voulut la retirer, mais Philippe la lui retint.

— Ne le prends pas comme ça ! J'ai... réagi trop promptement... un réflexe... Ce n'est rien ! Je vais nettoyer.

Thierry déglutit avec peine. Après une pause interminable, à voix basse, il lui avoua en marchant sur son orgueil :

— Tu nous manques beaucoup, à maman et à moi.

— Vous me manquez beaucoup aussi.

La voix de son père trahissait son malaise face à cet aveu inattendu.

— Mais alors pourquoi tu reviens pas ?

— Ce n'est pas si simple. Je vais revenir mais, pour l'instant, c'est impossible. Je suis en pleine formation de stagiaires. Je ne peux pas abandonner ce que j'ai entrepris pour eux comme pour moi.

Il ne saisit pas le sens de ces mots. Il se tut le reste du repas. Il regrettait de s'être laissé aller à cet aveu. Sa déception fit place à sa rancœur encore trop vive.

Son père régla l'addition et ils sortirent.

– Je suis désolé, Thierry, j'ai gâché ta soirée.

Ce dernier secoua la tête, incrédule.

– Dis quelque chose !

Vibrant de colère, Thierry s'écria :

– Parce que tu crois que je n'essaie pas ! J'en ai déjà trop dit. T'es juste bon à donner des ordres. Des fois j'aurais le goût de faire des choses vraiment honteuses, comme ça, juste pour t'emmerder ! T'aurais de vraies raisons ! T'as le chic pour me faire sentir minable ! Je suis jamais assez bien pour toi, hein ! Tiens, tu veux savoir ? On est bien sans toi ! Elle est capable d'être relax, maman, mais pas toi. Il faut toujours être sur le qui-vive, les fesses serrées sur le bout d'une chaise !

Surpris par ses paroles, Philippe fut tenté de lui dire de se taire, qu'il se trompait. Il ne dit rien, désarmé par la colère de son fils. Ce dernier avait raison, mais il était incapable de l'admettre à haute voix. Quel caractère ! se dit-il.

Navré de la tournure de la soirée, Thierry en aurait pleuré de dépit. Il serra les dents. Ils restèrent là, dans la voiture sans bouger.

– Je veux rentrer à la maison.

D'un geste lent, son père démarra la voiture.

Dès leur arrivée, Thierry, sans attendre, ouvrit la portière. Son père le retint par le bras et ne trouva que ces mots :

– Je suis désolé. Un jour, tu comprendras.

Thierry tourna un visage fermé vers lui, haussa les épaules, exaspéré par tous ses sous-entendus, et les secoua pour se libérer de ce contact. Il sortit, déplia sa canne et s'avança vers l'entrée en vitesse. Il entendit l'auto reculer et s'éloigner dans la nuit. Sa désillusion était si vive qu'il souhaitait se retrouver seul, éviter encore un moment le regard scrutateur de sa mère. Il ouvrit le boîtier de sa montre et lut l'heure :

– Juste 11 heures !

Il marcha vers le cimetière. À l'entrée, un peu à l'écart, se trouvait un banc. Il s'y dirigea dans l'espoir de se calmer avant d'entrer. La fraîcheur de la soirée lui fit serrer son manteau autour de lui. La certitude d'être seul à cette heure dans un tel endroit, sans frayeur aucune, le fit sourire tristement. Qui donc se souciait de ses petites victoires à lui !

Ce soir, il avait menti à son père. Il souhaitait que ce dernier soit fier de lui. Pour rien au monde, il n'aurait avoué ce qu'il avait accepté de faire à l'école.

Parallèle à la route, le banc longeait une allée secondaire qu'il emprunta avec prudence. Il s'installa, le dos au cimetière. Seuls le bruit des autos et, en sourdine, à sa gauche, la musique et les rires bruyants du bar troublaient le silence de la nuit. Même l'abri de l'arrêt d'autobus était désert à cette heure.

Attentif aux rumeurs, il entendit des pas derrière lui et un chien gronder. La brise lui apporta une odeur connue. Aussitôt, une fulgurante image de l'homme aux yeux félins surgit du fond de son cauchemar, s'imposa à son esprit.

Il se leva en se tournant et lui lança sur la défensive :

— Mais qui êtes-vous à la fin ? Laissez-moi tranquille !

Le bruit des pas se rapprocha et l'inconnu se retrouva face au banc de Thierry. Le silence se prolongea. Soudain, l'adolescent appela de toutes ses forces :

— Lumino ! Lumino ! Viens ! Au pied !

L'individu émit un petit rire goguenard devant sa réaction et partit en silence.

∽

Plongée dans un bouquin, Mme Roy sur-sauta quand elle entendit aboyer Lumino. Elle le vit gratter fébrilement le tapis près de la porte.

— Mais qu'est-ce qu'il y a ? Tu veux sortir ? C'est froid, ce soir.

Le chien tournait en rond, sans cesser d'aboyer. Enfin, elle lui ouvrit et, à son tour, entendit l'appel de son fils.

— Thierry ! Où es-tu ?

Le bernois, prestement, le rejoignit. Inquiète, Mme Roy suivit le chien sans attendre.

– Maman, je suis ici.

Puis, Thierry s'adressa à Lumino qui flairait encore la présence de l'autre chien.

– Non, reste! Ne va pas plus loin. Au pied.

Le calme retrouvé, Lumino alla se placer contre sa jambe.

– Bon Lu!

Il lui fit une caresse reconnaissante et alla vers sa mère qui le cherchait.

– Que fais-tu ici? Où est ton père? Je ne vous ai pas entendus arriver. On rentre. Il faut que tu m'expliques.

Elle lui prit le bras et, dans son énervement, le poussa légèrement vers la lumière de la cour.

– Ne me refais plus jamais ça! A-t-on idée d'aller s'asseoir dans un cimetière, tout seul à 11 h 30 du soir! Tu me dis ce qui se passe?

Toute à son emportement, elle ne laissait aucune chance à Thierry de s'expliquer. Face à cette réaction, il tut encore une fois la présence du rôdeur.

Elle le tint par le bras jusqu'au salon où elle lui ordonna de s'asseoir. Elle resta debout à l'observer.

– Maintenant, raconte, ne cache rien.

– Y a rien à raconter.

– Thierry, ne me fais pas ce coup-là!

Elle lui prit le visage entre ses mains et le leva vers elle.

– C'est quoi toute cette tristesse que je lis ? C'est ton père encore ?

Une pointe de ressentiment lui vrilla le cœur. Bien qu'il ne voulût rien dire, sa déception était trop vive pour réussir à la cacher.

– C'est toujours pareil avec lui, je ne suis jamais à la hauteur ! Il était pas content de mes notes. J'en étais sûr. Ça m'a énervé. J'ai fait une gaffe. J'aurais dû refuser. Les foules et moi…

– Qu'as-tu fait de si terrible ?

Il lui raconta tout. Rendu à l'incident du restaurant, sa voix fléchit.

– J'ai été maladroit. Je me suis emporté contre lui. Je n'aurais pas dû.

Il aurait voulu revenir en arrière, tout reprendre.

– Ah ! Arrête ! Tu m'as déjà reproché de le protéger, regarde-toi maintenant. Il l'a cherché ! Toujours pareil !

– Ne t'emporte pas ainsi !

– Je suis en colère contre lui, mais aussi contre ta manie de te culpabiliser !

Thierry alla plus loin dans ses confidences :

– Parfois, je souhaite qu'il revienne ; et à d'autres moments, je trouve que l'on est très bien sans lui. Il est tellement stressant.

Sa mère vint s'asseoir près de lui, entoura ses épaules et l'attira contre elle.

Dans le rêve qu'il fit cette nuit-là, des visages façonnés par son imagination et par des souvenirs d'une autre époque de sa vie, tournoyèrent autour de lui tel un manège fou, s'approchant à quelques centimètres de son visage : son père, le rôdeur silencieux, Luc, Momo et Éric, lui répétant sans cesse le même commandement :

— Tu dois garder le secret !

Au début, chacun lui disait une partie de la phrase, toujours plus vite. Étourdi, il n'entendit plus qu'un seul mot à la fin : « Secret ».

Il se réveilla essoufflé. Inquiet, il s'étira pour s'assurer de la présence de son sac sous le lit.

— Quel secret ?

Une petite voix lui souffla :

— Mais tu transportes des films pornos depuis deux mois, ne l'oublie pas. Si jamais ton père ou ta mère l'apprenait...

Thierry arrêta le fil de sa pensée.

— J'aime mieux ne pas imaginer leur réaction. Pour une fois papa aurait raison d'avoir honte !

Il se tourna dans son lit et donna un coup de poing dans son oreiller.

— Je déteste cette école !

Gagné par la fatigue, il se rendormit.

☙

Ce fut un dimanche de pluie, gris et maussade. L'après-midi Thierry se consacra à ses travaux scolaires, essayant d'oublier l'affreuse soirée. Il était devant son écran d'ordinateur lorsqu'il entendit sonner à la porte. Il tendit l'oreille. Sa mère alla ouvrir.

– Bonjour, madame

Il reconnut la voix de Luc.

– Thierry, tu veux descendre ! Il y a quelqu'un pour toi.

– Oui, j'arrive. Viens Lu, on a de la visite.

– C'est toi le fils de M. Jordan, je crois ? s'informa Mme Roy.

– Oui.

– Thierry m'a parlé de toi.

– Ouais ! En bien ?

– Bien sûr.

Baissant la voix, il lui glissa :

– Mon père m'a dit que Thierry en arrachait à l'école. Je veux lui aider. Des amis, c'est fait pour ça, non ?

Mme Roy, ravie de cette sollicitude, excusa ses gestes secs et nerveux. Il se balançait d'un pied sur l'autre, pressé de partir. Elle aurait aimé voir un peu mieux ses yeux, mais la visière de sa casquette masquait son regard.

– Oui, c'est vrai. Tu remercieras ton père aussi de tout ce qu'il fait pour lui.

Thierry arriva au pied de l'escalier. Il avait entendu les propos échangés. Encore une fois, il se demanda pourquoi il ressentait toutes ces réticences envers un ami si attentionné.

– Bonjour, Luc.

– Salut !

Le jeune homme s'adressa aux deux à la fois et leur demanda :

– Je m'en vais à la fête d'un copain et j'ai pensé arrêter te prendre. On lui a organisé une petite surprise-partie. Qu'est-ce que tu en dis ? Si vous êtes d'accord, madame, bien sûr ! dit-il.

Soupçonnant la vraie raison, Thierry n'était pas intéressé.

– Allez, viens ! C'est juste à l'école qu'on se voit, insista Luc devant son hésitation.

– Il a raison. Va t'amuser un peu, cela te fera du bien. Il n'y aura pas d'alcool ?

– Maman ! objecta Thierry, gêné.

– Très peu. Ne vous inquiétez pas, je vais le surveiller.

Le jeune aveugle reçu l'ironie de ces mots comme un avertissement, insaisissable pour sa mère.

– D'accord !

Thierry acquiesça sans enthousiasme

– Super ! Je vous le ramène avant 10 heures. On a préparé un petit lunch.

– Il a eu une mauvaise soirée hier, l'excusa sa mère.

Il était prêt à mettre son manteau et à suivre Luc lorsque ce dernier lui demanda :

– Tu n'oublies rien ?

– Non. Désolé, j'ai pas de cadeau, répondit-il, ignorant l'allusion.

Luc serra les mâchoires, irrité.

– Non, tu sais que c'est pas de ça que je parle, dit-il d'un ton détaché.

Mme Roy les regarda sans comprendre. Elle interrogea son fils :

— Chéri, de quoi est-ce que vous parlez ?

La curiosité de sa mère, plus encore que l'irritation palpable de Luc, lui fit craindre la suite. Il se hâta de répondre :

— Il parle de mon sac à dos… et des travaux à faire. Il veut m'aider, non ?

Luc acquiesça, tendu. L'infime vibration de l'air fut captée par le jeune aveugle, il en éprouva une satisfaction légitime. Il se le reprocha aussitôt.

— C'est gentil de sa part si ça n'embête pas les autres. Je vais aller le chercher.

— Non ! Laisse, maman, j'y vais.

Il remonta l'escalier et revient presque aussitôt.

— Salut ! Pas aujourd'hui encore, mon Lu. Tu restes avec maman.

À peine les portières fermées, Luc, toujours aussi irrité, apostropha Thierry, stupéfait de son ton agressif.

— T'es chiant quand tu joues au plus fin comme ça ! Tu as envie que ta mère soit au courant de tout ? À moins que tu lui aies déjà tout dit ?

— Non ! Non ! Fâche-toi pas. Elle sait rien.

Cette fois, il jugea nécessaire d'ajouter :

— Mais si c'est pour être stressant comme ça tout le temps, j'aime autant arrêter et pas faire partie du groupe, quitte à subir une autre initiation pourvu qu'il y ait pas d'épreuve pour le reste de l'année ! J'en ai plein le dos. Le pari, c'est toi qui l'as fait, j'en ai rien à foutre ! C'est pour mon sac que t'es venu me chercher ? Pour tes films de cul ? Les autres gars sont peut-être tes copains, pas les miens. Je les sens plein d'agressivité, surtout Éric !

Thierry éprouva une immense fierté d'avoir dit ce qu'il pensait. Luc faillit provoquer une embardée. La situation prenait une tournure qui ne sentait pas bon. Une sueur désagréable lui refroidit le dos, en songeant à la réaction des autres s'ils apprenaient que Thierry menaçait de tout abandonner. Il se radoucit et d'une voix mielleuse tenta de se reprendre :

– Écoute, j'ai paniqué, excuse-moi. Je me suis emporté. Je t'ai trouvé pas mal subtil de détourner les questions de ta mère. Pas question d'arrêter, je tiens à mon pari !

C'était plutôt le goût de frapper qu'il avait, non de s'excuser !

– Bon, on arrive. Tu m'en veux pas ?

– Non, mais je garde l'idée que c'est pas régulier. J'en fais des cauchemars.

– C'est juste pour rigoler, tout le monde est majeur et consentant.

« Tant pis pour toi petit con, si tu penses t'arrêter ! » pensa Luc en silence.

À l'appartement, la petite fête battait son plein. L'alcool et la drogue circulaient en abondance. Les six autres, tous dans la vingtaine avancée, étaient déjà amochés, prostrés, fixant des scènes imaginaires ou criant et riant !

Thierry fut assourdi par le bruit agressant de la musique. Elle vibra dans son estomac. Avant qu'il ait eu le temps de réagir, on lui enleva son sac. Il entendit la voix d'Éric lui crier à l'oreille ?

– C'est super, on avait besoin d'amuse-ment. Les autres sont au courant de rien, oublie pas, et pour le reste, pourvu qu'ils payent !

Il éclata d'un rire sonore. Luc lui fit un signe de tête et tous deux se dirigèrent vers les toilettes. Ils laissèrent Momo s'occuper de Thierry.

– La musique est débile défoncée, hein ?

– C'est fort !

Thierry devait crier pour se faire entendre. En réponse, Momo se mit à chanter à tue-tête, tournoyant sur lui-même, les yeux vitreux. Laissé à lui-même et étourdi par un tel vacarme, Thierry chercha un siège. Le salon et la cuisine constituaient une seule et même grande pièce délimitée par des meubles recouverts d'un véritable fouillis d'objets hétéroclites, obstruant leur accès. Il avança avec prudence, déçu, en se demandant ce qu'il faisait là.

Ses mains touchèrent un mur, il le longea. Grâce à l'extraordinaire finesse de son ouïe et malgré le chahut abrutissant, il entendit, venant d'une pièce voisine, la conversation entre Luc et Éric. Il cessa d'avancer, redoublant d'attention.

– Il a menacé de tout lâcher ! En tout cas, il m'a fait chier, le con ! Tout le monde, à commencer par mon père, n'a d'yeux que pour lui. Thierry par-ci, Thierry par-là. J'ai failli lui en mettre une sur la gueule avec ses airs innocents.

Changeant sa voix, narquois, il prit un air plein de sollicitude.

— Des amis, c'est fait pour ça. Bla ! Bla ! J'en ai marre de tout ce cirque. Il faudrait en plus que je l'aide dans ses travaux. Il peut se les mettre dans le cul !

— Écoute, respire par le nez. T'as raison, faut lui faire comprendre encore une fois qu'il n'a pas intérêt à jouer à ce jeu-là. Au point où on en est, il est dans le bain jusqu'au cou avec nous ! J'y pense, on arrête la musique et on met un de nos films… cochons ! Il ne voit pas, mais il entend !

Les deux complices éclatèrent de rire.

— J'ai pris ce qu'il me faut. Allons-y. Je me fie pas trop à Momo, il est aussi plein que les autres. On continue.

— Ça va prendre un deuxième avertissement. J'en parle à Max. Apporte le sac, conclut Luc.

Thierry fut parcouru d'un long frisson. Il recula aussi vite qu'il put et se retourna pour s'éloigner le plus loin possible de la porte. Son cœur s'affola.

« Une deuxième initiation ! Ils sont dingues avec leur commerce porno. Et c'est qui ce Max ? »

Alarmé, il parvint à se trouver une chaise avant que les deux complices n'arrivent dans la cuisine. À leur silence, il se sentit dévisagé. Avaient-ils vu son geste ?

Momo était presque inconscient sur le canapé. Les quatre autres avaient déserté les lieux sans rien dire. En le voyant dans cet état, Éric le fit lever.

– On t'avait dit de ne pas les laisser partir avant qu'on leur ait refilé la marchandise et qu'ils nous aient payés !

Éric, en colère, le secoua, ce qui fit sursauter Thierry. Il les entendit s'engueuler. Puis, quelqu'un coupa le son. Il se fit un silence pesant. La querelle avait pris fin. Luc se dirigea vers Thierry, posa les deux mains chaque côté de lui sur le dossier de la chaise. Il approcha son visage tout contre le sien.

– Les copains nous ont fait faux bond. On va les revoir et leur faire comprendre qu'on ne fausse pas compagnie à Éric ou moi, tu comprends ? La fête est finie. Dommage ! C'est triste. Tu n'as pas pu en profiter longtemps, mais on va t'en faire une pour toi tout seul ! Entre copains. Tu vas en jouir… toi aussi.

Luc empestait l'alcool. Il éclata de rire et le prit par le bras comme un ami.

– Allez, lève-toi, on va aller au salon te faire entendre ce que tu transportes pour nous. Je vais te décrire chaque scène, avec plein de détails excitants à en baver. Tu vas en redemander. Tu vas comprendre encore mieux ce qu'on t'a expliqué à ton initiation et pourquoi ça fonctionne autant. Deux mois déjà, complice avec nous, oublie-le pas ! Si ton père l'apprenait, il ne viendrait plus te chercher pour une petite soirée comme hier. Il aurait honte, un garçon bien comme toi ! Mais ne t'inquiète pas. À la fin de l'année, on va enlever les plus cochons !

La voix de Luc mordait dans chaque mot avec plaisir. Thierry se débattit pour qu'il lui lâche le bras en lui demandant :

– Mais comment t'es au courant pour la soirée d'hier soir ? Qui te l'a dit ? J'en ai parlé à personne !

Luc comprit son erreur. Il serra les mâchoires. Il garda le silence, puis se radoucit.

– Je m'excuse, Thierry, mais c'est de ta faute. Tu m'as fait peur tantôt avec ta mère. J'ai misé beaucoup sur la réussite de mon plan et sur toi. C'est la faute à Momo aussi qui a laissé partir les autres. Je t'avais promis une vraie fête, puis voilà rien ne marche comme je veux ! Je regrette de t'avoir parlé comme ça ! On fait la paix ?

Il prit la main de Thierry et la lui serra. Celui-ci ne dit rien. Luc n'avait pas répondu à sa question. Le surveillait-on même la nuit ? S'il n'avait pas entendu leur conversation, il serait là à leur faire encore confiance en passant outre le malaise qu'ils lui inspiraient. Luc n'avait aucune amitié pour lui. Plus pénible encore à admettre, oui, son père aurait honte de lui. Il se mit à craindre de se trouver là avec eux.

– Ne fais pas cette tête-là. Je me suis excusé. Veux-tu que je me mette à genoux ?

– Bon ça va. Je veux rentrer à la maison.

– Maintenant ? dit Luc, agacé

– Oui, maintenant ! répondit-il avec fermeté.

Éric regarda Luc dans les yeux et lui fit signe que oui. Il le vit serrer les poings ; sans prononcer un son, il articula :

– Non ! C'est trop risqué !

Thierry resta rivé à la portière, la main sur la poignée, trahi, méfiant. Il n'avait plus aucune confiance en Luc. Plus ce dernier le regardait, plus il était persuadé qu'il avait entendu leur conversation. Il fulminait intérieurement.

« Il ne jouera pas au plus malin avec moi ! »

Parvenu à destination, Luc lui lança :

– À lundi, repose-toi bien. Lâche pas ton sac, hein !

Thierry fit un petit signe de la tête et sortit.

Il claqua la porte d'entrée et monta droit à sa chambre, accueilli par Lumino exubérant. Sa mère l'arrêta.

– Allô ! Le *party* est déjà fini ?

– Oui.

Il s'immobilisa, mais resta le dos tourné à sa mère.

– Que s'est-il passé, il est à peine 6 heures ?

– La fête a été annulée à la dernière minute.

– Tu pourrais te retourner quand tu me parles, s'il te plaît.

Il se tourna lentement vers elle et descendit quelques marches.

– Tu as l'air bien déçu ! Tu fais une tête d'enterrement !

– Quand on croit s'amuser et que tout va de travers, c'est décevant, oui !

– Pauvre chéri, dure fin de semaine, hein ? Il n'y a rien d'autre, t'es sûr ?

– Non, non... Je peux monter à ma chambre ?

– Oui, tu peux. Tu as mangé ?

– Non, je n'ai pas faim, je suis fatigué.

Thierry monta et s'enferma avec Lumino dans sa chambre qu'il verrouilla. Il mit ses écouteurs et ne voulut plus penser à rien, seulement écouter de la musique.

Dehors, le froid automnal s'installait définitivement. Le vent achevait de dépouiller les arbres de leur feuillage de feu, les laissant tels des squelettes figés, et lançait un appel lugubre à travers le cimetière.

Thierry délaissa ses écouteurs, incapable d'oublier ses deux tristes sorties. Malgré lui, il reconnaissait préférer la discipline militaire de son père à ce silence. Comme il aurait aimé entendre sa voix, ce soir, même celle des mauvais jours. Il aurait accepté un éclat de voix, une réprimande, une colère contre lui, mais il l'aurait eu là, à la maison. Même s'il n'avait pu rien lui dire !

La mise en garde de son prof de gym lui revint en mémoire. Luc n'avait pas bonne réputation. Pourquoi avait-il décelé un si grand trouble lorsqu'il lui avait demandé comment il savait pour sa sortie avec son père ? Cette dernière question soulevait des hypothèses angoissantes. Qui le surveillait aussi près de chez lui ?

Il commençait à douter qu'il y avait quelque chose de beaucoup plus grave qu'une simple initiation et qu'il leur servait de bouc émissaire.

« Et si c'était du matériel volé ? Je dois en savoir plus ! »

Comme trop de nuits depuis qu'il résidait dans cette maison, Thierry fit un cauchemar. Ce fut bref et d'une clarté troublante : *Quelqu'un lui attachait un collier autour du cou avec une longue laisse et lui ordonnait :*

— Tu vas prendre la place de ton chien et nous servir de guide comme un bon toutou. Tu dois continuer à être le gardien de notre secret si tu veux le revoir.

— Non ! Non !

Encore une fois, l'homme aux yeux de chat réapparut dans son rêve !

Le matin, au réveil, un sentiment de panique l'habitait. Il étreignit Lumino avec passion.

— Ce n'était qu'un rêve… Je ne laisserai personne te faire du mal ou nous séparer.

Le bernois se laissa câliner, heureux de l'affection de son maître. Une idée traversa l'esprit de Thierry. Le lien lui parut si évident qu'il en éprouva un choc :

« Le rôdeur ! C'est la seule personne à m'avoir vu samedi soir. »

Il fit appel à son courage afin de se mettre en route pour l'école. Il aurait tellement souhaité ne pas se retrouver avec Luc.

Le cimetière l'effrayait. L'angoisse suscitée par son rêve ne l'avait pas abandonné. Il emprunta le trottoir. Il ne tenait pas à se retrouver en présence de quelqu'un qui hantait ses nuits ; et ce chien violent, excité par son maître, l'inquiétait. Il perturbait la concentration de Lumino.

Aussitôt qu'il eut mis les pieds dans la cour d'école, Luc se retrouva à ses côtés. Ce dernier lui fit la conversation comme si rien ne s'était passé pendant la fin de semaine. Il entra dans son jeu et ne laissa rien paraître.

« Je dois savoir si on se moque de moi ou si c'est une vraie coutume, les initiations dans cette école ! »

Luc le suivit jusqu'à sa case et ensuite alla le reconduire à son premier cours.

Au dernier cours de la matinée, il avait Benoît Jordan comme professeur.

Thierry avait confiance en lui, mais il ne lui parlerait pas des DVD trop accablants pour Luc. Il savait ce que le professeur avait promis à la direction à propos de son fils, mais sans en connaître la vraie raison. Il suffirait peut-être que son père lui ordonne de cesser son jeu pour que tout s'arrête. Quelques instants avant la fin du cours, Thierry fit signe de la main dans sa direction. Il s'approcha aussitôt.

– Oui, Thierry ?

– Si c'est possible monsieur, j'aimerais vous parler après le cours, dit-il en baissant la tête pour couvrir sa voix des regards et des oreilles indiscrètes.

– Bien sûr. Il y a un problème ?

Benoît s'était approché, afin de lui répondre, à voix basse lui aussi.

– J'ai besoin de renseignements.

Enfin, la cloche sonna. Ce fut le brouhaha habituel des cahiers fermés à la hâte, le raclement des chaises sur le plancher et la ruée vers la sortie dans un échange bruyant de mots lancés à la volée. Thierry avait pris l'habitude d'attendre que tous les élèves soient partis pour sortir à son tour. Il resta assis et attendit que son prof vienne vers lui, après avoir fermé la porte. Il scruta son jeune élève pour lequel il éprouvait un attachement sincère. Il prit une chaise et vint s'asseoir auprès de lui.

– Qu'est-ce que je peux faire pour toi ? Tout le monde est sorti. Je t'écoute.

Thierry hésita un instant. Il ne savait plus s'il avait pris la bonne décision. Dans un souffle, il plongea :

– Je sais que cela doit se faire dans le plus grand secret, mais j'avoue que, vu mon état, j'ai besoin de plus d'informations concernant les coutumes de l'école. J'ai du mal à m'habituer. Je veux être le plus possible comme les autres et bien m'intégrer, mais il faut que l'on comprenne ma situation. J'ai peur d'avoir échoué et qu'il y en ait une autre !

Il avait tout dit d'un trait, sans s'arrêter.

– Mais mon garçon, de quoi parles-tu ? Je veux bien t'aider mais, pour cela, je dois comprendre ce que tu dis. Quelles coutumes ?

Ton intégration est excellente ! Tu as échoué quoi ?

– L'initiation des nouveaux, vous savez celle du début de l'année ! Je sais que je ne devrais pas en parler mais…

– Attends une minute !

M. Jordan aperçut par la porte vitrée de sa classe quelqu'un s'étirer le cou et regarder dans leur direction. Il reconnut Luc qui semblait contrarié. Leurs regards se croisèrent. Benoît fixa ensuite Thierry. Cela le troubla. De la tête, il fit signe à son fils de partir. Luc alla s'asseoir sur le dossier d'un banc, les pieds sur le siège, à attendre que le garçon sorte. La rage et l'inquiétude lui empourpraient le visage.

« S'il parle à mon vieux… Il va tout faire foirer. Je lui en promets toute une ! Il va me le payer. C'est sûr qu'il a tout entendu, hier », pensa-t-il.

– Quelle initiation ? demanda Benoît en reportant son attention sur Thierry.

– Celle que les finissants de cinquième année font aux plus jeunes, à la rentrée !

Benoît resta abasourdi. « C'est quoi cette nouvelle histoire ? » pensa-t-il.

Thierry continua en choisissant bien ses mots :

– Celle que Luc et ses copains m'ont fait passer.

Les craintes de M. Jordan se confirmaient. Il voulait dire la vérité à Thierry, en partie du moins, tout en protégeant son fils s'il le pouvait encore !

– Je crois… Je crois, qu'ils ont voulu te faire une mauvaise plaisanterie. En réalité, il ne s'est jamais fait aucune initiation jusqu'à ce jour dans cette école. Des bals de fin d'année oui, mais des initiations jamais ! Par contre, il se joue souvent des tours sur le dos des nouveaux et c'est sûrement ce qu'ils ont eu le mauvais goût de te faire. Luc est un brave garçon, continua-t-il. Je l'aime beaucoup, ce dont il a l'air de douter, mais ses fréquentations et leurs mauvaises influences sont souvent plus fortes que le reste, surtout que son père… Alors, qu'est-ce que tu aimerais que je fasse pour t'aider ? On va tout régler entre nous. Tu veux que je lui parle ? Il y en aura pas d'autre, promis !

Malgré l'intégrité de Benoît Jordan, ce dernier ne pouvait pas prendre parti contre son fils. Il ne chercha pas à en savoir plus. Thierry le comprit, mais espéra malgré tout que son intervention auprès de Luc arrangerait les choses.

– Si vous me dites que ce n'est qu'une plaisanterie et qu'il n'y en aura pas d'autre, cela me rassure. Je croyais être le seul à ne pas avoir réussi. Personne ne me parlait de rien, et je ne parlais de rien à personne. C'était la première consigne.

Toutes ces confidences embarrassaient Benoît au plus haut point.

– Thierry ! Écoute-moi. Je vais parler à Luc et lui dire que la plaisanterie a assez duré. Oublie tout cela. Tu es parmi ceux qui s'intègrent le mieux. Je vais m'en occuper. Tes parents sont au courant ?

À travers le ton anodin de cette question, Thierry en saisit toute la subtile inquiétude. M. Jordan non plus ne tenait pas à ce que cela se sache. Honteux de l'avouer, l'adolescent en minimisa l'importance.

– Non. Je ne voulais pas ennuyer ma mère avec ça. Je savais que je pouvais compter sur vous.

Il persista à cacher l'existence des films. Il entendait encore la voix d'Éric dire qu'il était leur complice. On s'était bien moqué de lui. Il comprit aussi qu'il n'avait rien à espérer de plus du père de Luc. Ce qu'il avait pu être naïf !

– Bien. Maintenant, va dîner. Il est tard.

– Merci, monsieur. J'espère que tout cela va rester entre vous et moi. Je ne voudrais pas que les copains se moquent de moi en pensant qu'on peut me faire croire n'importe quoi !

– Ne t'inquiète pas. Je ne dirai rien. Au fait, tu connais ses amis ?

– Juste leur prénom : Éric et Maurice, tous les deux sont à l'université, répondit-il hésitant.

Il ne vit pas le rictus sur ses lèvres : « Les mêmes que l'an passé, pensa Benoît. Eux aussi, ils devraient se tenir tranquilles. »

Thierry prit son sac et mit la courroie sur son épaule après avoir pris soin de vérifier s'il était bien fermé et saisit le harnais de Lumino. Benoît lui ouvrit la porte, le corridor était désert. Aucune trace de Luc.

Pendant toute l'heure du lunch, Thierry resta seul à se demander s'il avait bien fait mais, au moins, il connaissait la vérité. Il se sentait libéré d'un poids. Il leur dirait de reprendre leur matériel, qu'il savait à présent que tout n'était que du *bluff* pour faire de l'argent sur son dos. Il ne voulait plus y être mêlé.

« Ils devront arrêter de se servir de moi parce que s'ils refusent à ce moment-là, je dévoilerai tout à M. Jordan… Non, au directeur ! J'ai peut-être été leur complice, mais bien involontaire. Je leur dirai aussi ! »

L'heure du premier cours sonna. Thierry et Lumino se dirigèrent vers la classe d'un pas assuré. Le reste de l'après-midi se passa sans incident. Il réussit à accorder toute sa concentration aux cours, fort de sa décision de mettre un terme à cette plaisanterie.

M. Jordan croisa le tuteur de Luc qui l'avisa que son fils ne s'était pas présenté à ses cours. Il l'assura de sa présence dès le lendemain. Son malaise augmenta.

∞

L'entretien entre son père et Thierry s'éternisait trop à son goût. Luc décida donc de filer tout droit à l'appartement de Momo et d'Éric, après avoir donné un coup de fil à Max. Éric était absent. Luc, en colère, tournait sur place. Il raconta tout à Momo.

– Mais s'il a tout dit, qu'est-ce qu'on fait ?

– Je le sais pas ! J'ai pas confiance à ni l'un ni l'autre ! J'ai joint Max. Il va venir pour nous dire quoi faire. C'est son idée, non ? C'est à lui de trouver ! C'est urgent ! Le jeune nous lâche, ça sent pas bon. Max va pas vouloir le laisser partir.

– Moi non plus. Éric le trouve de plus en plus encombrant, mais on doit suivre notre plan. Il va arriver d'une minute à l'autre. Tu veux une bière en attendant ? Ça va nous calmer.

À peine cinq minutes plus tard, Éric s'amenait. Ils le mirent au courant :

– Ça fait un bout que j'ai pu confiance en lui, le petit morveux !

∞

À l'arrivée de Max, Luc reprit du début et lui expliqua la situation. En aucun moment, il ne fut interrompu. Max refusa de s'asseoir. Il les dominait de sa haute taille. Lorsqu'il eut terminé, il continua de se taire. Inquiets, les trois complices échangèrent un bref coup d'œil. N'y tenant plus, Éric se leva d'un bond et tonna :

– Mais on fait quoi ? Si tu viens pour rien dire, on va s'arranger tout seuls…

– Tu la fermes et tu écoutes ! Depuis deux mois et demi que la distribution se fait, le système marche bien. Si on arrête maintenant, on sait que d'autres n'attendent que l'occasion pour prendre notre secteur. Donc, pas question d'arrêter.

Le ton de Max s'amplifiait au fur et à mesure qu'il parlait. Hors de lui, il pointait un doigt en appuyant à tour de rôle sur la poitrine des trois comparses.

– Mais trois têtes sans cervelle décident d'inviter un jeune de quatorze ans à un *rave*, une sauterie parce que ces messieurs manquaient de carburant ! Maintenant, ces pauvres petits viennent pleurnicher. Ils ne comprennent pas que leur marionnette en a marre qu'on se serve d'elle. Vous deviez ralentir un peu. Au lieu de ça, vous donnez un coup d'accélérateur ! Il est aveugle, pas fou. Il vous entend parler de lui et vous avez cru qu'il continuerait à vous servir comme un bon toutou ! Vous êtes une bande d'abrutis ou quoi ?

– Hé ! Hé ! Vas-y doucement.

Éric n'apprécia pas du tout qu'on lui parle sur ce ton. Max baissa dangereusement dans son estime. Les deux hommes se toisèrent. En rogne contre lui, malgré ses efforts, Éric céda sous son regard si étrange. Dans un geste vainqueur, Max empoigna le revers de son gilet sous l'œil interdit des deux autres et lui dit d'un ton péremptoire :

– Si tu veux rester dans la *gang*, ta gueule et écoute, compris ?

– Oui ! Oui ! Ça va !

Éric se tut, enragé contre cette remontrance. Après un silence embêtant, Luc parla au nom des trois :

– D'accord, on a commis une gaffe, on fait quoi pour se rattraper ?

– Rien.

– Comment ça rien ?

Les trois complices s'exclamèrent en même temps.

– Écoutez-moi bien. La première chose à savoir, c'est ce qu'il a raconté à ton vieux. Donc jusqu'ici pas trop compliqué pour toi ?

Le ton sarcastique déplut à Luc et augmenta l'énervement d'Éric.

– S'il a tout déballé, de toute façon vous allez le savoir assez vite, c'est déjà trop tard. Vous aurez les directeurs sur le dos et, moi, je me barre jusqu'à ce que je trouve une meilleure équipe. Pas difficile.

– Ça va, ça va, ensuite ?

Momo, silencieux jusqu'à présent, s'impatientait, la trouille au ventre.

– Ensuite ? Mais c'est logique, s'il a rien dit, alors on peut passer aux actes.

Il leur exposa sa solution. Tous les trois approuvèrent de la tête.

Le soir, Luc alla manger chez lui. Son père lui en fit la remarque :

– Tu commences à prendre de bonnes habitudes !

– Ouais !

Le plus détendu possible, le nez plongé dans son assiette, Luc attendait en silence que son père parle le premier. Irrité, Benoît rompit la glace :

– T'as séché des cours cet après-midi ?

– Oui.

– Pour quelles raisons ?

– …

Le silence retomba, coupé par le seul bruit des ustensiles raclant le fond des assiettes. Enfin, Benoît s'éclaircit la voix.

– Thierry est venu me parler après le cours.

Luc afficha une indifférence ennuyée. Il attendit quelques instants pour finir par répondre :

– Oui, je sais et alors ?

– Il m'a demandé s'il s'intégrait bien aux autres élèves de l'école.

Luc continuait de manger, prenant soin de ne pas laisser paraître son trouble.

– Ah !

Benoît déposa sa fourchette dans un grand claquement et explosa :

– C'est tout ce que tu trouves à dire : Ah !

N'y tenant plus, il se leva et marcha de long en large.

– Mais c'est quoi cette histoire, encore ?

– Quelle histoire ? C'est ton « encore » que j'aime. Je t'emmerde hein, depuis l'année passée. Un peu de drogue dans mes poches, puis finie la confiance.

– Ne joue pas sur les mots ! Tu sais très bien de quoi je parle ! Depuis quand se fait-il des initiations à l'école, au début de l'année ?

– Ah ! Ça ?

– Oui ! Ça ! Tu peux m'expliquer ?

– Il est allé se plaindre de quoi ? Il avait promis de rien dire !

Benoît laissa tomber les mots tant attendus :

– Alors, tu le reconnais ! Mais il n'a rien dit ! Il m'a juste parlé d'une initiation secrète et d'une deuxième à venir qui l'inquiète. Il avait l'air embarrassé ! J'ai pas voulu en savoir plus. Il n'en a même pas parlé à ses parents !

Luc jubilait. Thierry n'avait rien dit à personne ! Il avait une explication toute prête.

– J'aimerais savoir ce que ça cache ? Qu'est-ce que vous lui avez fait ?

Simulant l'indignation, Luc crâna :

– Rien. Panique pas. Rien ! Il s'est marré autant que nous. Pourquoi il l'a pas dit si ça le dérangeait autant ?

– Mais quoi ?

– Bon... C'était une initiation hum, peut-être un peu gênante pour lui. On lui a fait toucher et deviner un tas de trucs qu'on trouve dans les *sex-shops* !

Découragé, Benoît leva les bras au ciel pour les laisser retomber, incrédule :

– Ce n'est pas vrai ! Ridicule !

Sans relever la remarque, Luc continua :

– On a rigolé ! On lui a tout expliqué. Il a ri autant que nous. Une vraie plaisanterie, quoi ! C'est pour ça que personne n'a rien dit, lui en premier. On devait garder le secret. On a cru qu'il avait vraiment capoté. Alors, on voulait lui en faire une autre. Pas facile de savoir avec lui, avec ses yeux tout le temps fermés.

Sarcastique, Benoît expliqua :

– On appelle ça « aveugle », si tu l'as oublié ! T'as pas pensé que c'était gênant pour lui d'avouer son embarras. Il a joué le jeu pour pas passer pour un innocent et faire rire de lui ! T'es sûr qu'il n'y a rien d'autre ? Il m'a nommé tes deux copains, Momo et Éric. Tu les fréquentes encore ? Je croyais que vous ne deviez plus être vus ensemble ?

– Ce sont mes deux potes. On a rien fait de mal.

– Vous agissez comme des voyous ! Je tiens à ce que tu termines tes études. J'espère pour toi qu'il n'y a rien d'autre là-dessous ?

Luc perdit le contrôle et tonna :

– NON !

– Lui faire ça ! C'est déjà assez difficile pour lui et vous en rajoutez !

– C'est pas la première fois qu'on se paye la tête d'un nouveau !

– Elle est grotesque et pitoyable votre farce, humiliante. Il est aveugle !

– Oui et après ? Tu sauras qu'on lui a fait cette farce justement pour qu'il sente qu'on s'occupe de lui. Mais s'il l'a pris tout croche, c'est son problème.

– Ce n'est pas la bonne méthode ! Thierry est un jeune très bien, courageux, et en tant que tuteur, je laisserai personne le ridiculiser ou lui faire du tort, même toi ! Encore chanceux qu'il n'ait rien dit à ses parents !

– C'est ça ! Tout pour Thierry, rien pour Luc. T'arrêtes pas de le citer en exemple, s'exclama-t-il, agacé

– C'est faux ! Serais-tu jaloux ? Tu sais comment je t'ai couvert à maintes reprises et, en particulier, à la fin de l'année dernière. Alors ne viens pas me dire que je ne fais rien pour toi ! J'ai mis ma carrière en jeu pour garantir ta bonne conduite cette année !

Luc ne répondit rien. Il trouvait son père tellement assommant. Malgré tout, il se calma et changea de tactique.

– Ouais ! Je me suis emporté.

En badinant, il interrogea :

– Il y a des sanctions pour une fausse initiation ?

Benoît fit un petit sourire en coin, ravi de voir son fils revenir au calme.

– Non ! Si tu me garantis qu'il n'y a rien d'autre, on n'en fera pas un drame. Mais pour l'autre initiation, il n'en est pas question. Tu m'entends ?

– Oui ! Oui ! On arrête là !

– J'aime mieux ça.

« Tout n'est pas perdu, mais il faut agir vite, pensa Luc. »

Benoît mit la main sur l'épaule de son fils, soulagé de le voir revenir à de bonnes intentions.

– J'espérais que tu réagisses de la sorte. Après tout, tu es son meilleur ami !

Luc ne répondit rien et sourit : « Un ami qui va bien prendre soin de lui », ricana-t-il en lui-même.

Chapitre IX

Un chantage odieux!

THIERRY essaya à nouveau de consacrer sa soirée à ses études qu'il avait négligées ces derniers temps, mais sa pensée revenait toujours vers son sac.

« Demain, je remets tout à Luc et plus personne n'y touche. »

Il se mit au lit en pensant à la façon dont il lui annoncerait sa décision, mais plus il cherchait la formule, moins il croyait que Luc accepterait. Il repensa à son rêve où on lui mettait une laisse de chien. Il avait appris à ne pas négliger ces messages, aujourd'hui plus que jamais. L'inquiétude lui nouait l'estomac.

« S'il refusait de les reprendre ? Je m'adresserai au directeur. »

Son malaise persista une partie de la nuit. Au matin, malgré la fatigue, sa résolution avait tenu bon. Comme il s'apprêtait à partir avec Lumino, sa mère lui suggéra :

– À ta place, j'apporterais un autre chandail. On annonce un refroidissement cet après-midi. Ce serait plus prudent. Ce n'est pas le temps de prendre froid. Novembre, c'est un bon mois pour ça.

Il monta en courant le chercher et le fourra dans son sac à dos. Il sortit. Laurence le suivit de près et lui dit :

– Attends, je vais aller vous reconduire sinon vous ne serez pas à l'heure.

– Je veux bien.

– Allez, montez !

Adossé au grillage près du stationnement de l'école, Luc guettait l'arrivée de Thierry. Sitôt l'auto repérée, il resta en retrait afin de ne pas être vu par sa mère. Lorsqu'elle fut partie, il s'avança vers lui.

– Te voilà ! Je commençais à croire que tu ne viendrais pas.

– Oui, je sais. On est en retard. Une chance que maman est venue nous reconduire.

Thierry ajusta d'un geste de la main son sac sur son épaule.

– Allô ! Toi. Comment ça va, mon vieux ?

Luc se pencha vers le chien et, dans un excès d'affection, lui donna plein de caresses. Cela irrita Thierry.

– Arrête, tu le déconcentres. Tu lui fais croire que c'est l'heure du jeu et, moi, j'ai dans la main son harnais. Il reçoit deux messages à la fois. Tu le déranges.

– Mais je l'aime, ton chien. Il me reconnaît, on devient copain, répondit-il sans cesser ses caresses.

Thierry, qui n'élevait que très rarement la voix, eut un éclat qui surprit Luc.

— Je te dis d'arrêter ! Lumino, c'est mes yeux et il doit rester attentif à sa tâche. Tu lui compliques les choses !

— Ça va ! Ça va ! T'énerve pas, j'arrête !

Autour d'eux des étudiants les regardaient, surpris de cet échange agressif. Luc les foudroya du regard et prit Thierry par le bras et en s'éloignant d'eux, lui demanda tout bas :

— Tu m'en veux ? Je sais que tu as parlé à mon père. Je sais aussi que tu n'as rien dit pour… ce que tu sais. T'es vraiment un ami.

La voix de Luc s'était faite toute mielleuse.

— Tu m'en as épargné une belle. Compris, on arrête tout !

— Quoi ?

Thierry n'en croyait pas ses oreilles. Son pressentiment de la veille l'aurait donc trompé ? Pourquoi trouvait-il tout cela trop facile ? Était-il encore en train de se faire jouer un mauvais tour ?

— Tu es d'accord ? Et les autres, ils vont accepter que je vous remette tout et que plus personne ne touche à mon sac ?

— J'en fais mon affaire. Mais tu comprends, je ne peux pas les prendre tout de suite, c'est trop risqué ce temps-ci. On dirait que les profs se sont transformés en agent de l'escouade de la moralité. Ils fouillent sans prévenir, alors…

— Oui, mais on fait comment ?

— On se fixe une heure après l'école, disons… 5 heures. Ta mère va être là ?

— Non, le mardi soir elle rentre plus tard.

– Bon, je fais un saut chez toi, tu me les remets et c'est tout. Pas plus compliqué que ça.

– Catherine va être à la maison, mais ce n'est pas grave. Je mets tous les DVD dans un sac et le tour est joué !

– C'est qui Catherine ? dit Luc, agacé.

– C'est mon accompagnatrice. Mon père l'a engagée cet été. Mes parents avaient pas assez de temps pour s'occuper de moi. Elle est vraiment extra.

– On te prive de rien, hein ! C'est entendu ? Ce soir, 5 heures. Tu veux que j'aille te reconduire à ta case ?

– Non, Lumino et moi, on se débrouille bien et ma classe est juste à côté.

– D'accord, je file.

Thierry était maintenant très en retard. Ça n'allait pas du tout ! Quelque chose clochait. « Je devrais être content, tout va se régler, ce soir ! Luc était différent des autres jours. Au moins, je serai pas seul. Catherine sera là. »

Les corridors étaient à présents déserts. Il se hâta vers sa case. Il la déverrouilla, ensuite ouvrit son sac en vitesse et sortit son chandail. Dans sa hâte, il entraîna un objet qui glissa sur le sol et se brisa.

– Ah ! Non ! Non !

À tâtons, Thierry chercha l'objet. Énervé, il commanda :

– Allez Lumi, aide-moi, cherche !

Il mit la main sur sa tête et suivit la direction de son museau.

– Nooon ! C'est pas vrai ! J'ai cassé un de leur boîtier !

Fébrilement, il chercha le DVD pour le remettre en place.

– Mais où est-il ? Il n'a pas pu tomber bien loin ?

À la place, sa main rencontra un sachet de plastique.

– C'est quoi ça ?

Aussitôt formulé, Thierry d'instinct connaissait déjà la réponse qu'il n'osait pas s'avouer depuis quelque temps.

– De la drogue ! Je rêve ! C'est pas vrai ! Non !

Tout s'expliquait. Personne n'aurait fait autant de mystère pour des films pornos !

– Je suis un imbécile.

Il resta prostré, le visage contre le pelage de son chien.

Il releva la tête, décidé. « Mais je ne dis rien, ils veulent les reprendre, alors je continue le jeu. Peut-être que son père a convaincu Luc d'arrêter vraiment ! »

Il se leva et tenta de refermer le boîtier en insérant le sachet. Comble de malchance, en appuyant sur le couvercle, il déchira le plastique… La poudre blanche se répandit dans son sac et sur le plancher. De plus en plus nerveux, il se baissa et de la main la dispersa. Lorsque, enfin, il entra avec Lumino dans la classe, toutes les têtes se levèrent vers eux.

– Bonjour Thierry.

– Bonjour, madame.

Attentionnée, Mme Lynn, son professeur de français, alla vers lui et le conduisit à son bureau.

– Tu es en retard. Tu as eu un dérangement ?

– Oui, je m'excuse.

– Ce n'est rien.

Protégé par tous les professeurs, jamais personne ne l'avait soupçonné de rien. C'était sur cette confiance qu'il inspirait qu'on avait misé. Comment pouvait-il maintenant leur avouer qu'il était depuis plus de deux mois complice de trafiquants de drogues ? Qu'il avait été assez idiot pour tout gober !

« Mais je peux pas rien dire, maintenant je le sais ! Ça change tout ! »

Cette découverte l'empêcha de se concentrer pendant ses cours.

« Qu'est-ce que je dois faire ? se tourmenta-t-il. Si je ne dis rien et même s'ils reprennent les DVD sans me faire de problème – et cela, il n'y croyait plus du tout – je suis vraiment leur complice. Si je vais tout dire au directeur, la *gang* va savoir que j'ai trahi et alors… »

Son estomac se contracta dans un spasme douloureux. Il continua de réfléchir.

« Luc dit vouloir les prendre, ce soir. Qu'est-ce que je fais ? »

On l'avait manipulé sans gêne. D'un cours à l'autre, la peur au ventre, il retourna dans tous les sens ces questions troublantes. Au dernier cours, n'y tenant plus, il se leva et demanda la permission de sortir, ce qui lui fut accordé. Il ramassa ses affaires, les mit dans son sac qu'il manipula comme un objet prêt à exploser, l'accrocha à son épaule, entraîna Lumino et sortit.

« Je vais parler au directeur, je n'ai pas le choix. »

Il n'avait pas fait une dizaine de pas qu'il entendit une voix familière l'apostropher dans son dos. Luc était là. « Il est jamais à ses cours, lui ! » se dit-il. En quelques enjambées, il le rejoignit.

– Hé ? Où tu vas comme ça ? Pourquoi tu quittes le cours avant la fin ? T'es malade ? Une chance que nos classes ne sont pas loin, je t'ai vu sortir. Les profs sont tellement compréhensifs quand il s'agit de toi !

Thierry cessa de marcher et attendit sans rien dire, le visage fermé, entendant ses pas rapides et nerveux. Luc lui tournait autour, soupçonneux, décidé de ne pas le laisser filer. Tel un oiseau de proie, il ne le quittait pas des yeux, essayant de comprendre ce qui se passait dans la tête du jeune aveugle.

Ce dernier ressentait à un tel point l'animosité de son prétendu ami que, maintenant, la situation était claire pour lui. Jamais on ne lui laisserait la paix.

Luc lui saisit le bras et l'obligea à avancer. Il le poussa vers la sortie. Il se colla à son oreille et murmura :

– Je ne sais pas ce que tu mijotes, mais si jamais tu nous trahis... un accident est vite arrivé.

Et continuant sa phrase en se penchant vers Lumino, il ajouta à haute voix :

– Pas vrai, tu es un si beau chien !

Les rares professeurs et élèves à circuler près d'eux les regardèrent et approuvèrent de la tête. Luc, tout sourire leur rendit la pareille.

Qui, en ce moment, aurait pu lire sur le visage du jeune aveugle toute la détresse que ces seuls mots venaient de provoquer en lui ? D'une main tremblante, il caressa son chien. Luc se redressa et demanda à nouveau :

– Tu as dit que tu allais où déjà ?

Incapable de répondre pendant un court moment, il finit par dire :

– Tu fous la paix à mon chien et pour le reste, ça ne te regarde pas !

Luc jeta un regard autour d'eux et haussa les épaules en signe d'étonnement aux yeux interrogateurs qui se posaient sur eux. Il ravala sa colère.

Thierry assura la fermeté de son emprise sur le harnais et commanda :

– Lumino ! On s'en va à la maison !

En vitesse, Luc retourna à l'intérieur et passa deux coups de fil.

Thierry avait peur. Son pressentiment de la veille était fondé, ses rêves révélateurs. Aucun des trois n'était son ami, Luc encore moins que les autres.

Ce qu'il avait pu être naïf ! Il serra les dents pour étouffer sa rage ! Sa méfiance qu'il s'était reprochée depuis le début de l'année était bien fondée. Demain, il parlerait au directeur. Mais, pour l'instant, le risque était trop grand.

« Surtout ne rien faire qui pourrait mettre en danger Lumino, s'affola-t-il. »

Son inquiétude n'aurait pas été plus grande si la menace s'était adressée à lui-même. Se faisant rassurant pour l'un comme pour l'autre, il murmura à son chien :

— On va aller se reposer à la maison et réfléchir.

Tous ses sens étaient en état d'alerte. Il évita à nouveau le sentier. Il craignait l'isolement et, pour cause, ces pas derrière lui ? Il les reconnaissait trop bien. Il était suivi. Le rythme de son cœur s'accéléra. Lumino conserva son allure, concentré sur sa tâche. Comme une tache, Luc était là ! D'un geste rapide, il s'empara de son sac.

— Rends-le moi. Tu veux reprendre tes cassettes maintenant ?

— Je veux t'aider à le porter et je ne veux pas de Catherine dans le décor. On va tranquillement traverser le cimetière et régler la question des CD tout de suite. Prends la laisse, je vais te guider !

Thierry ne croyait plus aucune de ses paroles. Forcé par Luc qui lui saisit le bras et le poussa au bas du trottoir, il n'eut d'autre choix que d'obéir. Ils s'enfoncèrent très loin de la route, dans l'épais boisé qui ceignait le cimetière, dissimulés aux regards et aux oreilles indiscrètes des rares badauds qui auraient pu s'y promener. Le jeune aveugle entendit le froissement des branches et des pas s'approcher.

— Mais regarde qui va là, lança-t-il.

Luc, amusé, laissa sa phrase en suspens, décidé de briser toute résistance. Le message serait plus facile à faire passer.

Avant même qu'ils n'eussent parlé, Thierry savait qu'Éric et Momo étaient là !

— Je vois que tu sais qui. Et oui, ils sont venus m'aider.

On ferait tout pour l'empêcher de parler. Il connaissait maintenant l'enjeu de cette mise en scène. Sa main reprit fébrilement le harnais, seul secours possible. Il chercha dans le calme rassurant de son chien le courage de ne pas céder à la panique.

Désemparé, il comprit à l'instant même que Lumino, aussi, flairait une autre menace.

— On est obligé de faire une deuxième initiation ! T'as pas compris !

— J'ai rien dit !

— Non, mais tu veux nous abandonner, c'est pareil. Cette fois, c'est ton chien qui va en faire les frais !

Son affolement agitait sa tête par coups saccadés. Il tentait de comprendre le sens de ces menaces. Il s'accrocha encore plus étroitement à Lumino.

— Non ! Vous n'y toucherez pas !

De toutes les fibres de son corps il voulait le défendre, mais comment ? Il se sentit misérable, impuissant. Une image angoissante s'imposa à son esprit : il se vit, lui et Lumino, cernés de tous côtés par des loups ! Avec effroi, il huma lui aussi cette odeur. Une odeur qu'il connaissait. Cette autre présence déjà décelée par son chien. Il entendit un ordre qui le glaça :

– Perçant ! Attaque !

Le rôdeur et son chien étaient là ! Les mêmes qui les poursuivaient sans jamais s'identifier. C'était donc lui, Max !

Derrière lui, Éric referma une main de fer sur son poignet pour l'obliger à lâcher prise sur le harnais. Vif comme l'éclair, Lumino tourna la tête en grognant vers lui, les babines retroussées montrant ses crocs, prêt à mordre celui qui attaquait son maître. Il le força à reculer. Mais Thierry comprit qu'il devait laisser une chance à son chien de se défendre. De lui-même au prix d'un violent effort, il lâcha la laisse.

Rien au monde n'aurait empêché Lumino de défendre son protégé. Les deux bêtes se jetèrent l'une sur l'autre, à l'amusement d'un des maîtres et au désespoir de l'autre. La violence du choc vibra dans tout le corps de Thierry. La crainte du chien écartée, Éric saisit les bras de Thierry et le tint étroitement.

– Non ! Rappelez votre chien ! Laissez-le tranquille, cria-t-il s'agitant, impuissant, écœuré.

– Arrêtez ! Arrêtez ! continuait-il, la peur cédant le pas à la panique.

D'une lenteur hallucinante, il entendit Max s'approcher de lui.

– On va les laisser s'amuser ! Tu aimes le nom de mon chien ?

Thierry n'entendait que les grognements et les claquements féroces des deux chiens dans un tourbillon effréné.

– Lumino ! Lumino !

Il entendait les deux chiens se battre. Il était désespéré ! Thierry se laissa glisser sur les genoux et s'appuya sur les talons, Éric toujours dans son dos.

Lentement, Max continua :

– Il s'appelle Perçant. Tu sais pourquoi ? Parce que sa vue est phénoménale. De quoi en rendre plusieurs envieux, n'est-ce pas ?

Les trois complices assistaient à la scène, curieux et amusés. L'entente était formelle : en aucun cas, ils ne devaient prononcer son nom.

– Je vous en supplie, rappelez votre chien !

– Mais il ne tient qu'à toi que le combat s'arrête, expliqua-t-il.

Les larmes commencèrent à couler sur les joues du jeune aveugle. Le bruit du combat lui martelait le cœur à chaque claquement de mâchoire, à chaque sifflement.

– Mais qu'est-ce que je dois faire ? Ce n'est pas un chien de combat ! Il est tout ce que j'ai. C'est mes yeux ! Je vous en supplie, arrêtez-les !

– On ne veut pas te faire de mal, ni à ton magnifique chien, mais tu dois nous promettre une chose.

Cela semblait prendre une éternité entre chaque mot prononcé. La voix pleine de rage, il cria :

— Quoi ? Rappelez votre bête ! Je ferai tout ce que vous voulez ! Mais rappelez votre chien !

Max laissa passer un instant interminable. Enfin, il ordonna :

— Perçant ! Au pied !

Ravalant péniblement ses larmes pour raffermir sa voix, Thierry appela aussi :

— Lumino ? Lumino ! Viens ici mon chien, viens ici !

Un silence plus inquiétant que les grognements des deux bêtes remplaça le bruit du combat. Éric lâcha enfin Thierry. À quatre pattes et à tâtons, il avança en le cherchant, les mains tendues. Il entendit gémir.

— Lumino !

Obéissant, mordu à quelques endroits, le chien se pressa contre son maître et émit un petit jappement aigu. Max avait saisi son chien par le collier et l'avait attaché à un arbre. Il jappait et tirait sur sa corde, furieux, cherchant à reprendre le combat pour lequel il était dressé. Max joignit le geste à la parole et le frappa.

— Ta gueule !

Quand enfin ses mains touchèrent Lumino, Thierry laissa échapper un cri. Il lui entoura le cou de ses bras et le serra contre lui. Le chien haletait bruyamment. Il le berça comme un enfant. Il se moquait de ceux qui l'entouraient.

Tout ce qui comptait à cet instant, c'était Lumino.

La tension dans le corps du bernois l'avertissait de l'état d'alerte dans lequel il se trouvait, encore prêt à se battre.

– C'est fini. Calme-toi. Je ne les laisserai plus te faire de mal.

Max avait deviné juste.

Le jeune était prêt à tout pour son chien. Il ne restait plus qu'à lui rappeler les règles du jeu. Il se plierait à son bon vouloir.

Pendant ce temps, Momo ouvrit le sac à dos. Il fit signe à Luc d'approcher.

– Hé! Les gars, il a tout découvert. Il y a de la came partout au fond, il en a brisé une!

Il déposa le sac dans un geste irrité et s'avança vers Thierry. Il empoigna le revers du collet de son manteau et le secoua.

– Qu'est-ce que tu as fait avec notre stock, hein? Tu as bousillé un boîtier! Tu nous as fait perdre du fric! Tu sais ce que ça vaut, espèce de con!

Thierry sursauta et Lumino gronda, furieux. Apeuré, Momo le lâcha aussitôt.

– Tu dis à ton chien de la fermer ou on relâche Perçant, menaça-t-il.

Comment pouvait-il calmer son chien quand lui-même parvenait à peine à se maîtriser. Malgré tout, la voix ferme, il ordonna:

– Assez! Couché, calme-toi.

Pourtant alerté de tous côtés, le chien, docile, écouta la voix de son maître.

– C'est mieux ! dit Momo.

Revenant à sa découverte, il insista :

– Avoue ! Tu l'as fait exprès, pour te venger !

Vibrant de colère, Thierry lui jeta à la figure :

– Vos maudites cassettes, j'y ai pas touché ! Elles sont supposées être toutes dans les compartiments fermés ! Ce sont vos grosses pattes de brutes qui les changeaient toujours de place. Je sais où elles sont placées mais je les ai jamais sorties !

– Espèce de sale menteur !

– Non ! cria-t-il hors de lui en se redressant pour leur faire face.

Momo hocha la tête et chercha l'approbation dans le regard de ses complices. Il leva la main pour le frapper. Max interrompit son geste en plein élan et lui décocha un violent coup de poing à la mâchoire. La voix tranchante, il lui dit :

– Tu n'y touches pas ! Si tu relèves la main sur lui, ta mère reconnaîtra plus ta sale gueule de bébé. Tu l'abîmes pas ! Tu penses que ses parents le laisseraient sortir tout seul s'il arrivait chez lui, les lèvres fendues, avec un œil au beurre noir ? Tu le laisses nous raconter ce qui est arrivé.

Il abandonna Momo qui tenait sa mâchoire en feu, les épaules affaissées comme un enfant grondé. Max reporta toute son attention sur Thierry. Il lui ordonna :

– Continue ! Comment elle s'est retrouvée ouverte au fond de ton sac ?

Soupçonneux, il ajouta :

– Il faut trouver si c'est de ta faute ou si c'est le plan qui est remis en question ou la faute de quelqu'un d'autre.

Ses yeux lançaient des éclairs autour de lui. Il les scruta tous tour à tour.

Encore sous le choc de l'agression faite à Lumino, Thierry lui obéit malgré lui, la voix mal assurée.

– Ce matin, j'étais en retard, ma mère m'a dit de prendre un autre chandail. Je l'ai mis dans mon sac sans faire attention. Arrivé à l'école, je l'ai sorti en vitesse pour le laisser dans ma case. J'ai senti que quelque chose s'était accroché au lainage. C'est tombé par terre ! En le ramassant, j'ai compris que c'était un de vos boîtiers. J'ai essayé de le remettre en place, mais le sachet de plastique s'est déchiré. Une partie du contenu est tombée au fond de mon sac.

– Avoue donc que tu t'es amusé à les tripoter. Tu croyais pouvoir les écouter ! Elles te faisaient baver, hein ? s'amusa Éric pour dissimuler son malaise.

– C'est faux !

Thierry se tourna vers Éric et, en colère, il se défendit :

– Tu peux toujours t'amuser à mes dépens, mais tu sais que c'est pas moi. C'est toi qui t'es servi la dernière fois dans les toilettes de votre appart !

Max, Luc et Momo dévisagèrent Éric. Momo, qui avait dû subir les foudres d'Éric pour avoir laissé filer leurs clients, entendit cette révélation avec satisfaction.

Un petit air de triomphe dans les yeux, il s'approcha en lui ricanant au nez.

– On se permet de donner des leçons aux autres, et c'est toi qui suis pas la consigne : « Refermer tout, chaque fois ! », facile, non ? Tu as laissé le compartiment ouvert, lundi, ça tient le coup, mais mardi, crack !

Ne voulant surtout pas que le plan soit remis en cause, Luc renchérit :

– C'est vrai, c'est toi, je m'en souviens.

L'animosité grandissait entre les trois complices.

– OK ! C'est vrai ! Pas besoin d'en faire tout un plat ! admit-il en se promettant de le faire payer d'une façon ou d'une autre à Thierry qui sentit la menace.

– Tu vas devoir le rembourser de ta poche, trancha Max, glacial. Les conneries sont réparées par ceux qui les commettent !

Max prit le visage de Thierry presque doucement et le tourna vers lui. Mais toujours aussi glacial, il s'informa :

– Le plus important maintenant : c'est si quelqu'un t'a vu ? Et comment tu le sais ?

– Non ! J'ai entendu personne dans le passage, les cours étaient commencés ! répondit-il en secouant la tête avec force pour se débarrasser de ce contact répugnant, la proximité de Max lui soulevant le cœur.

Un petit sourire narquois flotta sur le visage de Max. Il l'effaça aussitôt et continua en s'adressant aux trois complices :

— Tout ça, c'est toujours à cause de votre sauterie de dimanche ! Un autre faux pas du genre, et je disparais après avoir tout révélé à vos paternels ! Maintenant, parlons affaires.

Tout près du visage de Thierry, il lui expliqua :

— Je savais que tu finirais par tout découvrir. Écoute-moi bien : si tu veux que ton chien ait une vie longue et heureuse avec toi, va falloir que tu suives les directives gentiment et à la lettre. À la première tentative d'abandon ou si tu cherches à nous dénoncer, aux premiers doutes de l'un de nous, ce ne sera plus un simple avertissement comme aujourd'hui, ce sera du sérieux et ton chien ira servir de guide aux morts !

Les trois complices trouvèrent la farce très drôle et ils rirent bruyamment, resserrant leur complicité chancelante. Fier de lui, Max recula pour évaluer la réaction du garçon.

Un sentiment de solitude écrasa le jeune aveugle. On le menaçait dans ce qu'il avait de plus cher. Cette présence rassurante et protectrice qu'avait toujours été son chien devenait celle à protéger.

— Vous n'avez pas le droit de menacer mon chien ! Si une autre histoire comme celle de dimanche se produit et qu'on m'accuse encore faussement, Lumino n'a pas à payer pour ça !

– Il ne s'en reproduira plus. Pas vrai, les gars ?

D'une seule voix, ils répondirent non. Max continua :

– Bon, maintenant que tu es au courant de tout, cela va nous simplifier les choses. Comme d'habitude, tu laisses ton sac toujours disponible. Mais en plus, tu t'assures que tout est bien refermé. C'est tout ! Il peut arriver que tu te rendes à l'université pas seulement lors de tes cours de gym. Tu te trouveras un prétexte. Je ne suis pas inquiet pour toi, les profs t'adorent ! Tout ce que tu fais est bien ! On va l'exploiter au maximum.

Les battements de son cœur lui martelaient les tempes.

– Pour le reste, c'est la routine. Bienvenue dans notre *gang* ! Tu es devenu le membre le plus important et le plus actif, à part moi.

Cette pointe piqua de jalousie les trois autres. Ils n'ajoutèrent rien et se regardèrent avec des sous-entendus qu'il valait mieux que Thierry ne vît pas.

– Bon, ça suffit ! Relax. On part. C'est simple, tout va aller sur des roulettes si tu fais bien ce que tu as à faire. Salut, soigne bien ton chien.

Dans un petit rire entendu, les quatre complices s'éloignèrent, le laissant seul et désemparé.

Thierry se pencha, ramassa son sac et saisit le harnais de Lumino.

– C'est fini. Tu m'as bien défendu !

Sa voix tremblait autant que ses jambes.

« Il ne faut pas qu'il t'arrive quelque chose, pensa-t-il malade d'inquiétude. »

– À la maison ! Lentement !

Heureux d'entendre ce commandement, Lumino se leva aussitôt et entreprit de le guider. Sa promptitude à obéir, ainsi que sa démarche ferme et régulière, rassura le jeune garçon. Il avait été amené loin de son sentier habituel. Le sol était accidenté, les tombes qui se trouvaient sur son chemin étaient faites de bois. Elles tombaient, vétustes, abandonnées. Il manqua plus d'une fois de trébucher sur l'une d'elles malgré la vigilance de son chien.

De retour à la maison, bien que transi par l'effort exigé, l'adolescent accorda toute son attention à son chien. Il le tâta partout, cherchant les traces du combat. Lumino se laissa faire sans bouger. À deux reprises, il émit un faible gémissement qui alerta le garçon. Il sentit sous ses doigts un liquide visqueux.

– Du sang ! Oh ! non ! Quelqu'un doit m'aider ! Catherine n'est pas encore arrivée !

Il avait quitté son cours plus tôt que prévu.

Thierry lui fit des compresses du mieux qu'il put en souhaitant l'arrivée de la jeune femme. Il l'entendit enfin ouvrir la porte. Il était dans la salle de bains avec Lumino. Il alla au-devant d'elle et l'attira à sa suite.

– Catherine ! Viens vite !

Aussitôt sur le qui-vive, elle lui demanda :

— Mais qu'est-ce qu'il y a ? Tu as l'air bouleversé. Explique pour l'amour du ciel... Lumino ! s'exclama-t-elle en l'apercevant

Elle s'agenouilla près de lui. Sa réaction ajouta au tourment du jeune aveugle.

— Ce n'est pas grave, hein ? Catherine, il faut appeler S.O.S. Vétérinaires.

Sa voix tremblait de peur.

— Il y a du sang sur lui !

— Rassure-toi, Thierry ! C'est surtout de la bave et un peu de sang. Vous avez eu un accident ? Il s'est battu avec un autre chien, quoi ? Qu'est-ce qui est arrivé ? Tu n'as rien, toi ? s'informa-t-elle en le dévisageant avec soin.

— Non, j'ai rien. Il s'est battu avec un chien errant pour me défendre. Il l'a fait fuir ! J'avais pris un raccourci dans le boisé de l'université. J'aurais pas dû. Je me suis rappelé trop tard que les copains disaient qu'on pouvait en rencontrer.

Cette explication fit frémir la jeune femme et elle comprit sa réaction si vive.

— Le boisé de l'université ! Depuis quand tu passes par là ?

— Souvent, mentit Thierry mal à l'aise. C'est plus court ! Je connais le chemin grâce aux copains !

Elle le trouvait bien étrange.

— Ne t'inquiète pas, le rassura-t-elle. Ton chien est solide. Il a ses rappels pour la rage ou d'autres maladies tous les ans. Il saigne un peu au cou et à une patte. Cela ne semble pas profond. C'est un brave chien.

Elle finit de désinfecter les plaies. Thierry ne cessait de le caresser. Il se calma peu à peu grâce aux paroles apaisantes de Catherine. Lumino, ravi de toute cette attention, se laissa faire. Le bernois réagissait très bien, prêt à reprendre du service. Il se mit sur pied en agitant la queue et en léchant le visage de son maître qui fit un pauvre sourire.

– Allez, détends-toi ! C'est fini. Demain, ça paraîtra plus.

Catherine lui toucha l'épaule en signe d'encouragement. Sans répondre, il se leva et sortit de la salle de bains. Cette tension si vive laissa la jeune femme perplexe.

« Comme il a eu peur ! C'est affolant, une situation comme ça ! » songea-t-elle.

En rangeant la trousse, elle l'entendit monter dans sa chambre.

Chaque pas lui coûtait un effort. Il était épuisé. Il se laissa choir sur son lit. Tout n'était que noirceur. Il ne voyait pas comment se sortir de ce piège. Il ne pouvait en parler à personne. Le jeu du début de l'année scolaire s'était transformé progressivement en cauchemar. De l'intimidation au chantage, Luc et sa bande en avaient fait leur complice !

Il pensa à son père si prompt à l'accuser. Jamais il ne s'était montré indulgent envers ses maladresses et ses erreurs. Il ne voyait pas pourquoi il le serait davantage dans cette grave situation. Il enfouit son visage dans son oreiller. Il aurait voulu pleurer, mais, comme une masse de plomb au cœur, son chagrin lui resta dans la gorge et ses yeux demeurèrent secs. Il s'endormit.

Au retour de Laurence dans la soirée, Catherine lui relata en détail ce qui s'était produit et conclut :

– Il était bouleversé ! Il a eu très peur. Il s'est couché tôt. Il n'est pas allé à son cours d'éducation physique.

– Mon Dieu !

– Ce serait préférable que tu examines Lumino par précaution.

– Oui. C'est inquiétant si Thierry ne peut plus se déplacer sans crainte avec son chien. Je comprends son trouble.

Après le départ de Catherine, elle monta le voir. Elle regarda Lumino couché près de la porte et lui chuchota :

– Comment tu vas, toi ? Si tu pouvais parler ! Ton jeune maître m'inquiète beaucoup.

Elle l'examina. « Ce n'est pas grave », se dit-elle.

Elle se tourna vers son fils. Elle le secoua doucement. Il sursauta et d'un bond se redressa, le cœur emballé.

– Quoi ? Qu'est-ce qu'il y a ? Où est Lumino ?

– Thierry ! C'est moi. Il est ici, à côté de toi. Tends la main.

À son nom, le chien avait sauté sur le lit. Son fils se calma en reconnaissant la voix de sa mère.

– Chéri ! Raconte-moi ce qui s'est passé aujourd'hui ? Catherine m'a dit des choses inquiétantes. Depuis quand passes-tu par le campus universitaire ?

– Un copain m'a montré le chemin au début de l'année.

Réduit à mentir, Thierry s'enfonçait dans sa honte, paniqué par la menace pesant sur Lumino. Avant que sa mère n'ait eu le temps d'ajouter quoi que ce soit, il balaya d'avance les reproches.

– Mais j'y retournerai plus jamais seul, je te le promets !

Il lui raconta la même version qu'à Catherine. Le ton de sa voix, les mouvements de son corps, tout inquiéta Laurence. Quelque chose de plus grave tourmentait son fils. Jamais elle ne l'avait vu ainsi. Elle tenta de découvrir la raison de son trouble, mais rien n'y fit. Il en garda le secret.

– Je n'ai jamais eu peur comme ça ! dit-il.

Elle le rassura du mieux qu'elle put et lui fit promettre à nouveau de ne plus emprunter ce détour.

La nuit suivante n'offrit à Thierry qu'un sommeil agité. Dans le silence de sa chambre, il n'entendait que l'écho effrayant du combat des chiens. Plus d'une fois, il fut tenté d'appeler sa mère pour tout lui avouer, mais, chaque fois, une phrase venait étouffer ses appels à l'aide : « Ton chien ira servir de guide aux morts ! »

Au matin, il se réveilla fiévreux et fébrile. Sa mère lui ordonna de garder le lit et avisa l'école de son absence. À la sortie des classes, Luc passa prendre de ses nouvelles. La politesse et les remerciements de sa mère le rassurèrent. Leurs menaces avaient porté fruit. Thierry avait compris la leçon. Leur trafic pouvait reprendre comme avant. Ils n'avaient plus qu'à guetter en douce son retour à l'école.

De sa chambre, au son de sa voix, une colère sourde s'empara de lui.

– Non, je ne les laisserai pas faire ! Ils n'ont pas le droit de menacer mon chien ! Ce n'est pas vrai ! Il faut que je trouve un moyen de m'en sortir.

Thierry se rappela les mots de Luc à son initiation : « Les initiés doivent garder et cacher les photos toute l'année. » Ces photos devaient se trouver quelque part. On l'avait berné avec une fausse initiation, mais les photos étaient bien réelles. Il avait entendu l'appareil fonctionner !

Tremblant d'excitation, il les trouva ! Deux photos froissées, jetées tout au fond de son sac, sous son magnéto. Un artifice qui leur avait sorti de la tête. Le jeune aveugle les tint serrées dans ses mains. Il connaissait Luc, mais des deux autres, il ne savait que leur prénom. Il lissa soigneusement les photos et y laissa glisser sa main comme s'il avait voulu que ses doigts fassent apparaître une image dans son cerveau.

« Il faut que je trouve quelqu'un pour me dire qui apparaît sur les photos. »

L'obscurité de ce début du mois de novembre avait plongé sa chambre dans la pénombre. Il n'avait rien allumé, absorbé dans ses pensées. Sa mère frappa doucement à sa porte. En vitesse, il rangea son sac sous le lit et mit les photos sous son oreiller.

– Thierry, tu dors ? Je peux entrer ?

– Oui, maman, entre.

Elle le trouva assis sur son lit. Elle s'avança vers lui et lui mit la main sur le front.

– Je vais mieux. Mais…

– Tu es encore fiévreux. Tu me caches quelque chose. Qu'est-ce qu'il y a ?

Il hésita puis prit une décision qui exigea de lui un effort douloureux.

– Je suis malade d'inquiétude pour Lu. Maman, il faut l'amener voir le vétérinaire. J'ai peur qu'il attrape une maladie. Les chiens errants ont souvent des infections dangereuses avec tous ces virus qui circulent. J'ai peur pour lui. Ils devraient le garder en quarantaine.

Juste à prononcer ce mot, son cœur se serra. Mais il devait éloigner son chien pour un temps, leurrer Luc et ses acolytes en leur faisant croire qu'il pouvait se débrouiller sans lui.

– Si c'est ce qui te tourmente. Ça te rassurerait ?

– Oh oui !

Laurence mesurait ce qui lui en coûtait de formuler une telle requête. Elle avait toujours dû se battre avec lui pour le convaincre de laisser son chien pour un simple examen. Elle se souvenait du jour, où obligé de le laisser une nuit pour une légère infection, son mari avait dû élever la voix devant son obstination à ne pas vouloir le laisser partir. Aujourd'hui, il insistait pour que le vétérinaire le garde en quarantaine. Il devina ses pensées.

– J'aime mieux le savoir en observation pendant quelques jours que de risquer de le perdre pour toujours !

– Allons, tu n'exagères pas un peu ? Je sais combien tu l'aimes, mais ne pense pas tout suite à des conséquences aussi dramatiques. Je vais faire ce que tu demandes, dès demain. Ça te va ?

L'adolescent était soulagé. Il avait trouvé un moyen d'éloigner son chien pour un temps. Il acceptait d'être seul parce que la peur qu'il avait ressentie lors de l'agression contre son chien était pire que tout.

– Merci, maman. Je me sens déjà mieux.

– Ne t'inquiète plus, je m'en occupe. Tu veux manger quelque chose ?

– Je peux rester ici pour manger ?

– Bon, enfin, tu redeviens raisonnable. Oui, tu peux rester. Un bon souper vaut bien des remèdes. Je reviens tout de suite.

Elle déposa un baiser sur son front et se leva en disant à Lumino :

– On va dorloter notre malade ensemble.

Le chien sauta du lit et la suivit. Sa mère demeura songeuse en pensant à cette demande pressante.

– Il a raison. Après tout, c'est à lui de décider, c'est son chien. Moi aussi, je t'aime beaucoup, conclut-elle en le caressant de la main.

Thierry, après avoir mangé en compagnie de sa mère, prétexta le désir de se coucher tôt. Elle lui souhaita bonne nuit et se retira. Il voulait rester seul avec Lumino, triste à l'idée que le lendemain soir, il dormirait sans lui.

— Il ne faut pas m'en vouloir, Lu ! Je n'ai pas le choix. Je tiens trop à toi, tu comprends ? Il faut te mettre à l'abri. C'est à mon tour de te protéger. Aussitôt qu'il n'y aura plus de danger, tu vas revenir, juré !

L'animal restait sans bouger à écouter le murmure triste des mots.

— Je t'aime, mon Lu. On va s'en sortir. Je vais être bien seul sans toi.

À cet instant, il détestait le monde entier, cette nouvelle ville, cette école, même ses parents qui lui avaient imposé cette maison isolée. On lui enlevait son seul ami. Fatigué, il réussit enfin à s'endormir, bercé par le souffle régulier de son chien.

Le lendemain matin, sans entrain, Thierry se prépara pour l'école, inquiet de la réaction de Luc. La brusquerie de sa voix trahit sa nervosité lorsque Lu voulut se frotter à ses jambes, espérant sa séance de brossage quotidienne.

— Arrête ! C'est assez ! J'ai pas le temps aujourd'hui !

La bête alla se coucher près de la porte et attendit son départ pour l'école, l'air penaud comme l'humeur de son maître.

Décidé à rester ferme, Thierry se maîtrisa au prix d'un effort considérable jusqu'au moment du départ où, d'habitude, il lui enfilait son harnais. Mais sa volonté flancha. C'était trop lui demander. Il se mit à genoux, l'empoigna par le cou et le serra très fort.

— Je vais m'ennuyer !

Sa voix tremblait d'émotion. Sa mère retint mal, elle aussi, sa peine.

— Ne sois pas si triste. Peut-être qu'ils ne le garderont pas très longtemps.

Affolé en entendant ces mots, il lâcha son étreinte et se leva d'un bond.

— Ils doivent le garder !

Incrédule, Laurence regarda son enfant sans rien dire, cherchant à comprendre. Il devina l'étonnement de sa mère et enchaîna très vite :

— Maman, il ne faut pas courir de risque.

— Ne t'inquiète donc pas. Je vais voir à ce qu'ils négligent rien.

— Merci, je compte sur toi.

— Pars tranquille. Son rendez-vous est à 11 heures. J'ai annulé toutes mes obligations pour lui. Tu veux que j'aille te reconduire avec lui ?

— Non ! Lu va vouloir me suivre.

Il ne tenait surtout pas à ce que Luc voit son chien.

— Tu es tellement raisonnable, mon chéri !

— J'ai changé, je veux ce qu'il y a de mieux pour lui.

— Bon allez, c'est l'heure. Sois très prudent !

Son cœur se serra si fort qu'il crut un moment être incapable de franchir la porte, lorsque Lumino se pressa contre sa jambe pour l'accompagner. Après une courte hésitation, il mit la main sur la poignée.

– Non, reste !

Il sortit et entendit l'animal aboyer. L'air se raréfia, parvenant par coups saccadés à ses poumons. Il suffoquait, son mauvais pressentiment était plus oppressant que jamais.

Résigné, il sortit sa canne puis pensa à sa musique, la seule chose qui lui restait pour sentir du réconfort. Il s'assura avec précaution de la présence de son magnétophone ainsi que de ses cassettes. Tout était là.

Il lui vint alors une idée invraisemblable, à la fois simple, géniale mais dangereuse, peut-être.

« Si je mettais en marche l'enregistrement, coinçais le fil de mes écouteurs dans l'enveloppe de cuir contenant mon magnéto, personne ne me soupçonnerait. Tout le monde penserait que j'écoute de la musique ou que j'étudie mes notes de cours, et je les enregistre pendant qu'ils fouillent mon sac. Je révèle tout, aussitôt que j'ai une vraie preuve… Oui ! C'est ça ! Je vais leur montrer que je ne suis pas l'idiot qui fait tout ce qu'on lui dit de faire. »

Un autre argument de poids le conforta dans sa résolution : l'admiration de son père. Il lui montrerait ce dont il était capable. Il ferait oublier sa naïveté de s'être laissé duper comme un pauvre imbécile. Il se rachèterait en étalant au grand jour toute cette histoire.

« Je dois tenter quelque chose rapidement. Le vétérinaire ne gardera pas Lu indéfiniment », pensa-t-il.

Une bouffée d'adrénaline monta en lui et lui redonna courage. Il sentit diminuer sa tristesse. Il agirait seul, sans l'aide de personne. De toute façon, il n'avait aucun camarade à qui se confier.

Si personne ne se méfiait de lui, alors il se servirait de cette force pour déjouer Luc et ses complices. Le plus difficile à enregistrer serait Max. Il ne connaissait presque rien de lui, que son odeur nauséabonde, sa voix et son chien. Il savait une chose par contre : il se terrait quelque part dans l'ancienne partie de cimetière. Peut-être y vivait-il ? Ces derniers jours, les images lui venaient avec une clarté saisissante.

Il mit sans attendre son idée à exécution. Il glissa une cassette vierge et plaça ses écouteurs autour de son cou, ne pouvant à la fois écouter de la musique et rester attentif à la route. Il s'assura à plusieurs reprises que tout était en place, prêt à fonctionner. Il fit même un essai pour vérifier le bruit de l'appareil. Rien ne laissait deviner s'il enregistrait ou s'il écoutait de la musique, sauf les touches enfoncées. Il prit soin de les tourner vers lui. Il était prêt.

Au moment d'entrer dans la cour, il prit une profonde inspiration pour calmer sa nervosité. À cette heure, la cour bourdonnait d'activités à l'arrivée des autobus, des autos des enseignants et des parents venus reconduire leur enfant. Personne ne faisait attention à personne.

Un peu en avance, Thierry, ne comptant que sur sa canne et son sens de l'orientation, se dirigea vers une table à pique-nique où il avait l'habitude de se réfugier. Le cœur serré, il attendit. Son attente fut de courte durée. Quelqu'un vint s'asseoir près de lui. Les dents serrées, Luc lui demanda, la voix méchante :

– Où est ton chien ?

Thierry ne répondit pas. Il ajusta ses écouteurs et dans un geste discret et précis, mit en marche l'enregistrement. Luc haussa la voix tout en lui donnant un coup de coude vicieux aux côtes et répéta :

– T'es sourd ou quoi ! Où est ton chien ? Ôte tes écouteurs !

Surpris par son geste qui le fit courber sur lui-même, Thierry laissa échapper une faible plainte. Il fit glisser les écouteurs sur son cou. Luc se rapprocha de son oreille et lui ordonna :

– Réponds, petit crétin ! Si tu essaies de jouer au plus malin, ce n'est pas juste ton chien qui va y goûter, mais toi aussi. Les autres ne demanderaient pas mieux, surtout Éric. Moi aussi, t'es tellement important y paraît ! C'est à cause de Max que…

Luc se tut. Il avait trop parlé. Thierry, en reprenant son souffle, laissa déborder son trop plein de colère. Avec cran, il lui dit :

– Tu veux savoir ? Je vais te le dire.

Pendant qu'il parlait, il sentit Luc fouiller dans son sac pour prendre une cassette. Il ne pouvait plus en supporter davantage. Il éleva à son tour la voix.

– Je vais te le dire et tu pourras le répéter à Max. C'est bien ça, il s'appelle Max. J'avais bien compris son nom à l'appart. Tu le diras aux autres aussi.

Chaque fois qu'il répétait le nom, il sentait l'irritation de Luc augmenter. Ce dernier retenait difficilement son envie de le faire taire en lui mettant son poing sur la gueule.

– Max est un parfait idiot s'il croyait que ma mère ne prendrait pas toutes les précautions nécessaires en voyant mon chien blessé ! J'ai rien dit, j'ai raconté une histoire de chien errant qui nous a attaqués. Avec toutes les infections qui sont dans l'air, elle n'a pas pris de chance. Elle l'a amené chez le vétérinaire. Il l'a gardé en quarantaine. C'est tout !

Thierry s'amusa de sentir l'embarras de Luc. Ce dernier ne dit mot, sa respiration se fit plus saccadée. En baissant la voix, l'adolescent poursuivit :

– Tu as pris ce qu'il te faut ! Alors, il est où le problème ? J'ai rien dit !

Avec la désagréable impression d'être ridiculisé par un morveux de quatorze ans, Luc lui chuchota :

– Si jamais tu manigances quelque chose, je te garantis que tu vas le payer cher.

Il le quitta, furieux, et se perdit dans le flot des élèves. Thierry se félicita d'avoir éloigné son chien. Il vérifia son magnéto. « Ils ne s'en prendront tout de même pas à ma vie… » tenta-t-il de se rassurer.

Le reste de la journée, Luc ne réapparut pas. Thierry resta en alerte, anxieux de la réaction des autres. Plus d'un compagnon de classe s'informa de son chien. Il leur raconta la même histoire. Le vide qu'il ressentit toute la journée aggrava son manque d'attention.

Après la classe, triste mais toujours aussi décidé à tenter une action pour déjouer Max et ses complices, Thierry risqua le tout pour le tout. Il emprunta le raccourci du cimetière et, comme attiré par un aimant, il s'aventura vers l'ancienne partie. Il pénétra dans le bois, avançant très lentement, touchant de sa main et de sa canne tous les obstacles qu'il rencontrait. Il concentra toute son attention, écouta le moindre bruit, huma l'air ambiant. Son corps tout entier était aux aguets. Le jeune garçon mit en marche son magnétophone, laissa ses écouteurs autour de son cou et ajusta son sac. Soudain, il sut qu'ils étaient là, lui et son chien ! Il s'arrêta net. Il les entendit s'approcher. Depuis quand le surveillaient-ils ?

– Perçant, regarde donc qui va là. Notre jeune ami ! Que viens-tu faire ici ? Tu es venu nous rendre visite ? Nous espionner, peut-être ? Tu aimes le coin, on dirait ?

Le sarcasme pointait dans la voix méchante de l'homme.

– Non, je me suis égaré, se défendit-il

– Voyez-vous ça. Tu t'es égaré, railla-t-il en s'approchant de plus en plus. Où est ton chien ?

J'ai entendu une drôle d'histoire. T'as du cran, il faut l'admettre, mais joue pas au plus malin avec moi. Je souhaite que ce soit la vérité. Tu vois comme tu peux pas t'en passer !

Sa voix perdit toute trace d'ironie. Il lui dit tout près du visage :

— On me traite pas d'idiot. Personne ! Même toi ! Si t'étais pas si utile de ce temps-ci, je te ferais ravaler tes paroles mais... notre pigeon voyageur a trop de livraisons à faire.

Il adoucit la voix pour ajouter :

— En plus ce serait tellement dommage d'abîmer ta jolie petite gueule.

Horrifié, Thierry sentit une main humide et froide lui caresser le visage, puis descendre le long de son dos... Il fit un pas en arrière.

— Ne sois pas si sauvage ! Si tu voulais... Ça pourrait être si facile. Tout pourrait s'arranger, juste entre toi et moi... Tu aurais ta part des bénéfices. Tu n'aurais plus à craindre ni pour toi ni pour ton beau chien. Je serais là pour te protéger. Fini le chantage, c'est agaçant à la fin. On ferait une équipe du tonnerre, un secret entre nous deux. Excitant, non ?

Paralysé par la peur, le jeune aveugle était incapable de prononcer un mot.

— Pendant que tu y penses, l'occasion que tu m'offres est trop belle, mon ami. Je vais vérifier « notre » sac, pour voir si tout est en ordre.

Max se déplaçait autour de lui ainsi que son chien. Ce dernier reniflait l'odeur de Lumino. Thierry s'apprêta à enlever son sac de sur son dos pour le lui remettre, angoissé par la présence de son magnéto en marche.

« Pourvu qu'il ne remarque rien… »

– Non, laisse-le là. Je vais l'examiner sur ton épaule, où il est. Ça ne me pose aucun problème, vu ma taille !

Sur un ton de confidence, il l'informa :

– Tu sais que parfois tu transportes beaucoup d'argent. Ça rapporte gros, notre trafic. Le mieux dans toute cette histoire, c'est de pas y toucher, garder sa tête et empocher ! Je parie que tu y as jamais goûté. C'est ce que j'ai besoin, pas d'une loque mais de quelqu'un qui se tient debout. Les trois autres commencent à avoir les cellules un peu brûlées et ce sont des trouillards. Je dois les tenir en main tout le temps. Le cerveau, c'est moi, tu l'as compris.

De l'entendre lui faire cette proposition, tout en le sentant fouiller son sac, le corps de Max si près du sien affichant son désir, l'odeur qui lui soulevait le cœur, Thierry pensa vomir de dégoût. Il aurait voulu disparaître sous terre.

– Laissez-moi partir ! s'écria-t-il.

– Mais, je te retiens pas. T'es libre, libre de choisir aussi. Tu acceptes mon offre et t'as plus à craindre personne. Tu fais affaire juste avec moi…

Pour bien faire comprendre ses sous-entendus, Max, qui avait terminé sa vérification, lui caressa encore une fois le visage. Il laissa sa main un long moment sur sa joue.

– C'est si excitant de te voir tout découvrir avec tes mains.

Thierry tenta de se dégager, Max resserra l'étreinte autour de ses épaules pour l'immobiliser.

– Ou bien si tu refuses, ce que je te conseille pas, ta vie va continuer à être misérable, la peur toujours présente, sur le qui-vive à la merci des sautes d'humeur des gars. Je crois qu'ils sont jaloux, faudra te méfier. Du moment que ça dérange pas notre trafic, moi je les laisse faire à leur guise. Ton chien restera pas toujours chez le vétérinaire. Tu t'inquiéteras pour lui et pour toi, jour et nuit. J'y veillerai. J'ai l'habitude de rôder dans le coin, tu le sais ! Un endroit si invitant ! Tu vois comme la première solution est beaucoup plus agréable pour toi et moi.

Incapable d'en supporter davantage, Thierry se libéra de l'étreinte. Il cria en faisant quelques pas pour tenter de s'éloigner de cet être répugnant.

– Ni l'une ni l'autre, lui lança-t-il.

L'homme fut surpris par la vitalité du jeune garçon. Il ne fit rien pour le retenir. Il s'amusa à le regarder essayer de s'enfuir.

Thierry ne parvenait plus à se ressaisir. Il devinait dans son dos un regard sans pitié. La peur, le dégoût, la honte engourdissaient sa volonté. Personne pour le secourir.

C'est alors qu'il pensa très fort à son père, à sa discipline de fer sans faille et à sa force de caractère. Il l'entendit comme dans ses rêves lui ordonner de se relever et de ne compter que sur lui-même, lui refusant même l'aide de son chien. Sa vision fut si nette, si claire, que répondant à ce commandement, Thierry se releva, cessa de trembler et se tourna vers son tortionnaire. D'une voix ferme, il répéta :

– Ni l'une ni l'autre, Max ! Jamais !

Le rire de l'homme se cassa devant cette maîtrise et, en entendant son nom, il s'impatienta.

– Tu sais comment je m'appelle ? Qui te l'a dit ?

Thierry ne répondit rien. Max enchaîna :

– Tu as mal compris, il n'y a pas une troisième possibilité, tu restes de gré... ou de force. Choisis !

– Vous avez vérifié tout ce que vous vouliez dans mon sac ? Il manque rien ? Alors, j'ai fait ce que vous attendiez de moi. Jamais je le ferai de mon plein gré, mais je tiens à mon chien. Vous avez raison, il va revenir à la maison et je veux pas qu'il lui arrive quelque chose.

– Au pied ! Perçant, laisse-le partir. C'est un infirme minable. Après une couple de semaines à ce rythme, il changera bien d'idée.

Il éclata d'un grand rire pour masquer sa frustration devant ce refus. Tout bas, il ajouta au chien qui l'avait rejoint :

– On me dit pas non. Tous ceux qui l'ont fait l'ont regretté ! Tu choisis la solution difficile. Pour moi ce sera le même résultat ! Ce sera juste un peu plus long, plus excitant...

Thierry avait tout entendu. Furieux, Max lui lança ce dernier avertissement :

— Ne t'avise surtout pas de raconter ce qui vient de se passer ici à qui que ce soit ! Ta mère, elle te laisse si souvent seul et tes voisins sont tellement silencieux, discrets comme une tombe ! À personne, sinon je te tue !

En entendant cette menace, le vertige s'empara de lui. Il s'éloigna de plusieurs mètres, s'arrêta et respira bruyamment, désorienté. La peur obscurcissait son esprit. Ses sens étaient paralysés par les paroles de cet homme.

Il chercha à maîtriser sa respiration trop oppressante. Il devait retrouver sa concentration pour percevoir les indices qui l'entouraient, retrouver les repères dont il avait besoin pour revenir chez lui. Il y mit de longues minutes angoissantes.

Le bruit lointain des autos lui parvint enfin. Cela était suffisant pour l'orienter. Il se mit en route. Il aurait voulu courir, fuir le plus vite possible ; il ne pouvait avancer qu'avec lenteur. Aux aguets, il craignit d'être suivi jusque chez lui. Il n'en fut rien.

Plus il tardait à arriver chez lui, plus les questions de sa mère seraient nombreuses. Il chercha une excuse, rien ne vint. Il était trop perturbé. Toutes ces pressions l'accablaient à un point tel qu'il craignait de perdre son sang-froid avec elle. Ses nerfs étaient si à vif que l'ombre d'une allusion lui semblait suffisante pour s'effondrer et tout dévoiler.

Une question le hantait : « Le vétérinaire avait-il oui ou non gardé son chien ? » Il le souhaitait de toutes ses forces. C'était à devenir fou !

Un bruit sec le fit sursauter. La touche d'arrêt du magnétophone venait de se déclencher. La durée de l'enregistrement était terminée. Dans sa précipitation, il l'avait oublié.

Enfin, il arriva chez lui, espérant contre toute attente être accueilli par le jappement joyeux de son chien. Le lourd silence lui confirma sa crainte et son espoir : la clinique l'avait gardé. Thierry en ressentit un violent pincement au cœur. Il avait fait ce qu'il fallait pour éloigner son chien ; pourtant il ne parvenait pas à en éprouver un quelconque soulagement. Le besoin viscéral du contact de son compagnon lui enleva le reste du courage qu'il avait réussi à conserver. Malgré l'inutilité de son appel, Thierry lança :

– Lumino ! Lumino !

Seul l'écho de sa voix lui répondit. Le silence et le vide eurent cependant l'avantage d'apaiser ses autres craintes. Il n'aurait pas à répondre aux interrogations de sa mère. Il se dirigea vers la table de la cuisine et chercha un message de sa part, comme elle en avait l'habitude lors de ses absences imprévues. Le magnétophone était là. Il le mit en marche.

La voix chaude de sa mère s'éleva dans le silence de la maison :

« Bonjour chéri ! Je suis désolée de ne pas être là. On m'a appelé pour une urgence à l'hôpital. Tu l'as sûrement déjà remarqué, le vétérinaire a décidé, comme tu le croyais, de garder ton chien. Ne t'inquiète pas, il m'a assuré qu'il n'y aurait sûrement aucune conséquence fâcheuse. Ne sois pas trop triste. Il s'est très bien comporté, comme toujours. Catherine m'a dit que tu pouvais l'appeler n'importe quand. Je compte être de retour vers 8 heures. Je t'embrasse très fort. Je t'aime… Ah ! Oui, tu trouveras ce qu'il te faut pour ton souper dans le frigo. Bye, je dois partir. »

Le bruit sec de l'arrêt se fit entendre. Encore seul ce soir !

Lumino lui manquait. Sa montre indiquait 4 h 45. Il avait été près de trente interminables minutes avec Max et son chien. À l'évocation de son nom, il fut saisi d'un profond dégoût.

Il verrouilla la porte, se dirigea vers la salle de bains et enleva ses vêtements. Il les jeta dans le panier à linge sale et prit une très longue douche dans l'espoir de faire partir avec l'eau toute cette odeur écœurante qui semblait lui coller à la peau. Il frotta avec rage son visage, pensant faire disparaître le souvenir même de son contact.

L'eau chaude sur sa peau le calma. Ensuite il la laissa couler sans faire un geste, perdu dans ses pensées. Un tourbillon d'images défilait devant lui : Lumino, ses parents, Max, le cimetière, Luc et ses copains, à nouveau son chien. Sachant que personne ne pouvait l'entendre, il donna libre cours à ses larmes, ce qui soulagea le nœud qui lui serrait le ventre sans arrêt, ces derniers jours.

Apaisé, il ferma le robinet, enroula une serviette autour des reins et alla prendre son sac et son magnéto, laissés près de la porte d'entrée. Il monta tout droit à sa chambre sans rien manger. Il s'empressa de vérifier le contenu de sa cassette. Sa tension était si intense qu'il avait du mal à contrôler le tremblement de ses mains. En vitesse, il enfila un jean et un chandail, l'oreille tendue. Tout était là !

Il laissa échapper un cri de victoire : « Oui ! J'ai réussi ! Oui ! »

Les propos de Max avivèrent son humiliation. Cette nouvelle menace l'ébranla dans sa résolution de tout dénoncer. La honte, toujours elle… Il fut tenté de céder au chantage. Il avait peur de tout révéler au grand jour et d'être la risée de tout le monde. Mais la menace contre son chien l'emporta sur le reste.

« Il me manque une preuve contre Éric et Momo, ensuite… » Il chercha les deux photos qu'il conservait secrètement, les mit dans une boîte avec sa précieuse cassette. Il les dissimula au fond de la penderie sous une vieille paire de chaussures.

Ensuite, il s'installa à son clavier pour écrire. Il chercha l'aide des mots pour combler sa solitude.

« C'est fou, Lu, comme je m'ennuie de toi. Je sais pas si je vais tenir le coup. Tu es le seul à qui je peux tout raconter. Je les ai enregistrés. Tu sais quoi : ça a marché ! J'ai la voix de Luc et surtout celle de Max, c'est le nom du maître de Perçant. Je peux te le dire à toi, mais il m'a foutu la trouille. C'est un fou. Tu devineras jamais, il a…

Thierry n'osait même pas mettre par écrit le chantage odieux dont il était l'objet. Il laissa son geste en suspens, puis continua :

– Il veut faire des choses avec moi. C'est dégueulasse. J'ai cru un moment qu'il allait me violer, Lumi. J'en aurais vomi. J'ai peur qu'il mette cette saleté de connerie à exécution. Il a menacé de me tuer si je parle. Pourquoi ça m'arrive à moi ? Je veux que tu reviennes, mais Max m'a répété que je devais toujours me méfier de lui maintenant.

Papa me manque et maman est partie travailler. As-tu mangé, ce soir ? Moi, non. Tout ça m'a coupé l'appétit et j'ai peur d'être incapable de dormir sans toi. Je regrette de ne pas t'avoir brossé avant de partir. Je vais le faire à ton retour et plus longtemps que d'habitude, promis ! Je vais arrêter de t'écrire parce que si je continue… Bonne nuit, mon Lu, comme je voudrais que tu sois là, maintenant ! »

Il imprima sa lettre, la plia et la mit dans la boîte avec les photos et l'enregistrement. Il la replaça dans sa cachette.

« Personne ne doit voir tout ça, pas tout de suite. Je rencontre souvent Éric et Momo au gym le mardi. Mardi, c'est trop loin ! Peut-être que Lu va être revenu ! Je dois faire quelque chose avant ! Mais comment ? »

Sans enthousiasme, il prit ses notes de cours et tenta d'étudier. Ce fut peine perdue. Il éteignit l'écran de son ordinateur et s'étendit sur son lit, obsédé par l'idée de trouver un moyen d'accélérer les événements.

« Il me faut un enregistrement des deux autres. Ensuite, je vais tout porter à la police. Tout ! » décida-t-il résolu.

Nerveux, indécis, il retourna chercher la boîte, prit une photo et la mit entre les pages d'un de ses cahiers, vérifia son matériel pour ses cours du lendemain en s'assurant qu'il y avait assez de cassettes vierges dans son sac. Il en glissa une dans le mécanisme, prête à fonctionner. À nouveau, il cacha la boîte. Ce va-et-vient fatigant augmenta sa nervosité. Il entendit une clé tourner dans la serrure de la porte. Sa mère était de retour. Elle lui cria :

— Hou ! Hou ! Je suis là. Tu es dans ta chambre ?

— Oui, maman.

Fébrile, il referma son sac, le cacha et mit son pyjama. Il l'entendit s'activer pour enlever son manteau et se rendre à la cuisine. Le bruit cessa quelques minutes et reprit. Elle montait le rejoindre. Il s'était installé à ses rames d'entraînement. Elle l'embrassa et le gronda, inquiète :

— Thierry, tu n'as pas touché à ton souper. Tu n'es pas raisonnable !

– Je n'ai pas faim, maman. Ça ne sert à rien, j'ai un nœud dans l'estomac, rien ne passerait.

– Il faut te forcer.

– Je n'ai pas faim ! T'entends rien ! répéta-t-il en accélérant le rythme.

Elle sursauta face à l'accès d'humeur de son fils.

– Je comprends que tu t'ennuies de Lumino, mais je ne te permets pas de me parler sur ce ton, compris ?

Il augmenta encore la cadence, les mains blanchies par la pression qu'il exerçait sur les manchons, cherchant à se maîtriser. La voix entrecoupée par l'effort, la respiration saccadée, il lui lança sans s'arrêter :

– Tu m'écoutes jamais ! J'ai pas faim ! De toute façon, t'es jamais là. Qu'est-ce que ça peut bien te faire si j'ai mangé ou non ? Tout le monde veut me dire quoi faire. J'en ai assez. On dirait que je suis une marionnette et qu'on s'amuse à tirer sur les fils pour me faire faire tout ce qu'on veut.

– Mais de quoi tu parles ?

Il ne répondit rien. Il s'acharna à maintenir la cadence, le corps en sueur.

La colère de Laurence avait fait place à de l'incompréhension. Après un moment de silence, elle lui dit, implorante :

– Thierry, qu'est-ce qui t'arrive ? Je ne t'ai jamais vu dans un tel état. Je t'en supplie, parle-moi ! Ce n'est pas la première fois que je suis obligée de partir et cela n'a jamais posé de problème. Dis-moi ce qui te tourmente ? Tu me fais peur, tu manges de moins en moins, tes notes sont une vraie catastrophe, ton tuteur m'appelle au moins une fois par semaine pour me demander ce qui ne va pas. C'est la première année que ça t'arrive. C'est l'absence de ton père qui te perturbe autant?

Elle était blessée par les paroles de son fils, mais beaucoup moins que par son incapacité de comprendre ce qui se passait. Elle se culpabilisait de ne pas parvenir à décoder ses messages. Thierry s'obstina dans son mutisme.

Le jeune garçon était désemparé. Il était en colère contre lui et il la déversait sur celle qui le méritait le moins du monde. Il voulait désespérément rester calme, que rien ne paraisse, mais c'était peine perdue. Prisonnier des menaces qui résonnaient encore à ses oreilles, Thierry était incapable de parler. Il craignait même en avoir déjà trop dit.

– Si tu veux me parler, quand tu voudras, je serai dans ma chambre. N'hésite pas, viens! supplia sa mère.

Elle sortit. Thierry cessa de ramer, épuisé. Il l'entendit parler au téléphone.

« Philippe! Comment vas-tu? Moi ça pourrait aller mieux. Je t'appelle à propos de Thierry. Je suis très inquiète. Il faut que tu fasses quelque chose. Tu ne lui as pas redonné signe de vie depuis votre soirée au concert, tu lui manques beaucoup. »

Il l'entendit raconter à son père ses difficultés à l'école – sur ce point, il savait qu'il en entendrait encore parler – de son chien chez le vétérinaire, de ses sautes humeurs. Son estomac se contracta lorsqu'il entendit :

« Mais il y a plus que ça. Oui, on dirait que quelque chose lui fait peur. Je suis malade d'inquiétude. Il faut l'aider, Philippe. Il ne veut rien dire. Non, je ne me fais pas d'idées et ce n'est pas non plus des caprices de sa part ! »

Il en voulait à sa mère d'avoir téléphoné à son père. Mais il aurait tout donné pour qu'il vienne le protéger. Il savait la chose impossible. Jamais plus, il ne lui avouerait qu'il lui manquait.

– D'accord, je compte sur toi. À demain !

Elle raccrocha et retourna le voir dans sa chambre. Thierry, plus en colère que jamais, lui lança :

– Pourquoi tu l'as appelé ? J'ai tout entendu ! J'ai pas besoin de lui, de personne. Il me manque pas du tout ! crâna-t-il. De toute façon, il va encore me rebattre les oreilles avec un de ses discours sur la nécessité de me débrouiller tout seul. C'est ce que je fais très bien sans lui.

Sa colère tomba soudain. Une immense fatigue le submergea. Il abandonna ses rames et alla se jeter sur son lit, malheureux.

Sa mère continua, résolue à le secourir.

– Il m'a dit que depuis votre sortie, il ne cessait pas de penser à toi.

– C'est facile à dire. À moi, il dit jamais rien !

Laurence enchaîna :

– Il m'a avoué que s'il n'avait pas donné d'autres nouvelles, c'est qu'il avait trop honte de lui.

Thierry restait silencieux, sceptique. Elle reprit :

– Je t'assure ! Il vient demain. Il veut t'amener voir Lumino. Il passe te prendre à la sortie de l'école et vous vous rendez directement chez le vétérinaire.

La première lueur de bonheur de toute la journée glissa sur le visage de l'adolescent.

– Ensuite, il t'amène visiter son appartement où vous serez tranquilles. Il veut te dire des choses très importantes.

– C'est toi qui lui as demandé de venir !

– Oui, c'est moi ! Il suffit parfois d'un seul petit signe d'encouragement pour trouver le courage de foncer ou de se décharger d'un fardeau qu'on se croit seul à porter.

Il fut sur le point de tout lui révéler. Au lieu de céder, il ignora l'allusion.

– Donne-lui une vraie chance de s'expliquer !

Thierry n'avait même plus le goût de répliquer. Il en avait plus que marre. Exténué par l'affreuse journée qu'il venait de vivre, il dit bonsoir à sa mère qui n'eut d'autre choix que de le laisser seul, inquiète plus que jamais ! Il se coucha en espérant trouver un réconfort dans le sommeil. En vain : la voix sarcastique de Max et son odieux chantage l'obsédaient. Malgré lui, de la main, il chercha Lumino.

Il se leva, ouvrit la penderie et fouilla sur les étagères. Au fond, bien rangé, il découvrit ce qu'il cherchait : le chien en peluche qu'il avait reçu de sa mère alors qu'il était un petit garçon affolé de se retrouver seul à l'hôpital avec d'affreux bandages sur les yeux.

Lorsque sa mère le lui avait offert, elle lui avait ouvert les bras crispés par la peur et avait déposé le doux jouet contre lui. Elle avait murmuré :

– Garde-le près de toi, trésor. Il veut devenir ton ami. Il n'a personne pour prendre soin de lui.

Il referma ses bras autour du jouet. Le nom « Amy » était encore identifiable ! Tous les soirs, il le serrait très fort et parvenait grâce à lui à s'endormir un peu rassuré. Il n'avait jamais voulu s'en séparer.

À son contact, un douloureux serrement monta à sa gorge. Il l'emmena avec lui et retourna se mettre au lit. Il le déposa tout près. Il se sentait ridicule, puéril, mais il s'en moquait. Il avait besoin de se rassurer comme à cette époque. L'effet désiré se produisit. Il s'endormit.

Une heure plus tard, un léger bruit le tira de son sommeil. À l'affût d'un nouveau bruit, il s'imagina les pires scénarios, voyant les quatre complices envahir la maison pour les prendre à partie, lui et sa mère.

Était-ce le vent, les arbres ou sa mère qui bougeait dans son sommeil ? Toujours est-il que rien ne vint perturber le silence de la maison. Une partie de la nuit, il la passa à écouter.

Pour la troisième fois, il se leva et changea encore la cassette de place, la photo ainsi que la lettre, mais cette fois fut la bonne. « Jamais personne ne la découvrira. » Satisfait, il se remit au lit.

Il alterna entre les moments de somnolence et de réveil agité. Au petit matin, épuisé, il s'endormit. Au lever, il mit plusieurs minutes pour revenir à la réalité. Lorsqu'il fut assez éveillé pour s'apercevoir que ce n'était pas Lumino qui était près de lui, il se sentit honteux de s'être laissé aller à ce geste qu'il considérait maintenant comme puéril. Il se dépêcha de se lever et alla remettre la peluche à sa place avant que sa mère ne la voie.

En s'habillant, il se fit des reproches. Il regrettait de s'être emporté contre sa mère et se trouvait imbécile de s'être laissé piéger par une bande de voyous de la pire espèce. Il vérifia si son sac était bien fermé après s'être assuré pour la énième fois que les cassettes étaient en place. Il redressa les épaules, attrapa son magnéto et descendit déjeuner. Sa mère s'affairait déjà à la cuisine.

– Bonjour, chéri ! Tu as dormi ? Je t'ai entendu bouger une partie de la nuit.

– Un peu ! Ça va aller.

Après un silence embarrassé, il reprit :

– Je m'excuse pour hier soir.

– N'y pense plus. Ce n'est pas grave. Tu ne veux toujours rien me raconter ?

– Maman !

– Ça va, si c'est ce que tu veux. Mais s'il y a des choses que je devrais savoir, il faut me les dire. Si quelqu'un te fait du mal, à l'école ou ailleurs, il faut m'en parler !

Sans répondre, il baissa la tête. Elle lui avait servi son déjeuner qu'il accepta pour ne pas lui faire de peine. Il se contenta de grignoter. Il voulait chasser ses pensées noires. Il se leva de table et se prépara à partir. Par-dessus son manteau, il installa son magnétophone prêt à fonctionner dans l'espoir de capter les deux voix manquantes.

– Ce matin, je vais te reconduire, lui dit sa mère devant son peu d'entrain. Cela m'inquiète de te voir aller seul. Hier, j'ai accepté parce que tu ne voulais pas que je laisse Lumi, mais aujourd'hui j'y vais ! Et ce soir, tu n'oublies pas ton père à la sortie.

Il avait déjà la main sur la poignée de la porte.

– D'accord, on y va !

En route, Thierry pensa qu'il aurait tout donné pour ne pas se rendre à l'école. Il avait le moral à zéro.

– Bonne journée, mon chéri.

– Bonne journée.

En descendant de l'auto, il crut que tous les chuchotements, tous les rires étouffés qu'il entendait autour de lui le concernaient. Il se croyait la risée de tous.

Il ne fut pas seul longtemps. Aussitôt, comme à l'habitude, Luc vint vers lui, mais cette fois, il passa sans s'arrêter. Il lui lança assez fort pour être entendu de l'entourage :

— Ton chien, toujours chez le véto ? C'est triste. On se voit après le cours. Salut !

Luc prenait ses distances avec lui, tout en lui faisant savoir qu'il n'était jamais bien loin à le surveiller. Il n'eut même pas le temps de répondre, qu'il l'entendait franchir le hall d'entrée. Thierry entra à son tour et se dirigea vers sa case pour y déposer son manteau. Il prit soin de remettre son magnéto dans son sac, puis se rendit à son premier cours. La tentation fut grande de le sécher.

À la fin du cours, comme il s'apprêtait à se rendre dans une autre classe, Luc s'approcha de lui en courant.

— J'ai eu peur de te manquer, j'ai failli l'oublier.

Il le prit par le bras et l'amena un peu à l'écart, baissa la voix et ordonna :

— Tu vas te rendre à l'université ce midi !

— Sans mon chien, je crois pas que j'y arriverai, objecta Thierry.

— Tu te débrouilles, t'es capable. Tu es venu tout seul hier, alors… Les gars vont t'attendre dans le vestiaire du gym comme d'habitude. Ils ont besoin de tes notes de cours, compris ? ricana-t-il.

— Je suis pas sourd !

— Tu y vas tout de suite en sortant de ton dernier cours. Ils ont du monde à rencontrer et il faut qu'ils aient le temps de le faire pendant l'heure du dîner.

Chapitre X

L'enlèvement

THIERRY se plia à la demande de Luc. Avant de se mettre en route, il installa à nouveau son magnétophone, prêt à fonctionner. Le temps pluvieux et froid de cette journée de novembre pressait les rares étudiants à rentrer.

Le trajet lui coûta un grand effort de concentration. Parvenu à l'université, il ne mit que quelques minutes pour se rendre au rendez-vous. Discrets, Éric et Momo, sans s'arrêter, le frôlèrent de chaque côté. Momo lui murmura :

– Suis-nous aux toilettes.

Il obéit sans rien dire. Éric ouvrit une porte et le poussa dans un cabinet vacant. Momo et Éric en occupaient un de chaque côté du sien. L'adolescent savait ce qu'on attendait de lui. Momo simula une légère toux. Aussitôt, Thierry lui glissa son sac. En vitesse, l'autre le ramassa. Il entendit ouvrir une fermeture éclair et, quelques instants plus tard, elle se referma.

Momo jeta un coup d'œil rapide à l'extérieur. La voie était libre. Il glissa le sac et sortit. Thierry le ramassa. Aussitôt, Éric le pressa.

– Passe-le moi, vite !

Thierry s'exécuta, se maudissant de se prêter à leur sale jeu. Il porta son attention sur son magnéto qui, à sa grande déception, n'avait pu rien capter de significatif. Déçu, il pesa sur le bouton d'arrêt. Éric, encore à se servir dans le sac, trouva bien curieux ce son qu'il entendit, amplifié par l'écho des cloisons métalliques des cabinets. Il pensa :

« Drôle de numéro, il écoute ses trucs dans les toilettes pendant qu'on fouille son sac ! Pas trop nerveux, le jeune ! »

Cette pensée l'irrita beaucoup. Sans rien dire, il remit le sac à Thierry. Après avoir vérifié à son tour si l'endroit était désert, il sortit et fila. La désagréable impression persistait, même s'il tentait de l'écarter pour se concentrer à écouler sa marchandise.

Thierry se retrouva seul. Il vérifia si tout avait été refermé comme convenu. Il resta assis sur la toilette quelques minutes à ravaler son amertume causée par cet échec. Il venait de rater une belle occasion. Il sortit.

Comme il se dirigeait vers le hall d'entrée, il croisa Jean Dupuis, son prof de gym, qui le salua.

« Lui va m'aider ! » pensa-t-il.

– Monsieur ?

– Oui, Thierry ?

– S'il vous plaît, je peux vous parler ?

– Tu veux venir dans mon bureau ?

– Oui.

Le professeur le conduisit, tout en l'observant. Il le trouvait tellement changé depuis qu'il l'avait rencontré la première fois.

Son bureau communiquait avec le passage menant au gymnase. Il le fit asseoir et ferma la porte. Jean s'appuya au bord de son bureau près du garçon. Silencieux, ce dernier se demanda s'il avait pris la bonne décision.

D'une voix invitante, Jean l'encouragea :

— Qu'est-ce qui ne va pas ? Il est arrivé quelque chose de grave à ton chien ?

Il expliqua encore une fois son absence s'en tenant toujours à la même version.

— Tu voulais me parler ? Tu as un problème ?

Thierry mentit :

— Non, tout va bien. C'est seulement un petit renseignement dont j'ai besoin. Je peux pas le demander aux autres, j'ai peur de faire rire de moi.

Il prit son sac, l'entrouvrit discrètement et sortit un cahier dans lequel se trouvait la photo. Il la tendit à son professeur.

— Les copains ont voulu me faire plaisir en me photographiant avec eux. Ils me l'ont donné en me disant « Tiens, un petit souvenir ». J'ai été trop mal à l'aise pour leur demander de me la décrire. Je pensais que ça serait bien d'avoir plus de détails.

M. Dupuis prit la photo et jeta un coup d'œil. Surpris, il regarda Thierry à la dérobée, réalisant l'inutilité de son geste. Ce dernier se sentit scruté. Jean s'éclaircit la voix et demanda :

— Ce sont tes amis ?

— Non, pas vraiment.

— Il y a Éric et son copain.

— Oui, c'est Momo.

— Éric te tient par les épaules, l'air de s'amuser, et l'autre est derrière vous deux. Lui, on ne le voit pas en entier. Il est agenouillé ou penché. Il y a des arbres alentour. Je connais bien Éric Moisan. Il est au bac d'éducation physique. Je l'ai eu comme étudiant. Il vient souvent à la piscine et au gym. Un fameux costaud, celui-là, toujours à s'entraîner. Quand à l'autre, Maurice Elliot, il est en informatique. J'ai eu affaire à lui l'an passé, au comité de discipline. Deux types assez inquiétants.

— Je le sais.

Thierry fit semblant de bien les connaître.

— Ça ne me regarde peut-être pas, mais qu'est-ce que deux gars de l'université font avec un jeune de deuxième secondaire ? C'est assez inhabituel. Celui qui vous photographie, ça ne serait pas Luc par hasard ? Tu es toujours son ami ?

— Oui, c'est lui.

Thierry se souvint de la mise en garde qu'il avait reçue de lui, après un cours, sur les fréquentations de Luc.

— Tu ne m'as toujours pas répondu ?

— Luc tenait à me donner une photo de nous trois. Il m'a dit qu'ils étaient ses meilleurs amis. C'est tout ! Je me tiens pas avec eux.

— Tu devrais te méfier d'eux. Tu es un garçon équilibré et intelligent ! Ce serait dommage qu'on t'entraîne dans quelque chose de pas très recommandable ! C'est tout ? Il n'y a rien d'autre, tu es sûr ?

— Non, c'est tout, mais c'est important pour moi.

Il chercha à dissimuler son trouble en se tournant pour prendre sa canne près de lui. Il le remercia de son aide. Le professeur le reconduisit jusqu'à la porte. En l'ouvrant, il lui remit la photo. Le jeune garçon la glissa dans la poche arrière de son jean.

— Si tu veux te confier à quelqu'un, Thierry, tu peux compter sur moi. Je suis ici toute la semaine sauf durant les cours, bien entendu.

À son air terrorisé, il était sûr que le jeune garçon lui cachait quelque chose.

— Merci. Tout va bien, monsieur. Seulement, j'aimerais que vous n'en parliez à personne. Ce n'est pas toujours facile pour moi de savoir des choses aussi simples que le contenu d'une photo et d'être obligé de demander aux camarades de classe. C'est embêtant, parfois !

— Je comprends. Reviens quand tu veux, ça me fera plaisir. De ton côté, prends garde avec qui tu te tiens, promis ?

— Oui, monsieur.

Jean lui mit une main chaleureuse sur l'épaule en guise de salutation. Thierry s'éloigna. Son professeur le suivit du regard, intrigué par sa requête.

« Mais pourquoi ne l'a-t-il pas demandé à ses parents ? C'est bizarre ! Luc et ses deux copains ont quelque chose à y voir, j'en mettrais ma main au feu. »

Il n'était pas le seul à regarder Thierry s'éloigner. À l'extrémité du couloir menant au gymnase, Éric, de retour de son rendez-vous clandestin, les surprit à la porte du bureau. Il vit une photo passer de la main de Jean à celle de Thierry.

Éric s'apprêtait à pénétrer dans le gymnase. Il s'arrêta net et recula pour ne pas être vu. Il observa la scène. Il connaissait très bien M. Dupuis et s'en méfiait pour avoir eu affaire à lui l'année précédente.

« Mais qu'est-ce qu'il fout là, le petit morveux ? Je vais en avoir le cœur net. Il commence à me pomper l'air sérieusement celui-là ! » se dit-il.

Le malaise ressenti à la suite du bruit du magnéto ne l'avait pas quitté. Il épia leurs gestes. Alors, une idée le frappa comme la foudre.

« Pourquoi j'y ai pas pensé plus tôt ! Il nous enregistre, le salaud ! »

Cette pensée le figea. Il réfléchit en vitesse, cherchant ce qu'il devait faire. D'urgence, il décida d'agir. Il revint sur ses pas, se rendit à son casier, prit son manteau ainsi qu'un grand parapluie apporté le matin et retourna vers le gymnase. Il entra au pas de course, longea le mur et ressortit par la porte à l'autre bout du couloir. Avant, il vérifia si le prof de gym était encore en vue. Thierry était seul et se dirigeait vers la sortie. Quelques étudiants et professeurs circulaient en ce moment dans le couloir.

Éric attendit le moment propice et sortit à sa suite. Il releva le capuchon de son manteau, l'abaissa sur ses yeux cherchant à se dissimuler. Éric le rejoignit en deux enjambées. Il regarda autour de lui et, vif comme l'éclair, enfonça deux doigts dans la poche du garçon et sortit la photo. Il y jeta un bref coup d'œil. Thierry sursauta.

Il lui ôta sa canne des mains, la plia en vitesse et la cacha sous la ceinture de son pantalon. Aussi prestement, il lui saisit le bras en le serrant jusqu'à lui faire mal et lui ordonna, la voix étouffée par la fureur :

— Tu avances sans un mot, sale petit crétin !

Thierry le reconnut avec effroi. La peur lui tarauda le ventre. Il dut s'en remettre au jeune homme pour se laisser guider.

« Il m'a vu avec M. Dupuis ! » pensa l'adolescent.

— Tu veux mon sac ?

— Ta gueule et avance, compris ?

Thierry détestait être pris par le bras, obligé d'avancer plus rapidement qu'il ne le pouvait. Éric surveillait les mains de l'aveugle, prêt à empêcher tout mouvement suspect.

— On va passer par le bois du campus. Mon appart est à côté. Dépêche et pas un mot, sinon…

Sa main de fer resserra encore son étreinte. Éric ouvrit son parapluie, l'inclina vers l'avant, dissimulant ainsi leur visage. Personne ne pouvait reconnaître en ce moment Thierry sans son chien ni sa canne à la main.

Sans ménagement, Éric l'entraîna de plus en plus vite. Ils devaient être vus le moins possible ! Les rares étudiants croisés étaient comme eux, dissimulés sous leur parapluie ou marchant la tête basse, pressés de se rendre à destination.

Ils traversèrent une rue adjacente à la route principale dans laquelle l'université avait son entrée. L'appartement d'Éric et de Momo se trouvait près des résidences d'étudiants du campus ainsi que du bar *Le Transit*.

– Laisse-moi partir ! J'ai des cours cet après-midi. Tu as pris ce que tu voulais !

– Ta gueule ! Entre !

Il ferma le parapluie, ouvrit une porte donnant sur un escalier qui communiquait avec les divers appartements.

– Monte !

Thierry tendit les mains devant lui, puis s'exécuta. Il se souvint de son rêve où il voyait son père et Lumino au sommet d'un long escalier qu'il devait gravir seul, apeuré.

Éric fit entrer le garçon dans la pièce et le poussa avec force sur le divan. L'adolescent l'entendit refermer et verrouiller la porte.

– Mais qu'est-ce que tu me veux à la fin ? Laisse-moi partir !

Éric ne répondit rien. Thierry se ramassa sur lui-même, aux aguets, ne sachant à quoi s'attendre.

Éric alla mettre de la musique pour couvrir tout autre bruit, puis se tourna vers Thierry. Il lui assena une violente gifle. L'aveugle vacilla sous l'impact, gémissant de douleur.

— Espèce de sale mouchard ! La photo ! À Jean Dupuis ! J'ai tout compris.

Il s'empara du sac qu'il déposa par terre et lui arracha son magnétophone. Il l'examina.

— C'est bien ce que je pensais : multiples fonctions. On ne s'amuse pas à écouter de la musique quand quelqu'un fouille dans son sac. Tu nous enregistrerais, pas vrai ?

Thierry, la main sur sa joue en feu, ne répondit pas, figé par cet accès soudain de rage. Au comble du désespoir, il l'entendit mettre en marche son appareil.

Éric contenait mal sa colère grandissante. Il écouta jusqu'à la fin. Sa voix s'éleva :

« Passe-moi ton sac, vite ».

Ensuite, ce fut le déclic de l'arrêt !

Il était hors de lui.

— Je vais te tuer ! hurla-t-il. Je savais qu'on devait pas te faire confiance. Personne n'a voulu m'écouter. Max avait tout prévu à ce qu'il paraît ! Mon œil ! Il se croit Dieu le Père ! Sale morveux ! De toute façon, j'ai jamais eu confiance en quelqu'un qui n'est pas capable de me regarder dans les yeux, toi encore moins qu'un autre.

Thierry encaissa l'humiliante remarque comme une seconde gifle. Éric empoigna le revers de son manteau, le mit debout et le frappa sans retenue. Personne pour calmer sa fureur. L'adolescent s'efforça de parer les coups qui pleuvaient sur lui en levant les bras devant son visage. Il tenta de s'échapper de son emprise mais en vain. Ils n'entendirent pas une clé tourner dans la serrure. Momo apparut sur le seuil de la porte qu'il referma précipitamment.

— Arrête ! Qu'est-ce que tu fais ? Mais arrête !

Il s'interposa. Éric laissa tomber Thierry. Ce dernier se plia en deux sous la douleur, le visage ensanglanté.

— Qu'est-ce qui te prend ? demanda Momo. Pourquoi il est ici, lui, avec un sac bourré de drogue ? T'es fou ? Encore un peu, tu l'aurais tué ! Tu vas tout faire rater. À cette heure-ci, il devrait être à ses cours. Regarde comment tu l'as arrangé. Tu imagines toutes les questions ?

— J'ai vu rouge ! L'enfant de pute ! Attends que je te dise ce qu'il a fait, le salaud ! C'est lui qui va tout faire rater !

Il montra la photo.

— Ce petit fumier se promène avec ça et il nous a enregistrés aux toilettes. Il se croit plus malin que tout le monde avec ses airs innocents. Il pense que personne ne se méfie de lui ! Il a rien compris de l'avertissement !

Il s'approcha de Thierry resté par terre, les mains croisées au-dessus de la tête afin de se protéger des nouveaux coups à venir. Éric le secoua.

– Tu veux nous piéger hein, avoue-le ? Nous tenir tête tout seul, peut-être ? Tu vas voir ce que ça coûte d'essayer ! Attends que les autres soient au courant.

Momo le laissa faire.

– T'as raison. Il fallait agir vite, mais maintenant on fait quoi ? On peut pas le laisser partir comme ça !

– T'avais dit qu'il nous mettrait dans la merde, mais personne m'a écouté. Je lui aurais fait comprendre bien avant ça qu'il avait pas intérêt à nous trahir. Mais non, M. Max voulait pas qu'on y touche.

La pression remonta d'un cran. Éric voulut à nouveau s'en prendre à Thierry. Cette fois, Momo s'interposa malgré sa propre colère.

– Ça suffit. Calme-toi. Il faut trouver une solution et vite. Pour le moment, on le garde ici. Il faut surtout pas que quelqu'un le voie. On t'a vu arriver avec lui ?

– Non ! Je t'ai pas tout dit, devine à qui il a montré cette photo ? À Jean Dupuis, le prof d'éducation physique !

– Le salopard !

Thierry se releva péniblement, les côtes endolories ; il s'appuya sur le canapé.

– Mais j'ai rien dit ! souffla-t-il.

– Tu bluffes !

– Je répète que j'ai rien dit. Je voulais savoir ce qu'on voyait sur la photo, c'est tout. C'est la vérité !

– C'est ça, pour pouvoir nous identifier avec nos voix sur ton enregistrement !

– Je lui ai pas parlé de ça !

– Tu nous prends pour des débiles ou quoi ? C'est fini ! Tu la boucles ou tu reçois une deuxième raclée !

Son visage le faisait souffrir. Il saignait abondamment du nez, sa joue portait une affreuse ecchymose qui prenait une teinte de plus en plus vilaine. La lèvre fendue, il avait de la difficulté à parler. Malgré lui, il le provoqua.

– Tu te penses fort en t'en prenant à moi comme ça. T'es un lâche !

Furieux, Éric se rua sur lui. Momo dut déployer toute sa force pour l'empêcher de recommencer à le frapper. Il gueula à Thierry :

– T'as intérêt à la fermer. Je le retiendrai pas chaque fois, même que ça me ferait plaisir qu'il te remette ça !

Momo réussit à éloigner Éric, tenta de le faire asseoir et alla lui chercher une bière.

– Tiens, prends. Ça va te calmer.

Nerveux, Éric tournait en rond. Il s'assit quelques secondes à peine, se releva et alla chercher le sac de Thierry. Il prit une cassette et disparut dans la salle de bains. Durant ce temps, Momo attrapa une serviette qu'il lança à Thierry.

– Tiens ! Essuie-toi le visage !

Éric revint quelques minutes plus tard, les yeux dilatés. Dans un ricanement nerveux, il lança :

– Amène ta bière, ça va être parfait.

La situation prenait une tournure dangereuse. La réaction si agressive d'Éric fit craindre à Momo des conséquences désastreuses.

Éric alla s'asseoir, se releva aussitôt pour s'approcher de Thierry. Il le saisit par le collet sans ménagement et l'amena dans la chambre du milieu. Elle n'avait aucune fenêtre. Il sortit puis verrouilla la porte.

– Comme ça, on va avoir la paix. J'en ai marre de voir sa sale gueule, ça n'énerve encore plus. On va pouvoir parler tranquillement.

Thierry, affolé, tambourina avec force sur la porte.

– Laissez-moi sortir ! cria-t-il.

– La ferme ou je t'assomme, crétin ! lança Éric.

Assis avec Momo à la table de la cuisine, il se prit la tête entre les mains.

– Tout est à l'eau ! J'en reviens pas. Je le savais qu'on devait s'en méfier !

– Au lieu de pleurnicher, il faut trouver une solution. On se rencontre tous les trois au bar, ce soir. On demande à Luc d'avertir Max. Ils nous rejoignent et on décide ce qu'on fait ! Il faut retourner à l'université et se faire voir par plein de monde, par Jean Dupuis surtout mais pas ensemble !

– Ouais ! Qu'est-ce qu'on fait avec lui tout ce temps ? On peut pas le laisser aller comme ça.

– Non ! On s'arrange pour qu'il ne fasse plus de bruit, qu'il arrête de crier. Il va rester dans la chambre tout l'après-midi. On laisse jouer la musique. On oublie souvent de la fermer. Ça sera pas nouveau pour les voisins et, le vendredi, l'immeuble est presque vide.

– Oui, c'est une idée, moi j'en ai une autre. Je m'en occupe. Je vais aller le bercer, ricana-t-il

– Oh! Oh! Vas-y mollo!

Momo le vit prendre une bouteille d'alcool à moitié pleine.

– Je vais lui faire faire de beaux rêves.

Les deux complices échangèrent un rire goguenard et nerveux.

– Tu veux un coup de main?

Sans répondre, dans les vapeurs, Éric se dirigea vers la chambre. Prudent Momo le suivit. Ils ouvrirent la porte. Thierry fit un bond derrière. Ils firent de la lumière. Il faisait peine à voir.

– Laissez-moi partir. J'ai rien dit!

– Tu restes ici, toi!

Éric l'attrapa par le bras et l'obligea à s'asseoir. Son complice vint près de lui et lui tint les bras. Thierry se débattait désespérément. Éric le prit à la gorge et l'obligea à s'immobiliser.

– T'as du nerf, le jeune. Ça paraît que tu t'entraînes. Plus tu résistes, plus tu t'attires des ennuis.

Il ouvrit la bouteille en enlevant le bouchon avec ses dents, prit une gorgée puis commanda:

– Allez, bois! C'est l'heure du biberon, tu as deux nounous juste pour toi.

Il lui fourra le goulot loin dans la gorge et le força à boire. Tout le contenu y passa.

C'était comme si on avait déversé du feu sur sa lèvre fendue et qu'on lui brûlait tout l'intérieur jusqu'à l'estomac. Thierry suffoquait, il tenta de vomir. Peine perdue, Éric l'en empêcha en plaquant sa main sur sa bouche, aidé par Momo qui lui tint la tête renversée. Il étouffait, il n'avait jamais bu d'alcool et il était à jeun depuis la veille au midi. Le liquide, au goût infect de parfum, produisit un effet immédiat. Sa résistance se ramollit jusqu'à cesser complètement.

– Voilà ! C'est beaucoup mieux comme ça ! Tu vas faire un beau dodo tout le reste de la journée. Ça va nous donner le temps de réfléchir !

Momo le laissa tomber sur le lit. Tout devint flou dans la tête de Thierry. Il entendit Éric et Momo s'approcher de lui, l'un après l'autre, au ralenti. Il flottait sur un nuage, sa douleur et sa peur envolées. Son esprit, parti à la dérive, fit chavirer tout ce qui l'entourait. Sa dernière pensée fut pour Lumino, puis il sombra dans un trou noir.

– On a la paix maintenant !

Ils sortirent tous les deux de la chambre et verrouillèrent la porte.

– Max va être furieux, mais il va comprendre que tu n'as pas eu le choix. C'est la faute au jeune. Bon, je retourne à l'université. J'ai un cours dans dix minutes. Je reste tout l'après-midi sur place. Tu ferais mieux de faire la même chose.

Juste avant d'ouvrir, Momo lui lança :

— Tu y touches plus. De toute façon, il sent plus rien. Ah oui ! Oublie pas de cacher le sac, au cas où…

— Oui, ça va, j'y ai pensé.

Les deux complices croisèrent M. Dupuis. Ce dernier leur lança un regard méfiant. Il cherchait encore à comprendre sa rencontre avec Thierry. Il ne leur adressa pas la parole, fidèle à la promesse qu'il avait faite au jeune garçon. Mais à la moindre rumeur, à la moindre accusation, il en parlerait à leurs parents.

Vers 3 h 40, légèrement en retard, M. Roy gara sa voiture près de la sortie des élèves pour surveiller l'arrivée de Thierry. Il préféra ne pas quitter son véhicule, incommodé par la pluie qui n'avait pas cessé de l'après-midi. Il descendrait aussitôt qu'il le verrait apparaître.

Le flot des élèves envahissait déjà la cour. Il ne fut pas surpris de ne pas le voir. Il savait que son fils préférait laisser passer la première vague de tous ces jeunes pressés de se rendre en se bousculant aux autobus en ce début de week-end.

Petit à petit, la circulation devint plus fluide. Philippe regarda sa montre et commença à s'impatienter.

— Mais qu'est-ce qu'il fait ? songea-t-il.

Bientôt, il ne resta plus que quelques retardataires occupés à se fixer à la hâte un rendez-vous pour le samedi soir. Le stationnement se vidait. Thierry demeurait invisible !

« J'avais pourtant dit à Laurence qu'il devait me rejoindre ici, à la sortie. Peut-être qu'elle a oublié... Non, ce n'est pas possible. Elle était trop inquiète pour ne pas le lui avoir dit. Il ne voulait peut-être pas venir avec moi après l'échec du concert... »

Il frappa le volant. Ce premier mouvement d'impatience dissipé, les minutes s'écoulèrent, interminables. Toutes sortes d'hypothèses traversèrent son esprit. Il commença à sentir poindre de l'inquiétude.

« Il est peut-être sorti avant tous les autres et, à cause de mon retard, il est parti. Mais pourtant, je l'aurais croisé en arrivant. »

Il était près de 4 h 15 maintenant.

« Il faut que je me calme. Ils ont raison de dire que je manque de patience avec lui. Il ne faudrait pas que je rate encore mon coup, cette fois. »

Perplexe, il sortit son agenda.

– Je me suis peut-être trompé de journée ? Pourtant, non ! C'est bien indiqué.

Après un dernier regard circulaire, il démarra.

« Bon, je vais aller le prendre à la maison. »

La cour de la résidence était déserte. Il entra, fit de la lumière et cria :

– Laurence ? Thierry ?

« Il doit y avoir un malentendu. Où sont-ils ? » pensa-t-il, irrité.

Il monta à l'étage, espérant le trouver endormi dans sa chambre. Cette fois, l'angoisse l'étreignit. Il descendit en courant.

Il fit taire un malaise grandissant et le plus calmement possible, composa le numéro du bureau de sa femme.

— Bureau du docteur Roy, bonjour !

— Bonjour. Oui, est-ce que je peux parler au docteur ? C'est urgent, c'est son mari !

— Désolé, monsieur, le docteur Roy a quitté le bureau depuis une demi-heure.

— Elle vous a dit où elle allait ?

— Non. Elle est partie en me souhaitant une bonne fin de semaine, c'est tout. Je peux prendre le message ?

— Non, merci !

Il raccrocha. Cette fois, il composa le numéro du portable de sa femme. Après deux sonneries, elle fut en ligne.

— Oui, bonjour !

— Laurence, c'est Philippe. Où êtes-vous ?

Il perçut le trouble dans la voix à l'autre bout du fil.

— Comment où nous sommes ? Tu n'es pas passé prendre Thierry ?

— Je suis à la maison. Il n'était pas à la sortie de l'école. J'ai pensé qu'il avait changé d'idée.

Il entendit crier :

— QUOI ? Mais je suis seule. Où est Thierry ?

— Ne crie pas ! Pour l'instant, je l'ignore. J'étais persuadé qu'il était avec toi.

– Ah ! Mon Dieu ! J'arrive.

– Sois prudente, Laurence, il est peut-être parti chez un ami sans rien dire.

Pour toute réponse, il entendit la communication se couper.

À peine dix minutes plus tard, Mme Roy entrait en coup de vent dans la maison.

– Tu l'as trouvé ?

– Non !

– Mais tu es allé comme convenu ? Tu ne t'es pas informé à personne ?

– Non, j'étais un peu en retard. J'ai vraiment cru qu'il avait changé d'idée.

– Ah ! Philippe ! Philippe ! Comment ça en retard ? Tu devais être là à 3 h 30.

Exaspérée, elle préféra ne rien ajouter cherchant à maîtriser sa nervosité croissante.

– Je vais téléphoner à Benoît Jordan, c'est son tuteur. Quelquefois, certains de ses profs le gardent après la classe pour l'aider dans ses travaux. Il en a bien besoin ces temps-ci. Il n'aura pas vu le temps filer. C'est tout.

– Je retourne à l'école ! Il va entendre parler de moi s'il l'a fait exprès !

En colère, sa femme lança :

– Pense à le trouver avant de penser à l'engueuler !

Philippe sortit en claquant la porte.

∞

Par chance, Benoît Jordan était parmi les rares retardataires à traîner encore à l'école. Après l'avoir salué, M. Roy lui demanda :

– Est-ce que vous auriez vu Thierry ? Il n'était pas à la sortie. Il devait me rejoindre à 3 h 30 et il n'y était pas ! Est-ce qu'un professeur l'aurait retenu ?

Il entendit la réponse redoutée :

– Non, je ne crois pas, monsieur Roy. Je sais qu'il était à ses cours ce matin pour l'avoir croisé dans le couloir. Je vais contacter les profs qu'il a eus cet après-midi. Aussitôt que j'ai des nouvelles, je vous téléphone. Ne vous inquiétez pas, il est sûrement avec l'un d'eux et on aura oublié de m'avertir.

– Merci, je compte sur vous !

Inquiet, M. Jordan les appela comme promis. Personne n'avait vu Thierry. Une autre inquiétude le tourmentait aussi : son fils Luc. Malgré lui, il redoutait une bêtise de sa part. Sous prétexte de prendre des nouvelles de son comportement durant la semaine, il téléphona également à ses professeurs. À son immense soulagement, ils lui confirmèrent tous sa présence à leurs cours. Il se reprocha d'avoir pensé, un moment, à une chose aussi odieuse, mais il se devait de vérifier.

Rassuré, il reporta toute son attention sur le drame que vivaient les Roy. Il éprouva une peine sincère. Mal à l'aise, il leur téléphona pour les informer que personne n'avait vu Thierry de tout l'après-midi.

Le cauchemar devenait réalité !

⌒

Le bar, près de la résidence des Roy, commençait à s'animer en ce début de fin de semaine. Dans la pénombre, à travers le brouhaha des conversations animées, du choc des verres et des bouteilles, de la musique assourdissante, quatre hommes discutaient en retrait.

Malgré ce tumulte, un juron retentissant fit tourner quelques têtes dans leur direction.

Max venait de se joindre à eux. Il baissa la voix.

— Quoi ? Il est en ce moment enfermé dans votre appartement ?

— Oui, c'est ça.

— Il vous a enregistrés ! T'es sûr ?

La question s'adressait à Éric, dont l'imposante stature semblait se rétrécir tellement la présence de Max l'impressionnait.

— Oui, je te le jure !

— Personne ne vous a vus, c'est garanti ?

— Personne. Je me suis servi de mon parapluie pour cacher sa face. Pas de chien, pas de canne, on est passés inaperçus !

— Tu lui as demandé s'il y avait d'autres enregistrements ?

— Non !

— C'est ça qu'il faut savoir, imbécile ! C'est incroyable, on est en train de se faire rouler par un enfant de quatorze ans ! Il faut en savoir plus !

Pendant un long moment, tous les quatre, perdus dans leurs pensées, ne trouvèrent rien de mieux que de plonger leur nez dans leur verre de bière.

Maintenant qu'Éric sonnait l'alarme, Max revit l'incident auquel il n'avait prêté aucune attention lors de sa rencontre avec Thierry. Il se rappela son geste rapide de la main vers l'appareil. Il s'était fait avoir comme un débutant ! Plus il revoyait la scène, plus il était convaincu que l'aveugle s'était moqué de lui. Une colère sourde monta en lui. Les menaces n'avaient donc pas suffi. Il devait réfléchir vite. Ce ne serait pas un petit con d'infirme comme Thierry qui réussirait à tout foutre en l'air ! Et surtout personne ne devait savoir ce qu'il lui avait dit.

Éric, Luc et Momo épiaient les réactions de Max, qui tardait à leur faire part de la marche à suivre. L'homme ne laissa rien deviner de son trouble. À la surprise des trois autres, il reconnut la nécessité de réagir et approuva la conduite d'Éric.

Le silence, malgré cette musique tonitruante, pesait lourdement sur le groupe, chacun réfugié dans ses pensées.

— Mais qu'est-ce qu'on fait ? Thierry est disparu officiellement depuis 3 h 30 cet après-midi ! lança Luc, impatient.

La nervosité prenait le dessus sur chacun de ses gestes ; il avala d'un trait sa bière. La voix basse et tranchante, Max ordonna :

– Ça suffit. Pas question d'abandonner et pas question de se laisser imposer quoi que ce soit par personne. J'ai trouvé la solution ! On ne peut pas le laisser repartir sans savoir.

– On va pas… ?

Momo, pour qui la situation avait déjà trop dérapé, avait peur.

– Non, mais… Voici ce qu'on va faire.

Max vit les trois jeunes gens se consulter du regard.

– Hé ! Hé ! C'est plus le temps de se poser des questions, faut agir et vite ! On va lui demander s'il existe quelque chose d'autre, récupérer et détruire le tout.

– On t'écoute. L'enfant de pute, j'espère qu'il va comprendre, cette fois.

En secret, Éric en voulait à Max. Momo espérait s'en tenir à un autre avertissement et Luc, après une courte hésitation, décida d'adopter l'idée de Max. Il tenait par-dessus tout à sa marchandise et cela par n'importe quel moyen. S'il devait éliminer un obstacle gênant, il serait partant.

Max baissa encore la voix, forçant les autres à s'approcher davantage.

– Pour ce soir, Éric et Momo, vous allez retourner à l'appart vous assurer du silence du jeune.

Accentuant chaque mot, il continua :

– Vous ne faites rien pour vous faire remarquer, absolument rien. Vous devrez le garder au moins jusqu'à demain soir, avant la tombée du jour. Aujourd'hui, on fait rien. À cette heure, la police doit être déjà chez les Roy !

– Quoi ? Je veux m'en débarrasser avant ça ! C'est certain qu'en moins de deux, elle va remonter jusqu'à nous à cause de Dupuis, le prof d'édu, dit Éric, réfractaire à cette idée.

– Non, pas aussi vite que tu crois. C'est la fin de semaine, tout le monde est parti et tu dis que personne d'autre t'a vu à l'université. La première chose que la police va faire, c'est de contacter son tuteur et il est au courant de rien.

Tous les trois se tournèrent vers Luc qui approuva de la tête en maugréant.

– Oui ! Oui ! Je le sais. Je ferme ma gueule et je prends un air éploré. Bla ! Bla ! Bla ! Mais mon vieux va pas me lâcher. Des fois, il est plus emmerdant que les flics !

Max poursuivit :

– C'est seulement lundi qu'il pourra y avoir des élèves qui affirmeront l'avoir vu quitter l'école. Entre-temps, on saura à quoi s'en tenir. Demain à la première heure, les flics vont scruter à la loupe le cimetière et les alentours de l'université.

– Ça passera pas inaperçu. Et si Dupuis est là ? s'inquiéta à nouveau Éric.

– Vous resterez une partie de la journée au gym. S'il est là, une simple photo, ça prouve quoi ? La police pour l'instant n'a rien d'autre. Elle ne rappliquera pas aussi vite que ça à l'appart. Il y a de fortes chances que le prof Dupuis ne soit pas là. Oublions pas qu'on est tôt samedi matin, ça sera encore plus facile.

– Pour faire quoi ? s'inquiéta Momo.

– J'arrive. La police va vouloir m'interroger.

Cette dernière phrase eut l'effet d'un coup de poing dans l'estomac. Leurs yeux s'arrondirent. Max s'amusa de voir leur étonnement.

– Pourquoi pensez-vous que je connais tous les agissements du jeune depuis le début ?

Il laissa sa question en suspens.

– Parce que le préposé à l'entretien du cimetière, c'est moi ! finit-il par leur avouer. Je connais l'endroit mieux que personne. J'y travaille depuis deux ans !

Les trois complices furent sans voix un bon moment. Éric et Momo, n'étant pas originaires de la ville, furent moins surpris que Luc. Ce dernier, sceptique, demanda :

– Comment ça se fait que je l'ai jamais su ?

– Tu me l'as déjà demandé ?

– …

– Quand je travaille, vous êtes presque toujours en classe. Mon jardin secret, comme j'aime l'appeler, c'est un cimetière et ses tombes !

Max laissa échapper un grand rire lugubre qui figea les trois autres. Ils étaient fascinés par cet étrange personnage et cela malgré l'odeur repoussante qui lui collait à la peau. Sans parler de ce regard qu'ils ne parvenaient pas à soutenir.

– Moi, pour l'instant, c'est exactement ce qu'il me faut. On me fout la paix. Je m'accommode d'un salaire de crève-la-faim dont personne ne veut. J'organise mes journées à ma guise, l'idéal quoi ! Plus tu en as à cacher, plus tu dois être visible. C'est pour ça que vous aussi, vous devez vous faire voir.

Une question intriguait Éric. Il se décida à la lui poser :

– Qu'est-ce qui t'as fait penser à l'aveugle ? L'année passée, on a fonctionné sans intermédiaire. J'aimais mieux comme ça.

– Et si vos parents n'étaient pas intervenus, vous étiez dans la merde. Jamais vous n'avez pu en transporter autant que Thierry. On s'est fait plus d'argent en trois mois que pendant toute l'année passée. C'est clair ?

– Ouais ! Regarde où ça nous mène.

Il dévisagea Éric de ses yeux étranges. Ce dernier cessa de parler.

– Par la faute de qui ? Il faut peut-être que je te rappelle votre petite soirée ?

– Ça va ! Ça va !

Éric ravala les commentaires qui lui brûlaient les lèvres.

– Le plan est parfait, mais le plus délicat sera d'attendre le moment idéal pour le transférer vers une cachette plus sûre.

Ils retenaient leur respiration, s'approchant de plus en plus.

– Je connais un endroit parfait dans le cimetière. C'est évident que les recherches vont commencer par là. Une fois terminées, qui va revenir fouiner là ?

– Dans le cimetière ! Tu vas…

Momo arrêta net sa phrase, un serveur s'étant approché d'eux. Il attendit qu'il ait déposé les bières et se soit éloigné.

– Tu vas le t…

– J'ai dit non ! T'es sourd ? Pour répondre à la question d'Éric, c'est pas la première fois que j'utilise cette méthode et elle marche très bien. Je l'ai employée dans toutes les villes où je suis resté. C'est facile de repérer un jeune seul et de l'approcher après l'école ou ailleurs. Avec un petit peu de pression, on peut en faire ce qu'on veut. Dans la plupart des cas, quelques petites doses aidant, les jeunes deviennent de bons distributeurs et clients. Plus ils sont jeunes, plus la dépendance se fait rapidement. Quand j'ai vu que quelqu'un déménageait dans cette maison abandonnée, isolée à souhait, et ce jeune aveugle laissé souvent seul, la tentation a été trop forte : c'était le pigeon idéal. Le défi m'a donné plus de sensations que n'importe quelle drogue !

Les trois compagnons furent surpris de cette envolée passionnée pendant laquelle les yeux de Max ne regardaient personne !

– On avait un jeune en moins de temps qu'il faut pour le dire et dont on pouvait se servir pour notre trafic. J'ai mal évalué sa résistance, avoua-t-il, une pointe d'admiration dans la voix.

— Mais ton idée ? répliqua Éric.

— Lorsqu'ils auront fini les recherches et les questions, je vous donne le OK pour sortir le jeune. Surtout pas de fausse manœuvre.

Max leur expliqua son idée. Ils n'osèrent plus reculer et, en maudissant l'aveugle, s'en remirent à leur mentor.

∞

Lorsque Thierry reprit contact avec la réalité, tout chavira. Il avait un affreux mal de cœur, sa gorge était desséchée, sa lèvre fendue lui brûlait. La soif le tourmentait et il avait l'impression d'avoir mal partout, jusqu'aux cheveux. Il n'osait pas bouger de peur de vomir. Il porta la main à son front brûlant, essayant de sortir du brouillard qui enveloppait son cerveau. Il mit plusieurs minutes avant de se souvenir où il se trouvait et de ce qui lui était arrivé.

La mémoire enfin lui revint. Il se rappela la violence d'Éric, l'alcool qu'on l'avait obligé à boire. Tout lui revint ! La peur aussi. Et la musique obsédante qui jouait n'avait pas cessé de lui marteler la tête.

À tâtons, lentement, très lentement, il explora le lit sur lequel il était étendu, puis il se mit debout. Il vacilla et il tendit les bras pour ne pas tomber.

Quelle heure pouvait-il être ? Du bout des doigts, il lut 7 h 30. Il pensa à sa mère qui devait être morte d'inquiétude, au rendez-vous manqué avec son père. Cette évocation le réconforta. Il était déjà sûrement à sa recherche.

Il alla droit devant lui, heurta le mur en cherchant la porte. Elle était fermée à clé. Il la secoua.

– Au secours !

Ses mots résonnèrent dans son crâne douloureux. La musique dominait ses cris trop faibles. À part ce bruit infernal, tout n'était que silence. Il était seul. Il se laissa glisser sur le sol pour sentir son contact froid afin de soulager sa fièvre.

∞

Mme Roy errait à travers la maison, une douleur aiguë au ventre. Son mari, pour cacher son désarroi, devait agir, se donner l'illusion de maîtriser une part de la situation. Mais tout lui échappait. Thierry avait disparu depuis plus de quatre heures !

Ils avaient vérifié auprès de ses profs et du vétérinaire. Ils avaient sillonné les environs. Ils ne l'avaient trouvé nulle part. Lorsqu'ils se décidèrent à alerter la police, la jeune femme vit ce geste comme la confirmation de sa disparition.

Après avoir mis tous les torts sur le dos de son mari, son intransigeance, sa sévérité, son abandon, son retard à son rendez-vous, elle s'effondra dans ses bras, tremblante, en larmes.

– J'ai peur ! Où est Thierry ? Je sens qu'il a besoin de nous et nous sommes là à ne rien faire pour l'aider. Depuis quelque temps, il est désespéré et je ne sais pas pourquoi ! Tout va de travers pour lui. Il a mal d'être séparé de Lumino. Ses professeurs, malgré leur bonne volonté, sont toujours sur son dos à cause de ses notes catastrophiques. Toi, surtout toi, qui ne lui donnais aucune nouvelle, qui l'as abandonné !

– Je ne l'ai pas abandonné !

– Moi, j'ai compris tes raisons, mais lui n'a toujours pas accepté ton départ.

Un mot lui torturait l'esprit. Elle n'osait pas le prononcer.

– Non ! Laurence, notre fils est courageux plus que toi et moi. Il a traversé des épreuves comme un bon petit soldat sans jamais baisser les bras. Il aime trop la vie. Je te défends de penser autrement ! J'ai été un imbécile.

– Ah ! Mon Dieu ! Faites quelque chose !

Il la serra fort contre lui et ne parvint qu'à murmurer :

– On va le retrouver. On va le retrouver.

Lorsque les deux agents de police furent sur place, vu la condition particulière du jeune disparu, ils prirent la chose très au sérieux. On leur signalait des fugues presque tous les jours, mais rarement la disparition d'un aveugle.

Ils débitèrent les questions d'usage comme le nom, la description, etc. Ensuite, ils les communiquèrent à leur centrale. Ils reçurent de l'aide rapidement.

La propriété des Roy fut envahie par des agents et leurs chiens. Avec de puissantes torches, ils commencèrent les recherches le soir même. M. Roy tint à les accompagner. Catherine, alertée par cette nouvelle, vint tenir compagnie à Laurence. Une nuit infernale les attendait.

∞

Au moment de se retrouver seuls, après que tout le monde fut parti tard dans la nuit et hanté par l'angoisse, Philippe voulut savoir.

— Si tu préfères, je peux partir aussi, mais j'aimerais rester près de toi.

La voix de sa femme se fit suppliante.

— Philippe, je voulais te le demander. Toute seule, je deviens folle !

Incapables de trouver le sommeil, dans la pénombre de la pièce faiblement éclairée, l'obscurité devint propice à leur rapprochement. Café après café, ils parlèrent tantôt pour se consoler, tantôt pour s'accuser. La douleur commune balisa leurs reproches mutuels. De menus souvenirs, comme les événements marquants de la vie de leur fils, sortirent telles des ombres projetées sur le mur de leur mémoire. Ils défilèrent sans interruption. Alors, Philippe ouvrit enfin son cœur à Laurence et lui révéla une vérité qu'il avait tue depuis trop longtemps.

Éric et Momo, sérieusement éméchés, quittèrent le bar durant la soirée. Ils virent toute l'agitation, les va-et-vient à la résidence des Roy. Ils se mêlèrent aux curieux attroupés près de la maison et s'informèrent :

– Mais qu'est qui se passe ?

Une voix masculine leur lança :

– Il paraît que le fils des Roy a disparu !

– Il est aveugle, c'est pitoyable, renchérit une voix féminine.

– C'est quoi toutes ces lumières ?

– Ils font des recherches dans le cimetière, lança une troisième voix. C'est à vous donner froid dans le dos !

– Je l'ai toujours trouvé très étrange, cette demeure. Amener un jeune dans ce coin isolé, c'est de la folie ! Après ils se demandent pourquoi ces choses-là arrivent !

Momo glissa à l'oreille d'Éric :

– Ils ont vite commencé les recherches !

– Ouais ! On rentre. Max va nous appeler plus tôt que prévu !

Ils pénétrèrent sans bruit dans l'appart, attentifs aux bruits provenant de la chambre. Rien. Seule la musique emplissait la pièce. Momo baissa le volume ainsi que les stores des fenêtres. Il verrouilla les deux portes.

Éric, la bouche pâteuse, le questionna, intrigué par le comportement de Max au bar :

– Tu l'as pas trouvé bizarre, toi, quand il nous parlait des jeunes ? De Thierry surtout ?

– Ouais, c'est peut-être pour ça qu'il voulait pas qu'on y touche. Il voulait le garder pour lui.

Les deux comparses émirent un petit rire complice, tout en posant l'index sur leurs lèvres dans un « chut » amusé, accentué par le geste de la main indiquant qu'ils devaient baisser le ton. Leur démarche était chancelante.

– Heureusement qu'on lui a pas dit que tu avais fait quelques retouches à son visage, dit Momo en s'esclaffant.

– Chut ! T'es un pote de ne pas m'avoir trahi, chuchota Éric qui le prit par les épaules et l'embrassa sur la joue.

– Oh ! Ça va ! Arrête !

Momo se secoua mollement, amusé.

– Si on allait voir dans quel état il est ? On pourrait rigoler un peu.

Malgré les brumes de l'alcool, Momo était conscient qu'il ne devait pas laisser Thierry seul avec Éric. Il craignait des gestes irréparables à cause de son ivresse.

– Sans blague, on le laisse tranquille. On va le voir, mais c'est moi qui m'en occupe, compris ?

Éric leva les deux bras dans un geste agacé.

– Bon, ça va. Si on peut plus rire. Vas-y tout seul, t'as peut-être raison.

Il retourna à la cuisine où il se servit une bière. Momo le regarda du coin de l'œil, convaincu que cela valait mieux pour tout le monde.

Thierry les avait entendus rentrer. Son estomac se contracta douloureusement. Il implora :

– Ouvrez-moi. Laissez-moi partir ! J'ai rien dit ! cria-t-il.

Il sursauta lorsque Momo ouvrit la porte à toute volée, empoigna le garçon qui s'était levé et, sans ménagement, le rassit sur le lit. Momo s'approcha de son visage et lui murmura dans un sifflement rempli de colère :

– Écoute-moi bien, fini de jouer les nounous. Tu dis plus un mot et on te laisse tranquille, compris ! Sinon, je laisse Éric faire ce qu'il veut.

Son haleine empestait l'alcool.

Thierry était si mal en point que même Momo, grisé comme il l'était, s'en rendit compte. Il ricana en l'examinant.

– Pas drôle une première cuite. Le mal de bloc, c'est terrible, hein le jeune ? On en meurt pas, même si on pense le contraire. Il sortit de la chambre et revint bientôt avec un sac de croustilles qu'il lança sur le lit.

– Tiens, ton souper.

Thierry ne répondit pas. Le seul fait de penser nourriture, à nouveau son cœur se souleva. Horrifié, Momo lui lança :

– Si tu vas dégueuler, tu le dis !

Pitoyable, Thierry acquiesça. Momo le fit lever en vitesse.

– Viens. Reste pas là !

Il le conduisit à la salle de bains. En passant près d'Éric qui les regardait, amusé, il ordonna :

– Remets la musique. Avec tes idées à la con, il va être malade.

Lorsque Thierry cessa de vomir, Momo le ramena dans la chambre. Ses jambes le portaient à peine. Il l'entendit refermer et verrouiller la porte. Désespéré, mais trop faible pour protester à nouveau, il se crut abandonné. L'alcool lui donnait de la fièvre. Il retira son manteau et, impuissant, s'étendit sur le lit. Il délira puis sombra dans un sommeil agité. La réalité du cauchemar l'enveloppa de toutes parts.

Il se retrouva les yeux bandés. Quelqu'un le fit pivoter sur lui-même à lui donner encore plus la nausée. Tout n'était qu'obscurité. Aucun repère possible. Rien. Il lui sembla être un esprit sans corps, vivant mais coupé du reste du monde. Il entendit son père l'appeler.

– Thierry ?

– Papa ! Papa ! Où es-tu ?

L'écho de sa voix résonna en lui :

– Thierry ! Ne leur cède rien. Sois fort ! Je te révélerai tout ! Thierry ? Thierry, je suis tout près.

Le jeune garçon n'entendit plus le reste de la phrase. Il était terrorisé, obligé d'avancer, des mains inconnues le frôlant de partout.

L'une d'entre elles lui retira son bandeau. L'endroit était désert. Dans une tombe dont la dalle était soulevée, il découvrit, recouvrant le fond, quelque chose qui ressemblait à du sable, très blanc, très fin, sur lequel reposait un cadavre d'une pâleur extrême. Des mains le soulevèrent et le déposèrent dans le cercueil, puis fermèrent le couvercle. Dans l'obscurité, deux yeux rosés, sans vie, le fixèrent.

Il voulut crier mais aucun son ne sortit de sa gorge. »

Il se réveilla en sursaut, couvert de sueur. De longs frissons agitaient son corps. Lumino lui manquait terriblement. Il se redressa pour chasser de son esprit ces images d'épouvante. Il lut l'heure : 2 h 30.

Plus il cherchait à se souvenir de son rêve, plus il s'estompait. Il s'enfouissait dans le brouillard de sa fièvre. Seule la voix de son père résonnait encore de ces mêmes paroles mystérieuses. Le souvenir du rêve effacé, le malaise, lui, persistait.

Il passa le reste de la nuit à craindre d'entendre la porte s'ouvrir et être à nouveau brutalisé. Personne ne vint, comme le lui avait promis Momo.

Le matin, il guetta tous les sons provenant de l'autre côté de la porte. Il entendit la sonnerie du téléphone. Il fut surpris de la rapidité avec laquelle Éric décrocha.

— Ouais ?

— …

— À quelle heure ?

— …

– Non ! Il est tranquille. On lui a rien fait. Tu nous rappelles ? Je suis pus capable de le sentir dans l'appartement.

La réponse de l'autre fut longue, Éric ne l'interrompit que par des grognements indiquant qu'il écoutait toujours.

– OK !

Il raccrocha en jurant.

– C'était un bon truc, mon œil ! Fallait tomber sur un mauvais numéro !

Les deux gars parlèrent à voix basse. Thierry n'entendit rien. La peur ne le quittait plus. Éric expliqua la marche à suivre à Momo qui, silencieux, hocha la tête plein d'appréhension.

– On part quand ?

– Sitôt qu'on reçoit l'appel. Il faut aussi lui mettre d'autres vêtements sur le dos. Max m'a dit qu'on avait transmis son signalement.

Après avoir fouillé dans son bureau, Éric montra à son colocataire un simple marqueur au gros diamètre et chuchota, fier de sa trouvaille :

– Avec ça appuyé sur les côtes, il saura jamais ce que c'est !

Amusé en voyant ce stratagème inoffensif, Momo approuva de la tête. Il avait craint un moment de voir apparaître une arme à feu dans ses mains.

Fidèle à ses habitudes, Max se rendit au cimetière, en empruntant l'allée principale et se gara derrière le pavillon central où se trouvait le matériel nécessaire à ses travaux. Il surveilla l'activité autour de la résidence des Roy. Trois autos de police étaient déjà sur place. Comme il s'affairait aux derniers préparatifs d'une inhumation, deux policiers ainsi que M. Roy s'approchèrent de lui. Il déposa ses outils d'un geste calme.

– Bonjour ! Qu'est-ce que je peux faire pour vous ?

– Monsieur Thériault, je crois ?

– Oui, Maxime Thériault préposé à l'entretien du cimetière.

L'un des policiers l'informa de la situation et lui donna le signalement du disparu. Quand il lui demanda s'il l'avait déjà vu, il répondit :

– Bien sûr que oui, souvent même. Un jeune de son âge, aveugle avec un chien superbe qui passe régulièrement par ici, ça se remarque. Mais je ne l'ai pas vu dans la journée d'hier.

– C'est bien lui. En ce qui concerne son chien, il est chez le vétérinaire en ce moment. Mon fils est seul, précisa M. Roy.

– Si vous voulez, proposa Max, je peux me joindre à vous pour les recherches. J'ai un chien. Il peut nous aider. Je connais le cimetière mieux que quiconque, je peux arpenter la section boisée avec un de vos hommes ?

– C'est pas de refus. On l'a déjà fait hier soir mais de jour, vous trouverez peut-être des indices qui nous auraient échappé. Merci.

Il leur signala qu'un enterrement devait avoir lieu à 11 h 30. L'agent lui confirma que les recherches dans ce périmètre seraient terminées à ce moment-là. C'est tout ce que voulait savoir Max.

Vers 9 h 30, deux heures après le début des recherches, les hommes se retrouvèrent devant le pavillon, bredouilles. M. Roy, le visage gris d'angoisse, les remercia et ajouta à l'intention de Max :

– Si jamais vous voyez quelque chose de suspect, il y a quelqu'un à la maison en permanence.

Il retourna informer sa femme de la situation, comme il l'avait promis. Il avait mal et se sentait sans force pour affronter son regard désespéré.

À l'arrivée de son mari, elle se précipita vers lui. Elle ne dit rien et comprit à son regard. Elle laissa échapper une longue plainte.

– Ah ! Mon Dieu ! Philippe ? Qu'est-ce qui nous arrive ? Où est-il ?

La veille, un policier lui avait dit qu'ils devaient envisager toutes les hypothèses possibles dont la fugue, l'accident, l'enlèvement ou le suicide. Elle aurait été battue sauvagement qu'elle n'aurait pas eu plus de mal.

∞

Il y avait maintenant dix-huit heures qu'ils étaient sans nouvelles de lui. Le monde entier semblait s'être figé autour des parents de Thierry. Ils voulaient voir les recherches reprendre rapidement et maintenant que c'était fait, le temps filait trop vite. Le matin, très tôt, Catherine revint auprès d'eux, bien avant tous les autres bénévoles. Ils apprécièrent son geste, même s'ils étaient incapables de le formuler. Elle comprenait sans le recours des mots, sensible à leur désarroi.

– On va le retrouver. Je retourne là-bas. Les recherches reprennent sur le campus universitaire, dit Philippe cherchant à la rassurer autant que lui-même.

Après le départ de son mari, Laurence se précipita dans la chambre de son fils. Elle devait toucher quelque chose de lui, sentir son odeur, prendre dans ses mains les objets lui appartenant.

Elle fouilla partout, les étagères, son bureau, ses cahiers, ses vêtements qu'elle prit un à un en inspectant ses poches à la recherche d'un indice. Elle le sentait si près d'elle à travers tous ces objets personnels. Elle devait ouvrir grand les yeux pour parvenir à voir à travers ses larmes.

Elle examina le fond de la penderie. Elle espérait trouver un mot, une lettre, quelque chose pour comprendre. Elle ne trouva rien. Mais que cherchait-elle au juste ? Un signe pour lui faire comprendre son départ ? Cette fameuse confession de quelqu'un qui explique un geste irréparable ? Non, surtout ne pas trouver ce mot !

Elle tremblait lorsqu'elle pensait trouver ; les battements de son cœur s'accéléraient à chaque bout de papier froissé. Elle avait vidé la poubelle sur son bureau, ouvert son ordinateur. Rien. Rien que le silence de son absence.

Chapitre XI

Le caveau

Près de là, les deux comparses recevaient un autre coup de fil.

– Amenez-le, maintenant.

Éric, selon les directives de Max, avait obligé Thierry à changer de manteau pour un de leurs vieux imperméables kaki. Il lui releva le capuchon et le lui descendit sur les yeux, le rendant ainsi méconnaissable. Il prit son marqueur et le lui enfonça dans les côtes.

– Tu sais ce que c'est ? Alors, à la moindre tentative de crier…

Il accentua la pression. Thierry se raidit.

– Tu te retrouves chez toi, dans une tombe au cimetière !

Éric regarda Momo, fier de sa trouvaille.

– On va descendre calmement par l'escalier de derrière qui donne sur la cour. L'auto y est stationnée et on va aller faire une longue balade. Avance !

Au moment de franchir la porte, Éric ordonna à Momo :

– Oublie pas son sac à dos, son manteau et sa canne. Mets-les dans un sac à ordures.

Ils descendirent. Tout était désert, endormi. Personne, en ce samedi matin gris et froid, n'aurait pu reconnaître Thierry. Il ressemblait à ces jeunes qui fréquentaient cet appartement et dont le va-et-vient était continuel.

Ils montèrent tous les trois dans le véhicule. Lorsque les portières claquèrent, ils poussèrent un cri de victoire :

– Youpi ! Facile comme un jeu d'enfant ! Excitant au max ! Vite, on part.

Ils verrouillèrent les portes et Momo démarra.

– T'es pas bien malin ! Un bon gars comme moi ! Une arme ! Je t'ai fait avancer avec un crayon feutre !

Les deux complices éclatèrent de rire. Thierry était sidéré par autant de méchanceté, humilié par ces attaques personnelles.

Il leva la main pour retirer le capuchon de son visage. Momo l'arrêta.

– Non, laisse-le comme ça ! On peut croiser une voiture de police ! Faut pas courir de risque.

– Où est-ce que vous m'amenez ?

Il ne reçut aucune réponse. Les vitres fermées, Momo ouvrit la radio et, les yeux mi-clos, il se mit à suivre le rythme en hurlant à tue-tête. Thierry n'osait plus bouger, la tête et l'estomac encore trop douloureux. Cette musique lancinante lui martelait le cerveau. Éric, après quelques instants, s'impatienta.

— Tu fermes ta gueule, non ?

— Bon, ça va. Moi, ça me calme. OK, je la ferme.

Il baissa le son et ils roulèrent silencieux pendant un long moment à l'immense soulagement de Thierry. Ce dernier voulut lire l'heure. Éric vit son geste. Rapide, il lui enleva sa montre.

— Regarde, Momo. Regarde la drôle de montre, elle s'ouvre comme une petite fenêtre.

— Rends-la moi ! J'en ai besoin.

Thierry s'agita, coincé entre ses deux ravisseurs.

— Arrête de bouger ! J'ai peut-être pas d'arme, mais j'ai mes poings !

Incrédule, Thierry l'entendit ouvrir la vitre et dire :

— Voilà ce que j'en fais de ta montre spéciale.

Le petit sifflement lui fit comprendre qu'il venait de la jeter.

— Mais pourquoi t'as fait ça ? demanda Momo, surpris de la méchanceté du geste.

— Parce qu'il en aura plus besoin là où il s'en va.

Malade de peur, Thierry cessa de bouger et ne dit plus rien. Il lui sembla que la route était sans fin. Un voyage, dont il ignorait la destination et qui l'éloignait de tout secours.

Après d'interminables minutes, l'auto ralentit. Éric et Momo, toujours silencieux, inquiets du plan de Max, espéraient se débarrasser de ce passager compromettant le plus rapidement possible. Les deux complices avaient ramené Thierry presque à son point de départ. Ils se trouvaient face à une entrée secondaire du cimetière, complètement à l'opposé de la principale.

Ils empruntèrent une allée boisée, à peine visible. Max avait ouvert la barrière. Ils la franchirent en prenant soin de la refermer derrière eux et stationnèrent la voiture qu'ils dissimulèrent derrière une rangée d'arbres.

Ils firent descendre Thierry de l'auto en vitesse. Cette partie du cimetière donnait sur un collège public. Ils lui prirent un bras de chaque côté et l'obligèrent à avancer. Le chemin se transforma en un sentier étroit. Ils gravirent un coteau abrupt. La progression devint de plus en plus pénible. Les arbres et les broussailles obstruaient leur marche.

Plus ils s'enfonçaient dans ce lieu inconnu, plus le désespoir de Thierry grandissait. Exténué, il arriva enfin au sommet. Ils firent encore quelques mètres quand, soudain, une voix s'éleva :

– Vous voilà enfin ! Personne ne vous a vus ?

Thierry, que la distance et le froid avaient empêché de sentir l'odeur caractéristique, s'arrêta net, glacé de terreur. Ils avaient rendez-vous avec Max !

– Non. C'est pas la porte d'à-côté ta cachette, Max !

– Vous avez le sac ?

– Oui, le voici.

Max ne prêta aucune attention au garçon. Il ne fit aucune remarque sur l'état de son visage. Momo, resté près de lui, lui avait retiré son capuchon et le maintenait par un bras.

– Fais-nous entendre cette fameuse cassette et montre-moi la photo. On a pas toute la journée !

Éric s'exécuta, pressé d'en finir. Dans le silence du bois environnant, le bruit de l'enregistrement résonna aux oreilles de Thierry. Il frémit. Lorsque ce fut terminé, il se fit un long silence.

– Alors ? dit Éric impatient.

– Y a pas grand-chose de compromettant là-dessus. Mais moi, ce que je veux surtout savoir, c'est si t'en as fait d'autres ?

Cette fois, sa question s'adressait à Thierry.

– Non ! se défendit-il. C'est tout ! J'ai rien dit non plus !

– Faudrait pas nous mentir. Je suis certain que t'as pas que cet enregistrement.

Thierry se rappela l'inquiétude qu'il avait ressentie en se demandant depuis combien de temps Max le surveillait lorsqu'il l'avait rencontré seul dans le bois du cimetière. Il continua de nier. D'instinct, il obéissait au rêve de la nuit précédente : ne rien avouer et cela malgré sa peur.

– Je vous dis que non !

– Je suis habitué avec les jeunes. Je sais quand ils me mentent. J'ai le regard si persuasif !

Toi, c'est différent, un peu plus difficile, j'avoue.

Max était à quelques centimètres de son visage.

– Je peux pas lire dans tes yeux, ni toi dans les miens ! Jusqu'à aujourd'hui, j'ai jamais eu de problème avec ça. La plupart sont devenus de bons amis à moi et ceux qui ont essayé de me dénoncer sont jamais parvenus à rien. Pas de preuve ! Et tu penses qu'aujourd'hui toi, tu réussirais ?

Sa voix s'adoucissait de plus en plus. Momo et Éric y voyaient un signe rassurant. Ils ne voulaient surtout pas être complices d'un acte plus grave que ceux qu'ils avaient déjà posés. Le forcer à avouer : oui. Être assez convaincant pour s'assurer de son silence : oui. Mais tout devait s'arrêter là ! Max l'avait compris. De toute façon, il préférait agir seul à partir de maintenant. Mais pour Thierry, plus la voix devenait douce, plus la menace grandissait. Max poursuivit :

– T'as l'audace de te servir de tes trucs d'infirme pour essayer de nous piéger ? L'histoire du chien, j'y crois plus. Tu te crois malin : même pas une semaine après notre avertissement tu n'en fais qu'à ta tête en éloignant ton chien de chez toi. Tout compte fait, tu nous as facilité la besogne, tu sais ! T'as beaucoup de cran, autant de courage. J'aime ça, mais t'as peut-être mal compris. C'est dangereux, très dangereux de jouer à ce jeu-là. Si tu avoues maintenant et que tu promets de nous remettre ce que tu as, on te laisse repartir en reconnaissant que tu nous auras fait une belle emmerde. Tu pourras en être fier, mais ça s'arrête là. On déguise tout ça en fâcheux accident : on t'a volé ton sac, et la vie continue comme avant. Je te ramènerai moi-même chez toi.

Thierry ne le croyait pas. Ils s'étaient beaucoup trop compromis. Même s'il avouait, que feraient-ils de lui ? Cette voix douce rendait la réponse encore plus angoissante. Il devinait Max beaucoup plus que ce dernier pouvait le croire. Il continua de nier. Max recula, examina Thierry, puis commanda :

— Allez, videz son sac. Ramassez le fric, prenez nos cassettes avec le stock et détruisez les autres.

Momo et Éric débobinèrent toutes ses cassettes de musique et celle de ses cours.

— Pour le reste, vous le remettez dans le sac vert, son sac à dos aussi. Moi, je m'occupe du jeune.

Max effleura le bras de Thierry. Le dégoût le saisit. Faisant fi de toute notion de prudence, dans un sursaut désespéré, il le repoussa avec force en lui crachant au visage toute la répulsion qu'il ressentait dans ces quelques mots :

— Espèce de pédé ! Je te dirai rien ! Ça sera jamais de mon plein gré !

Puis, il cria :

— À l'aide ! Au secours !

Cet éclat de voix excita Perçant qui aboya. Le regard foudroyant, Max claqua des doigts et fit taire le chien qui se coucha, la queue collée aux flans, aux aguets. Puis, il plaqua sa main sur la bouche de Thierry. Amusé par cette résistance, mais irrité par ses cris, l'homme lui ordonna :

— Tu cries encore une fois comme ça et je te mets un bâillon. Sache qu'en plein bois, à des kilomètres de chez toi, tu gaspilles ta salive. T'es un peu lent à comprendre. De plein gré ou non, ce sera le même résultat. Je vais te dompter. Tu te calmes !

Il attendit, puis retira sa main. Thierry se tut.

Rapide, le jeune garçon s'éloigna, même s'il était conscient de l'inutilité de son geste. Il tomba lourdement sur le sol.

En spectateurs passifs, Momo et Éric n'osèrent s'interposer entre l'homme et Thierry, craignant la colère de Max. Ils se contentèrent de regarder. Perdant patience, Max saisit Thierry par le rebord du manteau et l'entraîna à sa suite vers un minuscule édifice envahi par les ronces et les vignes.

Max regarda Éric, les yeux plus impressionnants que jamais.

— Je savais qu'il résisterait. Je l'avais prévu. Il faut lui donner une leçon, du temps pour réfléchir !

Les deux hommes se jaugèrent du regard. À nouveau, Éric ravala sa rancœur et tourna la tête vers cet étrange édifice. Momo suivit la scène sans un mot, de moins en moins brave.

– Il va nous supplier de tout oublier et il nous remettra gentiment les enregistrements, assura l'homme.

– Je n'ai rien de plus, s'exclama Thierry qu'Éric retenait maintenant à la place de Max.

Ce dernier sortit un trousseau de clés, ouvrit une porte à peine visible de ce qui s'avéra un caveau mortuaire. Les deux jeunes hommes furent saisis d'étonnement, même de frayeur. Max leur fit signe d'avancer et de ne rien dire.

L'édifice de pierre et de bois aux dimensions réduites ressemblait à une église miniature. Il s'ouvrait sur un plain-pied de terre débouchant sur un escalier qui s'enfonçait sous la surface du sol.

Malgré le froid et l'humidité, une odeur nauséabonde, cette même odeur qui collait à la peau de Max, les saisirent tous les trois à la gorge.

Momo ne put s'empêcher de demander :

– Mais c'est quoi qui pue comme ça ? Moi, je reste pas ici plus longtemps !

Il fit mine de sortir, mais Max, d'un ton sans réplique, lui ordonna :

– Tu restes ! Regarde, là, en bas.

Il pointait un animal mort, à peine visible, éclairé par la lumière diffuse de la porte ouverte.

– Des chats errants viennent mourir ici.

∞

Thierry, en plein cauchemar, se débattit si désespérément pour leur échapper qu'Éric perdit son emprise qu'il avait relâchée et le laissa lui glisser des mains.

Le jeune garçon recula d'un pas de trop et, par malheur, dégringola les sept marches.

Médusés, les complices le regardèrent tomber. La mâchoire crispée, Max engueula Éric :

— Je me fie à toi et puis voilà ! T'es même pas foutu de le tenir. T'es tout un costaud !

Son ton sarcastique irrita Éric. Ils descendirent à leur tour. Pendant quelques instants, Thierry resta sans bouger, le corps douloureux.

— Allez relève-toi ! lui ordonna Max qui craignait que la chute n'ait provoqué une blessure grave.

Le garçon ne bougea pas.

— J'ai dit debout ! cria-t-il.

Thierry remua. Il se releva, puis se tourna vers eux. Il se souvint de son rêve, de cet ordre de son père de ne rien dire. Sa volonté s'accrocha à ce dernier point de repère. Il leur réaffirma :

— Laissez-moi partir. J'ai rien d'autre que cette cassette et cette photo !

— Ici avec toi peut-être, mais chez toi, t'as autre chose, j'en suis sûr et tu vas nous le dire !

Éric agrippa Thierry et s'exclama en le secouant :

— Sale menteur !

Il le gifla, en colère contre Max qui venait de l'humilier encore une fois. Ce coup violent projeta Thierry par terre. Il gémit de douleur.

Max, rassuré de le voir sans blessure, lui dit :

– Ici, tu peux crier, frapper sur les murs, personne t'entendra pour venir te secourir. Si tu veux pas mourir comme ce chat, tu devras tout me dire gentiment demain, parce que maintenant, je veux plus rien entendre. Je veux que tu médites toute la nuit !

Sur ces mots, il saisit de ses mains gantées de cuir les deux mains de Thierry qu'il avait relevé et les plaqua sur une surface lisse et glacée, tout près de lui.

– Vas-y, touche ! Tu vois avec tes mains, n'est-ce pas ? Je te donne un indice : il y en a plein autour de chez toi, mais celle-ci est plus imposante. Y en a pas des comme ça dans ton cimetière.

Thierry tremblait de tout son corps. Il avait trop bien compris. Il touchait un cercueil ! Ce contact glacial projeta une image fulgurante dans son esprit, cette même ombre blanche qu'il avait vue en cauchemar, la nuit précédente.

– Tu vas passer toute la nuit seul avec comme compagnon un chat mort et ce que tu as naturellement deviné. De toute façon, ton père t'a habitué à ce genre de voisins, n'est-ce pas ? C'est gentil de sa part, tu ne trouves pas ?

Thierry résista encore, la panique dans la voix.

– La preuve que j'ai rien : pourquoi la police n'est pas là ? lança-t-il furieux. À cette heure, ils ont fouillé partout, mes parents aussi. S'il y avait quelque chose à découvrir, ils seraient là, non ?

Il se reprochait en secret d'avoir trop bien caché les preuves qui auraient pu le sauver.

— C'est vrai ça, Max ! approuva Momo.

— Il bluffe, je te dis ! Demain, je reviens, continua-t-il et si après cette nuit et un petit tête-à-tête, tu me racontes la même histoire, alors là je te croirai. Ça m'étonnerait.

Désespéré, Thierry comprit que la cassette était devenue un prétexte pour Max. Tout sourire en se tournant vers les deux autres, l'homme ajouta :

— Je crois que vous aviez deviné bien des choses, n'est-ce pas ?

— Oui. Nous, ça nous regarde pas. Tu fais ce que tu veux !

Les deux jeunes gens surveillaient les réactions de Max. Momo s'inquiéta :

— Tout ce que je veux savoir, moi, c'est s'il y a d'autre chose de compromettant et s'il va comprendre qu'il doit la fermer.

— On verra demain. Rien de mieux qu'une bonne nuit pour réfléchir. On aura tous les idées plus claires.

— Tout va foirer à cause de lui ! cria Éric. C'est bien notre veine de tomber sur un emmerdeur aux airs angéliques. Cassette ou non, on est dans la merde !

Emporté par une rage incontrôlée, il en avait plus qu'assez de toute cette perte de temps. Il secoua Thierry brutalement et le projeta contre le mur où il tomba à nouveau par terre.

Max retint Momo qui voulut s'interposer.

– Laisse, ton ami a besoin de se défouler.

Sans pitié, Éric lui asséna de violents coups de pied en criant :

– Tout est de ta faute !

Sans se l'avouer, c'est à Max qu'il en voulait de les avoir mis dans un tel pétrin, il lui en voulait pour ses remarques à la con. C'est Max qu'il imaginait à ses pieds, mais il n'avait pas le courage de l'affronter.

Max l'énervait avec son air hautain du monsieur qui sait tout et ce jeune qui avait le courage de lui tenir tête le faisait crever de jalousie. Toute sa frustration tomba sur l'adolescent sans défense qui se tordit de douleur. Enfin, Max ordonna :

– Arrête ! Ça suffit !

– Oui ! Arrête, approuva Momo que le dérapage des événements inquiétait de plus en plus.

Thierry avait mal partout. Cette nouvelle correction raviva celle de la veille. Incrédules, Éric et Momo virent apparaître un revolver dans les mains de Max.

Momo se balançait d'une jambe sur l'autre, affolé :

– Hé ! Max ! C'est quoi ? Tu avais dit que tu le…

– Non, non. On le touche plus mais je vais l'aider à se concentrer sur une seule chose importante. Je vais lui montrer ce que c'est de pas m'écouter. Il voit rien et tout le monde sait que les aveugles ont les autres sens beaucoup plus développés que la moyenne des gens. Alors pour un temps, il entendra plus rien que l'écho de ma colère.

Il s'avança vers Thierry qui recula vivement, le visage affolé tournant de droite à gauche, ne sachant à quelle violence s'attendre encore. Max s'approcha et lui dit à l'oreille :

— Tu nous diras toute la vérité demain et tu le feras de ton plein gré.

À ces mots, Max, d'une poigne de fer, lui immobilisa les deux mains et tira un coup de feu de chaque côté de sa tête, l'arme appuyée contre chaque oreille.

Thierry émit un long hurlement. Il n'entendait plus le son de sa propre voix ! Son ouïe si fine, si vitale, venait d'être mutilée.

— Allez ! On décampe !

Trop heureux de sortir de ce trou humide et lugubre, la peur au ventre, ils ne se le firent pas dire deux fois. Ils pensèrent à Luc, en se demandant quelle aurait été sa réaction. Savait-il déjà toute la vérité au sujet de Max et de Thierry ?

Il avait dû rester chez lui pour ne pas éveiller les soupçons de son père. Les trois complices montèrent au pas de course l'escalier, jetèrent un dernier coup d'œil à leur victime qui sombra dans l'inconscience.

Max fit sortir ses deux comparses et verrouilla la porte. À leur regard surpris, il s'impatienta.

– J'ai dit que je passerais le voir demain et pas d'inquiétude, personne ne reviendra fouiller dans les parages. Les recherches ont déjà cessé par ici. Et les murs sont épais !

– Pourquoi t'as fait ça, alors ?

L'homme aux yeux étranges fixa Éric.

– Ça t'arrive de penser avec autre chose que tes poings, petite tête ? Les recherches dans le coin sont finies, oui, mais avec toute cette agitation provoquée par l'enlèvement, qu'est-ce qui arriverait si des curieux décidaient de repasser en criant son nom, hein ?

Le ton de sa voix se fit condescendant.

– J'y ai pensé, moi ! Il ne les entendra même pas !

Il détourna son visage d'Éric qui lui lança un regard assassin dans son dos !

– Vite ! On traîne plus. Je dois m'occuper d'un enterrement.

– Sérieux, Max ? Il y a un mort dans le cercueil ?

Momo, encore sous le choc, contrôlait de moins en moins sa peur.

– Non. Il y a longtemps qu'il est vide. Il a été exhumé pour être déménagé dans la nouvelle partie du cimetière.

Après une petite pause, il ajouta, sarcastique :

– Je l'ai dit juste pour stimuler un peu l'imagination du jeune. Ça va le rendre plus coopératif demain. Je vous tiens au courant. Je ne veux pas vous revoir avant que je vous aie fait signe. Je m'occupe de tout. Compris ?

– D'accord !

– Vous avez vérifié si ce qu'on cherche n'est pas tout bêtement parmi ses autres cassettes personnelles ?

– Oui !

– Où est le fric ?

– Tiens, le voici.

Max l'empocha. Momo et Éric se partagèrent les cassettes qui contenaient la drogue, prenant aussi celles de Luc.

– Vous vous arrangez pour l'écouler le plus vite possible. Ce n'est pas le moment qu'on vous prenne avec tout ça dans vos poches !

– Qu'est-ce qu'on fait du reste du sac ?

– Je le prends avec moi. Pour ramener Thierry chez lui, on devra déguiser toute l'affaire en vol. Le magnétophone et le sac sont de très belles valeurs. Si ça tourne mal, je les ferai disparaître. S'il est le moindrement sensé, après un après-midi et une nuit pareils, il va me manger dans la main. Tout va rentrer dans l'ordre. J'aurai droit à la reconnaissance éternelle des parents de leur avoir ramené leur fils !

Ils se séparèrent sans ajouter un mot.

∞

À quelques kilomètres de là, loin, le jeune Yannick Rivard pédalait à perdre le souffle, la tête baissée, maugréant contre la température infecte. Il allait rejoindre son copain Martin qui lui avait parlé du jeu vidéo super-débile qu'il venait de s'offrir avec son argent de poche. Il fallait environ cinq bonnes minutes pour s'y rendre par ce chemin qui longeait l'autoroute. De rares maisons bordaient le parcours. Son copain était aussi son plus proche voisin.

Son regard fut attiré par un objet qui traînait par terre. La curiosité l'emporta. Il freina brusquement, rebroussa chemin, descendit du vélo, mit l'objet dans sa poche et repartit en vitesse. Rendu chez son copain (qui avait la maison pour lui tout seul, ses parents étant sortis faire des courses) il lui montra sa découverte.

Martin prit l'objet et l'examina.

— Drôle de montre, hein ! La vitre est brisée. Ça y est, je sais où j'en ai vu une comme ça. À l'école ! Tu sais, l'aveugle et son chien, Thierry, il en a une pareille. Il est dans ma classe. C'est bizarre qu'il l'ait perdue dans le coin. Regarde à l'endos : « T.R. » ses initiales, c'est bien à lui ! Qu'est-ce qu'on fait ? On attend lundi pour lui donner ou on lui téléphone tout de suite.

— T'as son numéro ?

— Je sais le nom de son père, c'est un médecin. On doit l'avoir dans le bottin. Pour l'adresse c'est facile, il reste près du cimetière. Tiens, je l'ai trouvé.

Martin composa le numéro. À peine deux sonneries résonnèrent à son oreille que déjà une voix tendue lui répondait :

– Allô ! Il y a quelqu'un ?

Martin, surpris, resta une fraction de seconde sans voix.

– Allô ! Qui est là ?

– Bonjour ! Je peux parler à Thierry Roy.

– Thierry ? Mais Thierry n'est pas là ! Qui es-tu ?

Mme Roy devait tenir le combiné à deux mains pour réprimer ses tremblements. Douce-ment mais avec fermeté, Catherine prit l'appa-reil. Elle n'entendit que la fin de la phrase :

– ... et on se demandait si ça ne lui appar-tenait pas ? Je m'excuse. Je le verrai à l'école, lundi. Bonjour !

Il s'apprêtait à raccrocher quand il entendit la voix d'une autre personne.

– Non ! Non ! Raccroche pas. Je t'en prie. On s'excuse. Tu peux me répéter, j'ai manqué le début. Tu t'appelles comment ?

– Martin. Mon copain Yannick a trouvé une drôle de montre pas loin d'ici. La vitre s'ouvre et il y a des initiales de gravées « T.R. » On se demandait si Thierry n'aurait pas perdu la sienne, il en a une qui lui ressemble ?

Alertée, Catherine lui demanda son adresse. Il la lui donna.

– Ne bouge pas, on arrive !

Il écouta un moment ce qu'elle lui dit, puis raccrocha. Martin regarda Yannick en blê-missant.

– Je sais pas ce qui se passe, la police s'en vient !

– Quoi! On a rien fait!

À peine dix minutes plus tard, la voiture de M. Roy suivie de près par celles de la police, entraient en trombe dans la cour. Lorsqu'il prit la montre de son fils, son cœur eut un raté douloureux.

Un policier toussota, le tirant de sa prostration.

– C'est bien sa montre, M. Roy?

– Oui! C'est bien elle, réussit-il à murmurer.

∞

Les recherches prirent une nouvelle direction. Les policiers concentrèrent leurs efforts dans ce secteur pendant le reste de l'après-midi du samedi. Au campus universitaire, Momo et Éric, qui avaient craint de l'agitation, trouvèrent un calme plat pour écouler leur marchandise.

Mme Roy ne quittait plus la maison dans l'espoir d'un appel. Le plus important qu'elle reçut fut celui de la clinique vétérinaire.

– Bonjour, madame. C'est la secrétaire du vétérinaire. Si vous voulez passer chercher Lumino, il est en parfaite santé. Les morsures sont superficielles. Le vétérinaire a confirmé qu'il n'y a pas lieu de craindre quoi que ce soit!

– Merci beaucoup, madame. Nous allons passer. Au revoir.

Elle raccrocha.

– Lorsque Thierry rentrera à la maison, dit-elle en se tournant vers Catherine, il sera fou de joie de retrouver Lumino, n'est-ce pas ? Il en aura grand besoin. C'est incroyable comme ils peuvent s'ennuyer l'un de l'autre !

Sa voix se brisa. Elle avait l'espoir insensé qu'en le ramenant à la maison, tout rentrerait dans l'ordre et qu'elle se réveillerait de ce cauchemar. Thierry, comme une ombre inséparable, serait forcément de retour avec lui. Elle quêta un signe d'approbation du regard. Bouleversée mais calme, Catherine l'enlaça, rassurante.

– Oui ! Ton fils va revenir ! J'en suis certaine ! Est-ce que tu veux que j'aille chercher Lumino, il me connaît bien. Je n'aurai aucune difficulté.

Elle acquiesça sans rien dire, un nœud dans la gorge.

∞

Catherine fut rapidement de retour avec Lumino, joyeux d'être chez lui. Le museau tout contre la porte, il attendait qu'elle s'ouvre. Il se faufila à l'intérieur et se mit à chercher Thierry.

En un rien de temps il courut à la chambre, reniflant partout. Il monta sur le lit pour en redescendre aussitôt. Il explora les autres chambres et retourna au rez-de-chaussée où il fit le tour de toutes les pièces, puis alla vers Mme Roy qui l'avait suivi du regard depuis son arrivée. Il la flaira, puis leva la tête vers elle, quémandant une réponse à ses recherches, la queue et tout le corps agités dans une attente muette. Elle s'accroupit, l'enlaça et ne put que répéter ce mot qui fit gémir le chien :

– Thierry ! Oh ! Thierry !

Cette fois, elle ne fit rien pour retenir ses larmes. Lumino ne lui avait pas ramené son fils ! Au contraire, il semblait orphelin, amputé d'une partie de lui-même. Lorsqu'elle se releva, il retourna dans la chambre de Thierry. Il sauta sur le lit et attendit, couché, la tête appuyée sur ses deux pattes de devant. Les yeux levés, il cherchait à comprendre la raison de cet abandon.

Luc n'avait pas cessé de penser aux événements qui se déroulaient en ce moment non loin de chez lui. Il sursautait à chaque sonnerie du téléphone, redoutant de voir arriver la police. La veille, après la rencontre au bar, il était retourné coucher chez lui et avait passé toute la journée dans sa chambre prétextant un malaise, au grand étonnement de son père.

Ce dernier s'était informé auprès de la police et se tenait à sa disposition. Tous les professeurs avaient confirmé l'absence de Thierry et il était rassuré de la présence de son fils, mais un doute subsistait. N'y tenant plus, il descendit trouver Luc. Il frappa à sa porte. Il n'obtint aucune réponse.

— Luc ? Tu dors ?

— Non.

— Je peux entrer ?

— Ouais !

À la faveur de la pénombre, Luc parvint à dissimuler sa nervosité.

— Tu vas rester au lit toute la journée sans rien faire ?

— Ça dérange ?

— Non ! Tu as su pour Thierry ? C'est effrayant une chose pareille !

— Oui. C'est dégueulasse.

Après une brève hésitation, Benoît demanda :

— Tu étais où hier soir ?

Un silence pesant tomba dans la chambre. En d'autres occasions, Luc aurait bondi de colère. Il aurait dit à son père que cela ne le regardait pas et qu'il n'avait pas de compte à lui rendre. Il répondit sans élever la voix :

— J'ai été prendre un verre avec les copains.

— Avec Momo et Éric ?

Cette fois, son père le sentit s'agiter sur son lit.

— Je fréquente qui je veux ! C'est quoi ces allusions ? Parce que l'an passé, on a eu un petit accrochage, t'as pas à nous rendre responsables de tous les malheurs de la terre !

— Non, mais si tu es encore avec ces deux vauriens et que j'entends dire qu'ils sont mêlés à quelque chose de grave, j'ai peur pour toi. Tu pourrais te faire accuser.

– C'est touchant de voir comment tu fais confiance à ton fils ! La trouille te sort par tous les pores de la peau ! Bravo ! Merci !

– Luc ! Sois pas de si mauvaise foi.

Benoît sentit une pointe de culpabilité lui éperonner l'esprit.

– Si tu dis que tu gardes tes distances avec eux, bon, ça me va. Je veux bien te croire. Ça doit être l'enfer pour les parents de Thierry...

– Ouais !

– Si tu apprends quelque chose dans les jours à venir, fais-le moi savoir.

– D'ac ! J'y manquerai pas.

« Tu peux toujours aller te faire foutre, pensa-t-il. »

Malgré lui, M. Jordan priait le ciel qu'il n'ait rien à voir dans cette histoire. Il s'efforça de chasser cette idée en quittant la chambre. Dans la soirée, Luc s'installa au clavier de son ordinateur et y resta rivé jusqu'à tard dans la nuit.

Il ne reçut qu'un appel téléphonique qu'il prit aussitôt en jetant un regard nerveux sur la porte entrouverte et à l'autre appareil pour s'assurer que Benoît n'était pas à l'espionner. Il attendait des nouvelles depuis un bon moment.

– Allô ? répondit-il nerveusement.

– Je peux parler ?

– Ouais, je suis au sous-sol. Il lit au salon. Vas-y !

Momo lui raconta tout ce qui s'était passé.

– Ça s'est déroulé comme sur des roulettes. Un jeu d'enfant. Le jeune se trouve où personne ne songera à le chercher. Il a le temps de mourir là… Luc ?

– Ouais.

Momo baissa la voix.

– Tu étais au courant pour Max et Thierry ?

– Au courant de quoi ?

– Bien, tu sais ce n'était pas juste un porteur dont Max avait besoin ; il est fou des jeunes. Tu le savais ? Avoir su, Éric et moi on aurait pas embarqué.

– Trop tard pour y penser. Je m'en fous, moi. Maintenant, je veux savoir ce qui va arriver ?

– Il a dit qu'il lui laissait une nuit de réflexion et qu'après, il s'en occuperait. Il nous a dit qu'il nous ferait signe. C'est un fou, ce gars-là ! J'en ai peur. J'ai bien cru qu'il allait le tuer. C'est tout comme… Je pense qu'il l'a rendu sourd ! Écoute, on trouve que c'est allé trop loin.

– Avec ce que tu viens de me dire, je pense qu'il n'a pas eu le choix. Il a dû prendre les choses en main.

La voix de Luc n'était qu'un murmure sifflant.

– Tu te rappelles, Éric a perdu les pédales aussi. Donc, on est tous dans le bain, on fait ce qu'il a dit, on bouge pas et on attend. Tu m'écoutes ?

– Éric et moi, on reste chez nos paternels pour la soirée et toute la journée de demain. Ça va leur plaire de nous savoir près d'eux et si quelque chose arrivait, on aurait de bons alibis. Plein de monde nous a vus. Je te le dis, j'aime mieux pas être dans le coin demain au cas où il arriverait un accident au jeune. Max a dit qu'il passerait s'en occuper. Je veux pas penser comment ! On a vu ce dont il est capable. Si tout venait aux oreilles des parents, on est foutus !

— Maudits peureux ! Il a dit de pas bouger !

— On s'en fout, nous, on reste pas dans le coin. Salut !

Sur ce, il lui raccrocha au nez. Hors de lui et inquiet, il raccrocha à son tour avec plus de bruit qu'il n'aurait dû.

— C'était qui à l'appareil ? cria aussitôt son père.

— Un copain qui voulait que j'aille le rejoindre.

— Tu y vas ?

— Non. J'ai pas le goût, j'ai le droit ! Ça te dérange ?

— Non, non, mais c'est tellement rare que tu sois là un samedi soir !

— Faudrait te faire une idée, tu chiales parce que je sors trop et puis je reste ici, tu chiales encore !

Son père s'était approché de l'escalier du sous-sol. Il resta quelques minutes à regarder Luc. Ce dernier n'ajouta rien. Il claqua la porte et retourna à son écran.

Chapitre XII

Sans aucun sens !

T HIERRY reprenait péniblement contact avec la réalité. Il cherchait à comprendre quel était ce bruit d'enfer qui lui martelait le cerveau. Ses oreilles résonnaient de vibrations aiguës. Il se rappela le claquement brutal des deux coups de feu.

Ses côtes le faisaient souffrir, rendant son souffle court. L'odeur écœurante qui flottait dans l'air et le goût infect du sang dans sa bouche lui donnaient la nausée. Le froid le pénétrait de partout.

Tous ses sens étaient agressés. Max l'avait rendu prisonnier de lui-même ! Il avait peur de perdre la raison. Ses cauchemars s'étaient donc concrétisés. Pour la première fois depuis l'âge de sept ans, il ressentit la même terreur qu'à cet instant où on lui avait enlevé les bandages des yeux et lui avait appris que plus jamais il ne reverrait la lumière du jour.

Comme dans un puits sans fond, pendant un long moment, il se laissa entraîner dans une chute vertigineuse. Il crut mourir. Il resta immobile.

Dans le brouillard, le visage aimant de sa mère apparut et illumina les ténèbres de son esprit. Il évoqua le son rassurant de Lumino qui aboyait en le cherchant. Il les imagina tous les deux, en haut de ce puits, l'appeler.

Puis ce furent les exigences implacables de son père. Elles l'obligèrent à réagir, tout comme la première fois quand Max l'avait menacé de le tuer. C'est ce qui le sauva !

Il tremblait de panique et de froid. Il résista à la tentation de rester sans bouger. Il remua lentement ses bras. Rien ne les entravait. Il plaqua ses deux mains sur ses oreilles pour tenter de calmer sa douleur intolérable, en vain. Il s'obligea à se relever très lentement. Il étendit les deux bras devant lui en cherchant à se situer. Il chancela.

Ses mains rencontrèrent le cercueil que Max l'avait forcé à toucher. Vivement, il les retira. Il n'avait rien pour se repérer, n'entendait que ce bourdonnement strident lui vriller les tympans. La pensée d'être devenu sourd le terrifia ! Il fit demi-tour sur lui-même, tourna le dos à ce cercueil qui l'épouvantait.

Il avança d'un pas, les bras toujours tendus, rien qu'un pas et toucha la surface dure du mur. Il eut l'impression d'être emmuré vivant. Il le martela, mais aucun son ne lui parvint. Seule une légère vibration dans le bras lui indiqua qu'un bruit avait été émis. À tâtons, il suivit le mur. Chaque respiration avivait ses douleurs aux côtes.

Il devait se hâter, car Max avait promis qu'il reviendrait. À cette seule pensée, il se força à accélérer sa progression. Combien de temps avait-il été inconscient ? Quelqu'un le cherchait-il ? Qui penserait à un tel endroit ? La panique le gagnait. Sa mère devait être folle d'inquiétude. Tout s'embrouillait dans son esprit. Il ne devait compter que sur son intuition et sa maîtrise de l'obscurité.

Il longea le mur de pierre froid et chercha à atteindre l'escalier. Il s'accrocha à l'image de son père. Son visage sévère se transforma en un visage d'espoir, aux exigences salvatrices. Il trouva enfin l'escalier qu'il gravit sur les genoux, explorant de ses mains chaque marche. Il ne rencontra qu'un épais tapis de poussière. Enfin, il atteignit la porte. Il se redressa et tenta, en vain, de l'ouvrir.

– Non ! Non ! Au secours ! Lumino ! À l'aide !

Il se laissa glisser sur le sol. De violents tremblements l'agitèrent. Il croisa les bras pour essayer de se calmer et de se réchauffer. Et si personne ne venait le secourir ?

Il s'était tu, persuadé de l'inutilité de ses appels. Des larmes coulèrent sur ses joues. Désespéré, il murmura :

– Papa, j'aurai jamais la force de faire ce que tu m'as dit dans mes rêves. Je serai pas capable de rien dire, leur faire face tout seul, c'est trop me demander ! Je veux pas mourir ! Je vais tout leur dire, oui tout !

À cette pensée, un long frisson le parcourut. Dire oui à tout, c'était aussi accepter les exigences sexuelles de Max. Il le dégoûtait. Tout ce qui émanait de lui, son odeur écœurante, sa douceur soudaine suivie d'accès de violence. Tout ! Il savait que Max reviendrait.

Le temps d'un éclair, l'adolescent imagina le corps de cet homme déchirant le sien. Thierry fut pris de spasmes violents, incapable de réprimer sa répulsion.

La sueur perlait sur son front fiévreux. Il resta de longues minutes sans bouger.

Enfin, avec rage il essuya ses larmes.

— Non, jamais ! Ça ne sera pas de mon plein gré. Jamais !

Avec l'énergie du désespoir, il se releva. Le plus lucidement possible, il se força à réfléchir à l'endroit où on l'avait enfermé. Soudain, il s'exclama :

— C'est un caveau, mais… Max m'a menti. Je ne suis pas à des kilomètres de chez moi ! Je suis tout près ! Dans mon rêve, on me fait pivoter pour me brouiller l'esprit. C'est le coup de l'auto. Ils m'ont fait tourner en rond comme un imbécile ! Il y a des caveaux près de la maison !

Il se souvint des étranges visions qu'il avait eues dans ses rêves et pensa aussi à Catherine, à cette journée où, en se rendant à la piscine, elle lui avait fait la description de tout ce qu'elle voyait. Thierry s'agita à cette pensée.

« Comme des maisonnettes pour les dépouilles. »

Cette évidence lui apparut criante de vérité. Des indices s'ajoutèrent à son raisonnement. Max l'avait rendu sourd pour l'empêcher d'entendre des bruits familiers ou des appels lointains.

« Si proche de la maison et je ne peux rien pour leur faire savoir où je suis ! » pensa-t-il, amer.

« C'est pour ça que Max m'a dit que je leur avais rendu service. Lumino, lui, aurait pu m'entendre ! » Il ragea contre lui : « Ils m'ont bien eu ! Tu risques de mourir et tu es à moins de vingt minutes de marche de la maison ! »

– Je dois sortir d'ici ! Je dois sortir d'ici ! se répéta-t-il.

Il rassembla son courage et les dernières forces qui lui restaient. Il étendit les mains et les fit glisser sur le mur près de la porte. L'effet du frottement sur la pierre communiqua un peu de chaleur à ses doigts engourdis, leur rendant en partie leur sensibilité. L'endroit était très exigu. La porte ainsi que deux murs latéraux formaient un vestibule minuscule. Il longea celui de droite. Il avança avec précaution. Il redoutait une nouvelle chute. De ses deux mains, il détailla toute la surface, de haut en bas. Il progressa avec méthode, cherchant frénétiquement une issue.

« Il doit exister une autre sortie, une fenêtre, un passage pour qu'un animal soit venu mourir ici. »

Il s'obligea à redescendre. Soudain, son pied heurta un obstacle. Il sursauta. Avec une extrême lenteur, il avança sa main, se baissa, haletant de peur, pour toucher... À peine effleuré, affolé, il cria à nouveau, reculant vivement d'un pas. Il avait à ses pieds, sous ses doigts, la carcasse du chat en décomposition.

Ses tremblements reprirent. Il crut que ça ne s'arrêterait jamais. Il attendit, incapable de bouger puis, peu à peu, il se calma. Il devait maîtriser son imagination à tout prix ! Sans comprendre pourquoi ni comment, dans une espèce de transe, il reprit ses recherches, se familiarisa malgré lui avec ce qui l'entourait. Toujours de haut en bas et de bas en haut, il chercha le moyen de sortir. Il scruta la surface aussi haut que possible et jusqu'à terre.

Il découvrit une longue fente, très mince. Il en suivit le parcours. Il décela alors un pan amovible, sans cadrage, ni poignée, de la même texture que le reste du caveau, parfaitement intégré au mur.

Là où des regards avisés n'auraient rien vu, le jeune aveugle trouvait un passage secret. Cette découverte lui redonna courage. De toutes ses forces, il poussa. Un panneau pivota de gauche à droite.

– Une sortie !

Sans réfléchir, il s'y faufila. Pouvait-il rencontrer pire ? Il tendit les mains. Il sursauta en touchant un mur en face de lui. Cela n'avait rien d'une sortie. Horriblement déçu, Thierry voulut rebrousser chemin, mais pour aller où ? L'endroit évoquait pour lui une armoire de rangement ou une espèce de rallonge étroite, longeant sur toute sa longueur le mur du caveau. Il la suivit.

Après quelques pas, sa main toucha une poignée. Son cœur battait la chamade. Il ouvrit une porte qui céda sans aucune résistance. L'odeur était insupportable. Il se retint pour ne pas vomir et eut un mouvement de recul.

– C'est quoi ?

Sa descente aux enfers se poursuivait. Il se sentait de plus en plus coincé. Le malaise d'une présence à ses côtés, cette sensation que l'on vous regarde par-dessus l'épaule, Thierry la ressentit violemment.

Très, très lentement, il avança la main…

∞

En sortant du caveau, Max retourna à son travail pour préparer l'enterrement. Presque aussitôt, il vit passer en trombe deux voitures de police ainsi que celle de Philippe Roy. Il en fut intrigué. Éric ne lui avait rien dit à propos de la montre. Max leur fit un petit signe de la main et réprima un sourire, amusé de les voir s'éloigner.

« Imbéciles, se dit-il, vous pouvez toujours courir ! Vous ne le trouverez jamais ! »

Le reste de la journée, il le passa dans les environs.

Le soir, il se rendit prendre un verre au bar *Le Transit*. Accoudé au comptoir, les yeux perdus dans les volutes des cigarettes, il ne parvenait plus à détacher son esprit de Thierry. Seul avec lui, il réussirait à le rendre bavard après lui avoir servi des arguments convaincants.

Plus les minutes passaient, plus l'alcool faisait son effet. Max ne parvenait plus à se l'enlever de la tête. Pourquoi attendre demain?

N'y tenant plus, il vida d'un trait son dernier verre et sortit. Il passa devant la demeure des Roy où toutes les lumières étaient allumées. Les deux autos garées signalaient le retour de M. Roy.

Sans bruit, il emprunta l'allée principale faiblement éclairée du cimetière. Il alla chercher Perçant qu'il avait laissé près de la remise derrière le pavillon central et prit avec lui une lampe de poche ainsi qu'une corde au cas où son prisonnier s'agiterait un peu trop. Arrivé à proximité de son chien, celui-ci aboya tout en tirant sur sa chaîne. À mi-voix, Max lui commanda de se taire.

Ce fut suffisant pour faire redresser la tête de Lumino, sur le qui-vive depuis son retour. Il se retrouva en un clin d'œil au bas de l'escalier près de la porte.

Les Roy étaient assis à la table de la cuisine, désemparés, devant l'un de leurs innombrables cafés de la journée, espérant que quelqu'un communiquerait avec eux. La police leur avait assuré une constante vigilance.

– Lumino, qu'est-ce qui se passe? Tu entends quelque chose?

266

Surpris par cette soudaine agitation, tous les deux s'approchèrent du chien. Il n'était pas sorti de la chambre de Thierry depuis son retour de chez le vétérinaire. Il avait même refusé toute nourriture et voilà qu'il ne tenait plus en place !

∞

Pendant ce temps, Max était parvenu au caveau obéissant à son obsession. Après avoir pris soin d'attacher Perçant à proximité, les mains moites de désir, il ouvrit la porte. À l'aide de sa lampe, il scruta l'obscurité à la recherche du jeune garçon. D'une voix douce, il l'appela :

– Thierry ! Thierry !

Descendant lentement les marches, il débitait des phrases incohérentes.

– Thierry, tu es si différent des autres, toi. Lui, il avait les cheveux si blancs… la peau si blanche, transparente, ses yeux si étranges. Un corps fragile, trop fragile. Je m'étais promis de ne plus toucher à aucun jeune, mais quand je t'ai vu cet été avec ta vigueur, ton isolement. Quel merveilleux endroit que cette demeure, n'est-ce pas ? Thierry ? Thierry !

Seul un faible écho meubla le silence.

– Mais ce sont tes mains, tes jeunes mains qui m'obsèdent, prêtes à tout découvrir. Je les devine parfois la nuit sur moi, explorant, me touchant partout. Ça me rend fou !

Son souffle se faisait haletant, son visage luisait de transpiration.

– Tu vois avec tes mains, ce sont pas mes yeux qui pourront t'effaroucher comme les autres.

Il promenait la lumière en cherchant sa proie.

– Ils en ont tous peur. Trop fragile, trop blanc, je n'ai pas compris quand il est devenu esprit, pareille pâleur, pareille blancheur. Mais toi, tu ne les vois pas, mes yeux !

Il chercha, appela encore :

– Thierry !

Il était persuadé de le trouver prostré, faible, presque inconscient au même endroit où lui et ses complices l'avaient abandonné.

– Ah ! Mais oui, j'oubliais, tu peux pas m'entendre.

Il éleva la voix :

– Thierry !

Rien. Il s'énerva et sentit monter en lui une colère incontrôlable. Il braqua la lumière sur le passage secret de sa réserve. La porte était ouverte. Cette fois, il se déchaîna.

– Pauvre idiot ! Tu as tout découvert ! Je vais t'écraser.

Sa fureur baissa d'un cran, non son désir.

– Astucieux, ce petit coin, hein ? Ça prenait un aveugle pour tout découvrir ! Personne d'autre n'aurait pu trouver ! Comment t'as deviné ? Je parie que c'est l'histoire de la charogne qui t'a fait chercher ? Mais ici, rien, pas même un chat rentre ou sort sans que je le veuille. Qui aurait soupçonné un préposé à l'entretien de transporter des matériaux pour transformer un simple caveau abandonné depuis longtemps, en une cachette inviolable ? Toi et moi dans ce réduit que tu es seul à connaître, maintenant. Je voulais t'épargner, continua-t-il en avançant. J'avais un plan pour que tu retournes gentiment chez tes parents et que notre combine reprenne comme avant, mais tu as mis ton nez dans ce qui te regarde pas. Je te laisserai pas foutre en l'air tous mes plans à cause de ce que tu sais maintenant.

Thierry avait découvert la cachette de Max. Il comprit qu'il ne le laisserait pas ressortir vivant. Tout le matériel servant à son trafic de drogue était là. Il tâta de petits sacs légers comme ceux qu'il avait dans son sac à dos, d'autres aussi à la texture granuleuse ; les boîtiers de DVD vides qu'il reconnut très bien ; mais pour les autres objets, ses mains étaient si irritées qu'il parvenait mal à les identifier. Il ne connaissait pas toutes les substances que renfermait l'armoire, mais il en devina très bien l'utilité.

Il continua de chercher et trouva même une boîte remplie d'argent. Le jeune aveugle était à bout de forces et malade de peur, mais il était mû par un instinct de survie et un incroyable courage. L'urgence de trouver une issue s'accentua. Il marcha le long du mur sans rien trouver.

À cause du bourdonnement incessant, Thierry n'entendit pas arriver Max, ni ses premiers appels. Quelques bribes de son monologue inquiétant lui parvinrent et lorsque l'homme cria de rage, la terreur l'enveloppa de la tête aux pieds. Il se figea un moment puis s'accroupit par terre. Il s'appuya sur les talons, ramena ses genoux sous son menton et les entoura de ses deux bras.

La porte s'ouvrit brutalement. Il sentit une faible chaleur au visage. Il devina une lampe torche braquée sur lui. Il était pris au piège comme une bête.

D'un rire sarcastique, Max lui dit :

– Te voilà ! Je n'avais pas pensé que tu découvrirais ma cachette, je l'avoue ! Je vois que tes mains en ont pris un coup pour ça. Tu seras que plus sensible à mes demandes… très spéciales. Dommage, tu en sais trop. Vraiment dommage, un garçon aussi beau que toi ! Mais qui sait, on a toute la nuit devant nous. Si tu es très obéissant, peut-être que tu auras la vie sauve ! Cela ne tient encore qu'à toi.

Max s'accroupit près de lui et lui mit un bras autour des épaules pour l'attirer vers lui. Il plaqua sa main moite au bas de son visage et palpa ses joues comme on teste un morceau de choix. Il fit glisser ses doigts sur ses yeux clos et les caressa.

Thierry ouvrit les paupières. Le temps d'un éclair, Max aurait juré qu'il l'avait regardé droit dans les yeux. Fasciné, l'homme suspendit son geste un court instant. Thierry tenta de se dégager, Max resserra son étreinte :

– Du calme, tu es trop nerveux. Ne bouge pas !

Il eut un petit rire pointu, méconnaissable.

– Hi ! Hi ! C'est bandant, je trouve, d'être tout seul tous les deux, au milieu de la nuit, au cœur d'un cimetière. Les murs sont épais, gêne-toi pas pour crier. Je vais même te stimuler pour ça. Tu m'exciteras encore plus.

Il céda soudain à son impulsion. Il se leva à la hâte et enleva son long manteau de cuir. Malgré ses sens atrophiés, l'esprit aiguisé de Thierry devinait chacun de ses gestes. L'infime chaleur de la lumière de la lampe et un instinct presque animal l'aidèrent à la situer précisément.

– C'est pas chaud ici, mais tu verras après quelques minutes, on va être tous les deux en sueur. Tu as l'air gelé, je vais le chauffer ton corps parce que moi, je suis bouillant.

Il éclata d'un grand rire.

– Laisse-toi faire !

Il était légèrement penché au-dessus de lui. D'un mouvement brusque, il força Thierry à retirer le manteau qu'Éric lui avait enfilé. Un long frisson le parcourut.

Dégoûté, Thierry résista. Il tendit la main dans un geste vif et saisit la lampe. Il se leva et, de toutes ses forces, donna un coup de tête contre l'abdomen de Max qui se plia en deux, le souffle coupé.

L'adolescent agrippa désespérément la lampe de ses deux mains et lui porta un grand coup qui l'atteignit à la tête. L'élan de ses bras se termina contre le mur, ce qui fit voler la lampe en éclats.

Le caveau fut plongé dans l'obscurité. Max ne voyait plus rien. Le handicap de Thierry devenait sa force et son allié !

Cette pensée provoqua en lui un sursaut d'énergie incroyable. Il se baissa pour se mettre à quatre pattes afin d'esquiver les bras qui pouvaient se tendre pour le saisir et sortit vite du réduit. Il se redressa en essayant de se calmer le plus rapidement possible afin de mieux s'orienter.

Son cœur battait si fort, qu'il croyait que Max pouvait l'entendre.

Il tendit les mains et grâce à sa connaissance des lieux, il s'orienta vers les marches de la sortie. Un autre danger se dressait devant lui : Perçant. Déjà, il entendait Max se relever et jurer en se cognant contre le mur. La voix de l'homme rugit :

– Tu vas me le payer ! Je vais te tuer ! Je te jure que je vais te tuer, mais j'aurai ce que je veux avant ! Sale ordure ! Minable infirme !

Max était fou de rage ! Plus d'une fois, il se frappa et il ne cessait d'injurier Thierry.

Ce dernier craignit que ses jambes refusent de lui obéir tant il tremblait. Parvenu aux marches qu'il grimpa le plus rapidement possible en se servant de ses mains, il pria le ciel que la porte ne fut pas verrouillée. Elle s'ouvrit sans aucune résistance. Les aboiements féroces du chien lui firent craindre une attaque, qui ne vint pas. Il s'éloigna, au hasard, les bras tendus, affolé.

Telle une aiguille prise dans la fêlure d'un disque qui ne cesse de répéter le même son, la même note, l'esprit de Thierry répétait un seul mot : Lumino ! Il l'appelait de tout son être : Lumino !

Peut-être était-il en train de sombrer dans la folie. Sa raison lui rappelait l'absence de son chien mais plus fort que lui, dans ses tripes, dans son cœur, il sentait la présence de Lumino toute proche.

– Lumino ! Si tu m'entends, viens à mon secours !

Ces mots, il les avait criés, pour ensuite se murer derrière un silence protecteur.

∞

En titubant, Max parvint enfin à la porte. Il s'arrêta, puis revint sur ses pas, mit plusieurs minutes à atteindre l'armoire, maudissant Thierry et l'obscurité. Il l'ouvrit et, après l'avoir fouillé en jetant les objets par terre, il découvrit ce qu'il cherchait.

– Je l'ai ! tonna-t-il, j'en étais sûr !

Il venait de dénicher une lampe de poche de secours. Il jubilait. Il endossa son manteau, referma le passage, puis rapidement revint sur ses pas. L'effet de l'alcool estompé, sa fièvre fit place à une froide détermination : ne pas laisser Thierry lui échapper.

Aussitôt sorti, la mâchoire serrée, Max se dirigea vers Perçant et lui ordonna :

— À toi de jouer, il faut que tu me le trouves ! Cherche ! Allez fonce !

Sur ces mots, il détacha le chien.

Chapitre XIII

Lumino !

LUMINO, aux aguets depuis les premiers aboiements de Perçant, s'agitait. Cette fois, rien ne parvenait à le calmer. Il était survolté, aboyant sans arrêt en attendant qu'on lui ouvre la porte. Il grattait furieusement le seuil.

— Je ne l'ai jamais vu comme ça. Il devient fou comme nous ! dit Mme Roy.

La férocité de ses aboiements ne cessait d'augmenter. Il avait le poil hérissé et montrait les crocs. C'était à croire qu'il ne reconnaissait plus ni Laurence Roy ni son mari.

— Il entend quelque chose que nous n'entendons pas ! Ouvrons-lui la porte ! continua-t-elle.

— Mais quoi ? C'est pas le moment de le perdre !

— Non bien sûr, mets-lui sa laisse et fais-toi guider par lui. Tu verras !

Hésitant, il ordonna au chien de se calmer. Rien n'y fit. Il entrouvrit la porte pour écouter. Il entendit une faible musique provenant du bar, le bruit de quelques rares autos et, au loin, les aboiements d'un chien.

À peine avait-il entrebâillé la porte que Lumino en agrandit l'ouverture à l'aide de son museau et s'élança hors de la maison. Sans laisse, sans harnais, sans autre lien que l'appel de son maître en détresse, le chien fonçait à son secours.

La mère de Thierry comprit la réaction du chien.

– J'appelle la police. Si Lumino est si agité, il doit y avoir une raison. S'il y en a un qui peut nous aider à retrouver notre fils, c'est lui !

Son mari se précipita vers la remise, prit une lampe de poche et s'élança à la suite de Lumino, guidé par ses aboiements. Il les trouvait si loin déjà ! Il aurait voulu être près de lui pour comprendre toute cette frénésie.

À peine quelques minutes plus tard, parvenu à l'allée centrale du cimetière, il vit arriver deux autos patrouilles. Les portières claquèrent, des agents le rejoignirent à la hâte, munis de puissantes lampes.

– Monsieur Roy ! dit l'un d'eux, votre femme nous a téléphoné. Elle nous a dit que nous vous trouverions dans le coin. Qu'est-ce qui se passe ?

– Faut faire vite. Lumino, le chien de mon fils… Écoutez ! Il poursuit un autre chien. C'est pas un chien comme les autres, il n'agirait pas ainsi s'il y avait pas une raison grave. Je parvenais plus à le faire obéir. Seule la présence de Thierry peut expliquer un tel énervement !

Il reprit sa marche, suivi des policiers. Ils accélérèrent le rythme. Le jappement des chiens augmentait de plus en plus.

– Ils se battent, s'exclama M. Roy.

Soudain, un coup de feu retentit.

Deux cris plaintifs déchirèrent la nuit. Puis, ce fut le silence angoissant.

– Ah! Mon Dieu! Lumino!

Ils franchirent au pas de course la distance qui les séparait du lieu du drame. Ils dirigèrent la lumière de leurs lampes vers Max et découvrirent du même coup les deux bêtes gisant à ses pieds.

Pris au dépourvu, ce dernier avait vu arriver le bernois. Les deux molosses s'affrontèrent dans un choc formidable. L'assaut fut terrible et ne devint que grognements et claquements des puissantes mâchoires. Cette fois, rien n'entravait Lumino. Seule la volonté féroce de défendre Thierry l'animait! Le chien avait entendu son appel désespéré. Le jeune aveugle ne comprenait pas, mais cela n'avait aucune importance, il était là!

Enragé, Max détourna son regard du combat pour reporter toute son attention sur sa proie. Il contourna les bêtes et continua d'avancer dans la direction indiquée par Perçant juste avant la soudaine apparition de Lumino.

Son faisceau lumineux trouait l'épaisseur de la nuit; dans un mouvement de balancier, il scrutait tous les recoins, les yeux flamboyants.

Thierry s'aplatit contre le sol, dissimulé par la végétation. Il retenait son souffle et concentrait toute son attention sur l'homme qui se rapprochait.

Il aurait voulu crier à son chien pour le mettre en garde et l'encourager dans sa lutte, mais il devait se taire, se cacher.

— Thierry ! lança Max, la voix étouffée.

Aucun des deux chiens ne lâchait prise. Sitôt renversé, l'un comme l'autre se relevait pour reprendre un combat encore plus féroce. Max s'en désintéressa, convaincu de l'issue. Le fugitif occupait toute sa pensée. Ce dernier n'arrivait plus à reconnaître son chien dans le tumulte du combat. Il aurait dû s'éloigner. Il en était incapable, toute son attention était centrée sur eux.

Une plainte sifflante retentit et ce fut le silence.

Contrairement à Thierry, Max tarda à comprendre. Il sursauta, réagissant enfin. Il dirigea le faisceau lumineux vers les bêtes. Cette plainte, de quel animal venait-elle ? Max découvrit son chien vaincu, terrassé, incapable de poursuivre le combat.

Incrédule, il le délaissa pour chercher l'autre animal dont les grognements féroces se faisaient si proches. Sa lumière éclaira deux yeux de feu et des crocs ensanglantés. Il vit la bête prête à passer à l'attaque. Un coup de feu claqua dans la nuit. Deux cris retentirent.

— Non !

Thierry plaqua les mains sur ses oreilles agressées à nouveau, mais surtout, il ne voulait pas entendre gémir ce chien qu'il savait être le sien ! Un long gémissement, comme un appel désespéré, s'échappa de la bête blessée, si près de son maître.

Lumino l'appelait à son tour. Thierry se redressa à demi en gardant le dos courbé et bien qu'il eût dû s'enfuir, ses pas le ramenaient vers son chien. Il était incapable de l'abandonner. Il était là, à proximité, mais empêché de lui porter secours.

Il refusait de penser à la gravité de sa blessure.

« C'est impossible ! Non ! Non ! »

Max attendit près de Lumino sans un geste pour Perçant. Scrutant les environs, il murmura pour lui-même :

– Allez, viens ! Ton chien va mourir, viens le chercher ! Je t'avais prévenu, ce n'est plus de la rigolade. De gré ou de force, on va retourner ensemble dans le caveau… et tu n'en ressortiras jamais.

C'est à ce moment qu'un cri résonna tout près :

– Police !

Au même instant, Max glissait l'arme dans sa poche de manteau pour saisir la corde. Pris au piège à son tour, il analysa rapidement la situation. Il misa sur la peur du garçon pour ne rien révéler.

« S'il parle, il sait maintenant que je le tuerai, pensa-t-il. Je lui enverrai quelqu'un le lui rappeler ».

L'humiliation le dévorait, incapable d'admettre que Thierry lui échappe.

Des éclats de voix se firent entendre. Quelqu'un d'autre arrivait. Les voix se confondaient, mêlées aux gémissements des bêtes. Des froissements, des explications trop longues pour Thierry anéanti et dont les pensées étaient tournées vers son chien.

Il voulut se redresser et aller vers eux. Il était sauvé, on venait le chercher ! Une voix forte, dominante, parvint jusqu'à lui :

– Enfin vous voilà ! Venez vite, je crois avoir trouvé le jeune garçon que vous recherchez. Il est tout près, vite ! Je l'ai trouvé grâce à mon chien, mais j'ai été attaqué !

Max voulait profiter du désarroi et de la confusion de Thierry pour lui faire comprendre qu'il ne craignait rien de lui. Il y parvint.

– Ils se connaissent !

Thierry décodait mal le message que l'homme lui envoyait et il ne reconnaissait pas les autres voix. Et si tout cela n'était qu'un piège de plus ?

Soudain, son cœur bondit. Cette voix parmi les autres, il la connaissait. Il se leva, tendit les mains et cria :

– Papa ! Au secours ! Aide-moi, je suis là ! Au secours !

Comme dans un rêve, Philippe Roy entendit l'appel de son fils. Il dirigea la lumière vers cette voix.

– Thierry !

Ils se tournèrent tous vers lui.

Une joie si intense emplit son cœur qu'il crut pleurer de gratitude et de bonheur !

— Thierry, répéta-t-il, tu es là ! Tu es vivant !

Ce bonheur, si grand fut-il, s'assombrit aussitôt quand il constata l'état de détresse dans lequel se trouvait son fils. Il le vit s'avancer, chancelant, le visage tuméfié, les mains blessées, cherchant de l'aide, vêtu d'un chandail beaucoup trop léger pour cette froide nuit d'automne. Son cœur se contracta douloureusement.

L'enfant avait du mal à croire que son père était là, proche de lui, enfin !

— Papa, aide-moi. Au secours ! répéta-t-il.

Une fraction de seconde, Thierry ressentit un immense soulagement. Tout allait maintenant pour le mieux, son père était près de lui. Il saurait le protéger et sauver son chien. Pourtant, déjà, il connaissait l'horrible vérité.

M. Roy s'élança à sa rencontre, enleva son manteau pour le couvrir et le serra très fort contre lui.

— Thierry ! Grâce au ciel, tu es là, tu es là !

Il l'entendit geindre faiblement, tremblant de tous ses membres. Il craignait de le voir s'effondrer. Alors, il le souleva dans ses bras, mais l'enfant résista avec une vigueur insoupçonnée ; le souffle saccadé, il implora son aide :

— Non ! Papa ! C'est Lumino ! Il a tiré sur lui. Fais attention, il est dangereux. Conduis-moi à Lumino, je t'en supplie, il faut le soigner. Vite ! Tu m'entends ?

Sa voix, que les sanglots menaçaient à tout moment de briser, se faisait implorante. Son père, impuissant à répondre aux supplications de son fils, chercha les mots pour lui faire comprendre que l'irréparable s'était produit. Il avait mal pour lui. Après un court silence, il lui parla d'une voix étrange que Thierry reconnut à peine.

– Écoute…

Pleurait-il ? Son père ? Alors, il ne voulut pas entendre ces mots qui allaient le blesser encore plus. Il l'interrompit.

– Non ! Non !

– Écoute-moi ! Lumino est très gravement atteint.

– Papa !

Perplexe, il le regarda et lui répéta en haussant la voix.

Thierry s'obstinait, désespéré :

– Oui, je sais qu'il est atteint. Je l'entends plus. Il est trop faible, dépêchons-nous !

– Oui, viens !

Son père le conduisit où gisait le bernois. Thierry se pencha pour le toucher enfin. Un long frisson le parcourut. Il avait peur.

– Oh ! Lumino !

Sa main toucha un liquide chaud et poisseux. Un faible gémissement s'échappa du chien qui fit un ultime effort pour se relever.

– Ça va aller, ne bouge pas. Je suis là, papa aussi. C'est fini. N'aie plus peur, on est ensemble maintenant. Je t'en supplie, reste avec moi. J'ai eu si peur sans toi.

Des larmes abondantes coulaient sur son visage. La bête poussa une longue plainte, puis retomba sans vie.

Thierry suffoquait. Il laissa entendre un long sanglot s'échapper de sa poitrine. Son père voulut le relever pour l'éloigner, il résista encore.

– Non, lâche-moi, c'est pas vrai ! Réponds ! Au pied ! Debout ! T'as pas le droit de m'abandonner.

Emporté par la folie du chagrin et par toute l'horreur qu'il venait de vivre, il se mit à le secouer :

– Tu m'entends, debout !

– Thierry ! Arrête ! C'est inutile !

Son ordre claqua semblable à une gifle administrée lorsque la raison vacille, prête à sombrer. Philippe Roy conscient qu'il devait agir pour aider son fils à se ressaisir, usa du seul moyen qu'il croyait valable. Il imposa son autorité.

Il joignit le geste à la parole et, avec précaution et fermeté, il l'empoigna par les épaules et le força à se mettre debout. Il le serra contre lui dans un geste protecteur, partageant sa peine.

Bouleversé par la mort de son chien, mais rassuré par la présence de son père et de la police, Thierry crut l'arrestation de Max imminente. Il détourna son attention de lui pour s'abandonner tout entier à son chagrin.

Max et les policiers étaient restés silencieux. La mine navrée de ce dernier renforça sa version de légitime défense contre la bête qu'il disait ne pas avoir reconnue.

L'un des policiers courut chercher une couverture de secours dans sa voiture pour

couvrir le garçon pendant qu'un autre demandait à Max de les accompagner au poste pour
prendre sa déposition. Ils avaient quelques
questions à lui poser. Un agent avertit M. Roy
qu'un inspecteur communiquerait avec lui dès
le lendemain pour obtenir quelques éclair-
cissements au dossier.

On lui affirma qu'ils feraient le nécessaire le
lendemain pour le chien, pendant que Max
s'occupait enfin du sien.

Thierry cessa toute résistance. Il se laissa
emporter, en état de choc. On avait détruit ce
qu'il avait voulu protéger de tout son être. Tous
ses efforts n'avaient donc servi à rien ! Même
son père s'était montré impuissant à le sauver.
Thierry avait réussi à s'échapper des mains de
Max, mais à quel prix !

Sa mère, lorsqu'elle vit revenir son fils à la
maison, sentit sa vie renaître, son cœur battre à
nouveau. Son fils était revenu vivant !

Elle courut au-devant d'eux. Philippe
soutenait Thierry sous les bras, le guidant pour
sortir de la voiture des policiers.

Avant d'entrer, elle regarda autour et
chercha Lumino des yeux. Elle interrogea du
regard son mari. Ce dernier leva les épaules en
signe d'impuissance. Il hocha la tête.

Elle porta la main à sa bouche pour étouffer
sa peine. Elle avait cru que Lumino réussirait à
lui ramener Thierry. Elle avait eu raison.
D'instinct, elle savait que le bernois l'avait fait
cette nuit et que, grâce à lui, son fils était là, près

d'elle. Elle ressentit un immense élan de gratitude pour lui.

Elle accueillit Thierry en l'enlaçant, effrayée par la douleur que ce vide laisserait dans le cœur de son fils. Elle l'embrassa.

Elle brûlait du désir de connaître ce qui lui était arrivé, mais la détresse sur le visage ravagé de son fils la laissa sans voix. Elle respecta ce mutisme douloureux derrière lequel Thierry se murait.

– Oh! Mon pauvre enfant! Je t'aime! Tu es là, enfin!

Réagissant à son contact, il enlaça sa mère avec une immense lassitude. Il chercha encore à nier une réalité inacceptable et il quêta un soulagement.

– Maman! Lumino… Dis-moi que je fais un cauchemar, ce n'est pas vrai, hein?

Pour toute réponse, elle le pressa contre elle et l'entraîna dans la maison.

Le bonheur de ses parents était assombri par la souffrance de leur fils. Ils l'entourèrent de soins attentifs. Thierry se mura dans le silence, incapable d'accepter la réalité. Ses parents ne comprenaient pas ce qui lui était arrivé. Toutes ces questions sans réponse leur tourmentaient l'esprit.

Bien qu'il fût installé dans un lit confortable, Thierry s'agitait, oppressé par des ombres inquiétantes et sa peine. Avait-il dormi, rêvé? Il se croyait au milieu d'un cauchemar dont il ne parvenait plus à se réveiller depuis le moment où on le ramenait chez lui, abandonnant contre sa volonté son chien.

Malgré lui, ses mains cherchaient le contact rassurant de son chien pour retomber sur le lit, les paumes ouvertes, glacées ! Toute la nuit, il délira, fiévreux, incapable de dormir. Brusquement, il se redressait sur son lit pour appeler Lumino.

Quelque chose d'autre aussi le tourmentait. Une ombre, une présence perçue au fond du caveau le hantait. Violente et négative, elle le poursuivait. Des bribes de phrases refaisaient surface sans arrêt, au rythme de ses bourdonnements. « Si blancs… un esprit, même pâleur, même blancheur ».

Ces mots, il les entendait avec une netteté déconcertante. Malgré son désir de les refouler au fond de lui, ils ressurgissaient sans cesse. Il n'en saisissait pas toute la signification. Peu à peu, la torpeur l'envahit, engourdissant ses membres, anesthésiant son esprit. Il glissa vers le sommeil. Tout le laissait indifférent ! Il avait échoué. On l'avait démoli. Désarticulé tel un pantin à qui on aurait coupé brusquement les ficelles, il gisait sur le sol, vaincu. Il lâcha prise !

Ses parents ne le laissèrent pas seul un instant, inquiets de cette soudaine inertie plus encore que de ses blessures.

Quand, au petit matin, Thierry sombra enfin dans un sommeil profond, la sonnerie du téléphone retentit. Son père, furieux, décrocha rapidement l'appareil en souhaitant que le bruit ne le réveille pas. Il répondit brusquement :

– Oui ? Qui est à l'appareil ?

– …

– D'accord, au revoir.

Le ton de sa voix trahissait son malaise.

– C'était qui à l'appareil ? lui demanda sa femme.

– L'inspecteur de police, je dois le rencontrer.

– Maintenant ?

– Oui, il dit que c'est très important. Ça va aller ?

Elle acquiesça, fatiguée, mais prête à retourner auprès de son fils.

– J'espère que ça ne sera pas long.

Il l'embrassa sur la joue et lui glissa ces petits mots :

– Je t'aime ! Tu es merveilleuse.

Elle le regarda sans rien dire. Au moment où il allait partir, elle lui mit la main sur le bras pour arrêter son geste un moment.

– Merci d'être là.

Il passa dans leurs yeux une telle émotion que le temps sembla se figer.

– C'est impossible que je sois ailleurs. Je ne me le serais jamais pardonné si…

Elle mit ses doigts sur ses lèvres, craignant de raviver la peur qu'elle venait de vivre.

– Chut ! Ne dis plus rien, il est là, avec nous !

Il approuva de la tête. Il refusait de céder le pas aux remords. Il se retourna vivement, descendit et franchit la porte.

Bouleversée, sa femme le regarda s'éloigner. Elle avait retrouvé le Philippe qu'elle connaissait. Une vibrante bouffée d'amour réchauffa tout son corps.

Puis ses pensées revinrent vers son fils. Il aurait besoin de tout leur soutien : la perte de Lumino et cette violence risquaient de l'enfermer dans un mutisme autodestructeur. Pour le sauver, cette fois, elle l'obligerait à parler coûte que coûte. Elle saurait trouver les bons mots.

∽

— M. Roy ? François Deschênes, dit l'inspecteur en lui serrant la main. Entrez, je vous en prie.

Il lui désigna un siège près de son bureau. Il ferma la porte, prit place et enchaîna :

— Je m'occupe du dossier de votre fils. Désolé de vous avoir dérangé si tôt.

— Je m'excuse. Je crois que j'ai été un peu expéditif au téléphone.

— C'est rien. Je vous comprends, mais c'est vraiment important. Merci d'être venu aussi vite.

D'une imposante carrure, l'homme dégageait force et autorité. Philippe se sentit en confiance. Alerté par le visage grave de son vis-à-vis, Philippe interrogea :

— Vous avez découvert quelque chose ?

— Des hypothèses, pour le moment. Comment va votre fils ?

— Lorsque vous m'avez téléphoné, il venait de réussir à s'endormir. Ce qu'il vient de vivre

est horrible. Sa mère et moi sommes boule-
versés. Nous ne parvenons pas à nous expliquer
ce qui s'est produit. Toute cette cruauté !

— Ce n'est pas une explication, mais une
constatation que je peux vous faire : compte
tenu du handicap de votre fils, cela fait malheu-
reusement de lui une proie facile, un jeu presque sans risque. Nous allons tout faire en notre
pouvoir pour éclaircir cette histoire, continua-
t-il. Il ne vous a rien raconté de ce qui lui est
arrivé ?

— Non, ou si peu. Il a subi un traumatisme
sérieux. La mort de son chien l'a laissé en état
de choc. Nous n'avons pas insisté pour l'instant,
c'est trop tôt vu son état.

— Vous êtes médecin, je crois ?

— Oui, c'est ça et ce qu'on a vu nous a
révoltés.

Il fit une légère pause, puis reprit :

— On l'a brutalement battu au visage et aux
côtes. Il porte des marques un peu partout sur
le corps. On l'a obligé à boire de l'alcool, c'est
lui qui nous l'a dit pour expliquer ses violents
maux de cœur. C'est tout ce qu'on a su. Le plus
troublant, c'est l'agression qu'il a subie aux
oreilles, comme si on l'avait frappé chaque côté
de la tête en même temps ou si quelque chose
avait explosé près de lui, c'est incroyable ! Nous
nous en sommes aperçus par ses réactions plus
lentes aux sons ambiants.

Pendant qu'il lui relatait ses découvertes,
l'inspecteur mit en marche un magnétophone.

– On lui a volé son sac à dos contenant tout son matériel spécialisé, ses notes en braille, ses enregistrements, tout !

– Oui, j'en ai été informé, dit l'inspecteur. Connaissez-vous quelqu'un qui lui en voudrait ? Croyez-vous qu'il soit victime de taxage de la part des autres élèves ?

Surpris par la question, il protesta :

– Non ! Non ! Il nous en aurait parlé à sa mère ou à moi !

– Vous savez, ces choses-là ne sont pas faciles à avouer, surtout si les parents ne sont pas très disponibles.

– Comme je vois, vous êtes au courant que je travaille à l'extérieur de la ville ?

– Oui, un nouveau couple dans une telle résidence avec un fils comme le vôtre n'est pas sans attirer la curiosité… les prédateurs aussi !

Philippe frissonna à ce mot.

Après une pause très courte, l'inspecteur Deschênes désigna un dossier posé sur son bureau, l'ouvrit, regarda la première feuille et leva les yeux vers Philippe.

– Cette nuit, je suis venu au poste rencontrer l'homme qui a retrouvé votre fils. J'avais prévenu mes gars de m'appeler à n'importe quelle heure. Je le connaissais de nom ainsi que l'emploi qu'il occupait, mais je ne l'avais jamais vu. J'en avais entendu parler par les gars au poste à cause de son étrange physique, de ses yeux surtout. Vous le connaissez ?

– Non. Je lui ai parlé hier pour la première fois quand ce M. Thériault nous a offert son aide. Je suis extrêmement reconnaissant qu'il l'ait trouvé, mais pour Thierry, c'est lui qui a tué son chien ! Il refuse d'en parler.

– C'est bien triste, oui. L'homme a cru avoir affaire à un chien errant. On lui aurait signalé que le chien de votre fils était chez le vétérinaire.

Amer, Philippe confirma :

– Et c'est moi qui lui ai dit !

– La déposition de Max Thériault a été assez courte et très précise, mais ses réponses à mes questions m'ont laissé perplexe. J'ai senti une espèce de défi dans ses yeux et de l'arrogance dans sa voix. Cela a piqué ma curiosité. Il est tellement sûr de lui. C'est l'arme qui m'a le plus dérangé. Il m'a assuré être en règle, qu'il avait tiré trois coups.

– Trois ! J'en ai entendu qu'un seul !

– Vous êtes sûr, malgré l'énervement dans lequel vous vous trouviez ?

Le front plissé dans un effort de concentration, il reconnut :

– C'est vrai que j'ai dû m'arrêter pour prendre une lampe de poche, peut-être que là… mais pourtant Lumino ne pouvait pas déjà être rendu. Tout s'est déroulé tellement vite, c'est confus, je l'avoue.

– De toute façon, enchaîna l'inspecteur, comme on vous l'a dit en arrivant, je veux faire faire une analyse balistique. Je lui ai dit que ce n'était que de la routine. Compte tenu de l'heure très tardive et des éléments à tirer au clair, j'ai gardé notre homme au poste. Il a paru irrité, prétextant qu'il devait s'occuper de son chien. Je lui ai assuré qu'on y verrait et que ce n'était que pour quelques heures. Je pouvais l'exiger à cause de l'arme. Les contrôles sont beaucoup plus stricts depuis quelque temps. À la sortie du poste, je suis passé au bar. C'est un établissement ouvert une grande partie de la nuit et on m'a confirmé sa présence comme je m'y attendais. À ce moment-là, je me suis dit que votre fils avait vraiment eu un coup de chance. Thériault m'a expliqué que c'est très rare qu'il laisse son chien sur le lieu de son travail, mais les recherches du matin ont changé son emploi du temps. Il l'a pas ramené chez lui. Sans son chien, il aurait rien entendu.

Heureux et désolé à la fois, Philippe ajouta :

– Si j'avais tenu Lumino en laisse, il serait encore vivant.

– Ne brusquons rien. De retour à la maison, je n'arrêtais pas de penser à votre fils. Je me suis enfermé dans mon bureau, incapable de fermer l'œil. J'ai vérifié ce qu'on avait dans les dossiers maison sur Thériault. Rien, pas même une contravention pour excès de vitesse. Son arme est enregistrée comme il avait dit. Il a le droit d'en posséder une en tant que responsable d'un lieu public. Tout est en règle, presque trop. J'ai cherché ailleurs d'autres scénarios possibles. L'hypothèse du vol est très probable aussi : le ou les agresseurs, peut-être des fêtards ivres, en voyant votre fils qui se serait trouvé au mauvais endroit au mauvais moment, l'auraient forcé à monter en voiture. Pour s'amuser, ils l'ont fait boire. Ils ont roulé pour prendre le temps d'examiner son sac, jetant la montre parce qu'ils la jugeaient sans valeur. Après un certain temps, lassés, ils ont voulu le ramener mais la police rôdait déjà dans les parages. Pris de panique, ils l'ont frappé. Mais jugeant l'affaire sans risque, ils ont décidé de le garder. Le lendemain, quand tout s'est calmé, ils l'ont abandonné dans le cimetière, le plus loin possible.

— Donc, ce serait quelqu'un de la poly-valente?

— Peut-être, au moins du coin. Cela veut pas dire que votre fils les connaissait. À cette école, il y a beaucoup d'indésirables qui rôdent. Thierry les a probablement pas repérés. Vous saviez que l'an passé, il y a eu une histoire de drogue qui a été étouffée dans l'œuf grâce à l'intervention des parents? Il y avait des mineurs, l'affaire impliquait des gens de l'uni-versité aussi.

— Je n'en savais rien, s'exclama Philippe.

— Ça attire toutes sortes de monde. Lundi, on va enquêter auprès des élèves. Je vais aller faire un tour dans les deux institutions, mais les jeunes sont plutôt secrets sur certaines ques-tions par peur ou pour ne pas passer pour des mouchards. Je me demande comment votre fils va pouvoir identifier ses assaillants. Mais il ne faut pas oublier que, dans la grande majorité des cas d'enlèvements, la victime connaît ses agresseurs. Un cas de disparition m'est revenu à la mémoire. On avait cru à une fugue. L'adolescent était parti tout seul à pied rejoindre sa *gang* de copains, puis plus rien. Après quelques jours, il n'était toujours pas réapparu. J'ai relu le dossier. Lorsque j'ai vu défiler sur l'écran la fiche descriptive du jeune au prénom de Mathieu, j'ai établi un lien qui a déclenché en moi une espèce d'idée fixe. Je n'arrêtais pas de penser au type responsable de la découverte de votre fils et à Thierry. J'ai constaté un point commun.

— Un point commun ? demanda M. Roy, mal à l'aise.

— Coïncidence, lubie, je sais pas trop, mais j'ai suivi une idée tordue qui me revenait sans cesse. J'ai continué à fouiller. J'ai mis le nom de Thériault avec sa fiche descriptive, très singulière, dans mes recherches. Ma première tentative s'était limitée à notre ville. J'ai vu alors son nom apparaître en rapport avec des dossiers concernant des mineurs ou de jeunes adultes. Rien d'explicite : une ombre, une mention sans plus, comme si son implication se faisait à distance. C'est un taciturne et un nomade. Il a occupé plusieurs emplois dans différentes villes qui lui laissaient de la latitude dans son horaire : homme à tout faire, concierge, débardeur. Il y a déjà eu une plainte contre lui pour attentat à la pudeur sur un jeune, mais ce dernier s'est désisté. Il a dit qu'il avait inventé l'affaire de toutes pièces. Il n'y a pas eu de suite. Il a déjà été soumis à une fouille en rapport avec la drogue qui a rien donné non plus. C'est tout ce que j'ai découvert sur lui. Un type sans reproche ou presque, pourtant…

Philippe Roy ne voyait pas très bien où il voulait en venir.

— Pourtant? Quoi?

— J'y viens. J'ai sorti la description du gamin dont je vous ai parlé.

Le fixant droit dans les yeux, l'inspecteur lui donna les détails, la fiche à la main, sans y jeter un coup d'œil : il la connaissait par cœur.

— Jeune garçon de race blanche, treize ans, un mètre cinquante-six, fils unique. Ce sont surtout ces derniers points qui m'ont accroché : cheveux blancs, peau blanche, yeux rosés.

M. Deschênes se leva, contourna son bureau, et remit la fiche à Philippe en continuant :

— Signe particulier : albinos. Je n'ai sûrement pas besoin de vous expliquer, vous en connaissez plus long que moi sur le sujet. Problème de vision ! Les yeux, toujours ! Le jeune garçon résidait dans la même ville où a déjà habité Maxime Thériault.

À nouveau, un lourd silence plana dans le bureau.

— Seulement des suppositions, des rapprochements, aucune preuve, aucun indice, une déduction. C'est moi qui suis peut-être fou, mais de voir encore le nom de Thériault associé à celui d'un jeune aveugle... Il a raison, tout est régulier mais... Je vais continuer de chercher de son côté, vous pouvez en être sûr.

– Ah ! Mon Dieu, est-ce possible ? Il faut savoir !

– Au moment où l'on se parle, on ne sait toujours pas ce qui est advenu du jeune Mathieu. Remarquez, Thériault n'a peut-être rien à voir avec l'agression de votre fils mais... Voilà, je devais vous mettre au courant sans la présence de votre femme ni surtout celle de votre fils. Si j'étais à votre place, je me méfierais de cet homme qui travaille si près de chez vous. J'aimerais aussi pouvoir compter sur votre aide pour savoir ce qui est arrivé à votre fils depuis vendredi. En tant que médecin et parent, nous attendrons votre autorisation pour l'interroger, dès qu'il sera en mesure de nous répondre. Pour ce qui est de Thériault, si nous n'avons rien de plus, ni témoignage, ni preuve, nous devrons le laisser sortir dans quelques heures avec une poignée de main en le félicitant d'avoir retrouvé votre fils. Néanmoins, nous le garderons à l'œil dorénavant.

L'inspecteur s'interrompit quelques instants.

– Il y a autre chose ? demanda Philippe.

– Je dois vous dire que, légalement parlant, il est en droit de déposer une plainte contre vous !

– Quoi ? Pardon ! Je ne comprends pas.

– Aussi ridicule que cela puisse paraître dans la situation présente, il le peut, mais il dit comprendre et vous fait savoir qu'il ne le fera pas.

Philippe attendit une explication.

– Voilà : tout propriétaire d'un animal est légalement tenu responsable de ses agissements sur sa propriété ou en dehors de celle-ci. Les faits sont que votre chien était en liberté sur un terrain public et a agressé un homme.

Philippe était renversé par tout ce qu'il venait d'entendre.

– C'est incroyable ! En ce qui concerne mon fils, vous pouvez compter sur moi, mais il doit retrouver ses forces et son calme. Je n'autoriserai personne à lui poser des questions pour l'instant. Il devra le faire de lui-même.

– D'accord, mais faites-moi signe aussitôt que vous apprendrez quelque chose. Actuellement, il y a un criminel en liberté. Si votre fils peut nous aider, j'aurais même souhaité le rencontrer aujourd'hui.

– Je n'y compterais pas trop si j'étais vous. Il est trop bouleversé. Je vous tiens au courant de toute façon.

– Merci.

Sur ces mots, les deux hommes se levèrent. L'inspecteur Deschênes accompagna Philippe jusqu'à la sortie.

La route sombre qu'il suivait était bordée d'une épaisse lisière d'arbres formant une voûte très dense au-dessus de sa tête. Plus il avançait, plus la route rétrécissait. Il se tourna pour rebrousser chemin. Il vit quatre hommes immobiles qui lui interdisaient la fuite. À leurs pieds gisait la dépouille d'un chien qu'il connaissait trop bien : Lumino !

Malheureux, il tendit les bras pour le secourir. Au même moment, l'homme aux yeux de chat lui lança, la voix remplie d'une douceur sarcastique :

– Oui, c'est ça, viens près de moi et tout va redevenir comme avant !

– Non ! Vous mentez !

– Attention ! Regarde derrière toi.

Thierry se tourna précipitamment. La route et les arbres avaient disparu. À la place, il vit un champ dévasté, désert et au centre sa maison fumante, effondrée. Quelques poutres seulement tenaient encore debout, soutenant ce qui en restait : sa chambre. Dans son dos, il entendit :

– Tu vois, il nous reste plus que cette pièce à fouiller et si ce qu'on cherche n'est pas là, on la brûlera comme le reste !

Il aperçut à la fenêtre son père et sa mère qui lui faisaient de grands signes de la main. Leurs lèvres articulaient désespérément des mots qu'il ne parvenait pas à comprendre. Il ouvrit la bouche pour crier, mais aucun son n'en sortit.

Il se réveilla, le cœur affolé. Une soif dévorante lui asséchait la gorge. Il se redressa et tendit la main vers sa table de chevet pour prendre le verre d'eau que l'on avait déposé là durant la nuit.

La porte s'entrouvrit doucement, poussée par sa mère.

— Tu es réveillé ? Je t'ai entendu bouger, lui dit-elle.

Elle le vit trempé de sueur. Elle entra et mit sa main sur son front.

— Comment te sens-tu ?

L'esprit encore dans les brumes de son cauchemar, il tarda à répondre. Enfin, après avoir bu toute l'eau, il secoua la tête.

— Ça va, se força-t-il à dire.

Un bruit le fit sursauter. Il tourna la tête vers la porte et demanda :

— Papa est là ?

— Non, il est sorti depuis un bon moment, mais il y a quelqu'un pour toi. Il est venu prendre de tes nouvelles. Allez, entre, il est réveillé.

Elle se tourna vers le nouvel arrivant et en sortant de la pièce, précisa :

— Je vous laisse mais pas trop longtemps. Il a besoin de beaucoup de repos.

— Merci. Bonjour Thierry ! dit-il d'une voix aiguë et sournoise.

C'était Luc !

L'adolescent se figea et sembla rétrécir au creux de son lit.

Luc attendit que Laurence soit descendue. Lorsqu'elle fut éloignée, il ferma la porte doucement, s'approcha du lit et lança irrité :

— Tu crois faire peur à tout le monde, toi ?

Il n'en croyait pas ses oreilles. On venait le harceler jusque chez lui ! Cela ne cesserait donc jamais. Il se leva, jugeant sa position vulnérable, chercha sa robe de chambre au pied de son lit, l'enfila sans rien dire et alla s'asseoir près de la fenêtre. Thierry se tourna vers Luc et il lui dit d'un ton qui le surprit lui-même :

— Si tu es venu voir le résultat, vas-y, regarde, puis fiche le camp de chez moi ! Tu n'as rien à faire ici.

Son visage tuméfié offrait d'affreuses couleurs de rouge et de violet tirant sur le noir.

— Va faire ton rapport. Va-t'en ! Sors d'ici !

— Hé ! Hé ! Tu accueilles toujours tes amis comme ça ! Laisse-moi parler. Moi, j'étais pas là ! J'ai rien à voir avec ce qui s'est passé depuis vendredi soir. Je l'ai su par mon père à cause des recherches, mentit-il !

Thierry décela une subtile altération dans la voix de Luc. Il avait peur. Son visiteur n'en devenait que plus dangereux.

— Je suis pas venu t'espionner, moi j'ai rien su. Tu peux demander aux profs, vendredi j'ai pas séché un seul cours. Le soir, j'ai cherché les copains, je les ai pas trouvés, Max non plus. Quand mon père m'a parlé, j'ai deviné. Alors, je suis venu t'avertir que si tu t'avises à raconter des choses sur un de nous quatre, il s'en trouvera toujours un pour te coincer !

Le visage levé vers lui, Thierry lui rétorqua :

— Il y en aura peut-être pour me coincer comme tu dis, mais je m'en fous parce que j'en connais un qui ferait n'importe quoi pour que son père n'apprenne pas que son fils est un parfait salaud. Puis ta *gang*, Max en prison, vous vous retrouvez devant rien. Ils vont simplement se tourner vers d'autres sources et vous oublier, n'est-ce pas ? Je me trompe ? Je suis aveugle, pas idiot.

Thierry venait de mettre le doigt sur les deux points les plus sensibles. Le trio, sans Max, perdrait son meilleur atout. Il ne vit pas le visage du jeune homme blêmir.

Luc s'approcha à quelques centimètres du visage de Thierry. Il sentit son haleine rance et chaude lui jeter des postillons, emporté par la colère, une main appuyée sur le montant de sa chaise. Luc prit le collet de son pyjama et tint sa prise si serrée sur la gorge de Thierry que celui-ci en eut le souffle coupé. Il savait trop bien qu'il avait raison.

— Espèce d'imbécile si tu crois m'avoir ! Mon vieux est au courant depuis le début, plus question que tu ailles brailler sur son épaule ! Pour Max, si tu t'imagines qu'ils vont le garder longtemps, tu te trompes, c'est mal le connaître.

La voix presque étouffée par la pression, Thierry nia :

— C'est pas vrai !

Luc ricana.

— Après, c'est lui qui va s'occuper de toi, ça va beaucoup te plaire. C'est le message qu'il t'envoie. Il dit que tu vas comprendre.

— Tu mens ! Tu l'as pas vu ! Il a tué mon chien !

Cette nouvelle fit apparaître un sourire mauvais aux coins des lèvres du jeune homme.

— T'as compris qu'on ne rigole plus !

— Ils vont le garder, il y a des preuves.

Thierry se tut. Il était le seul à connaître cette pièce secrète du caveau. Il aurait voulu appeler sa mère. Il y renonça, car il avait peur pour elle.

— Comme quoi ? Ta cassette de merde ! Je crois que tu bluffes, que tu les as tous fait marcher. Ton truc imbécile d'infirme, c'est de la foutaise !

Il lâcha prise, se dirigea vers le bureau. Thierry l'entendit fouiller dans ses tiroirs. La même honte déjà trop souvent ressentie l'assaillit à nouveau.

— Tu n'y crois pas, mais tu la cherches ! Fous le camp ! Va-t'en d'ici. Sors !

Tout bas, mais dure comme une lame d'acier, la voix de Luc ordonna :

— Ta gueule !

Il revint précipitamment vers le garçon, lui plaqua la main sur sa bouche et lui asséna cette bassesse :

— Enfonce-toi bien ça dans ton petit crâne. Oublie jamais que c'est à cause de toi et de ton truc bidon, que ton chien est mort. T'avais qu'à te tenir peinard ! En ce moment, il y aurait un bon vieux Lumino couché à tes pieds.

Luc retira sa main et ses doigts laissèrent des marques.

Thierry resta sans voix. Le coup avait porté. Le chagrin le submergea. Il eut plus mal que toutes les violences qu'on lui avait faites. Ses épaules s'affaissèrent, il renversa sa tête sur le dossier de la chaise, son visage devint livide. Il se sentait coupable. Luc avait atteint la cible.

– Réfléchis bien à ce que je t'ai dit, continua-t-il sans pitié, avant de vouloir jouer les héros et provoquer d'autres catastrophes autour de toi. Tu la fermes ou, mieux encore si elle existe, je dis bien si elle existe, tu me donnes la cassette et on n'en parle plus. On t'oublie et on passe à autre chose. Éric et Momo demanderont pas mieux. Je m'occupe de Max pour qu'il te laisse tranquille. Tu sais que j'ai de l'influence sur les autres. À l'école, qui va t'aider ? Ton père à qui tu caches que tu es notre complice depuis septembre ? De toute façon, il est jamais là. La police ? Elle va venir fourrer son nez dans nos affaires, alerter tout le monde, mais après, qui se fera montrer du doigt en se faisant traiter de sale mouchard ? Et tu es tout seul, Lumino sera plus là !

Le désespoir de Thierry était d'autant plus grand qu'il savait qu'il avait raison.

– T'as vraiment pas le choix, je veux juste que tu saches où se trouve ton intérêt. Tu la fermes, tu dis que c'est un vol, ni vu ni connu, point. Et on te fout la paix, j'y veillerai. Entre amis, sinon…

Thierry ne parvenait plus à savoir à quoi s'en tenir. Il avait essayé de résister et Max avait tué son chien. Mais si c'était lui, maintenant, qui leur faisait peur à cause de la cassette ? On le laisserait peut-être tranquille ? Toutes ses questions se mêlaient dans sa tête. Il n'avait plus le cœur de résister.

Quand sa mère entendit des éclats de voix, elle monta. Surprise de découvrir la porte fermée, elle l'ouvrit précipitamment. Luc, en l'a voyant entrer, s'éloigna de Thierry et lui assura :

— Tu peux compter sur moi, je suis toujours là.

Soupçonneuse, elle le dévisagea, puis regarda son fils, l'air plus mal en point que lorsqu'elle l'avait laissé.

— Tout va bien, chéri ? Tu as besoin de quelque chose ?

Thierry fit un effort pour se redresser.

— Ça va maman, non.

Avant que Luc ne dise un mot, elle l'invita à s'en aller.

— La visite est terminée, tu dois partir maintenant, Thierry abuse de ses forces. Il doit se reposer.

Luc détourna les yeux, mal à l'aise sous son regard insistant.

— J'allais partir. Merci ! On se voit lundi à l'école ? lança-t-il par-dessus son épaule.

Laurence répondit à la place de son fils :

— Si son état le permet. Allez, au revoir.

Elle alla le reconduire jusqu'à la sortie. Hypocrite, Luc s'attarda.

— Je suis content, dit-il, qu'il soit de retour. J'espère qu'il sera rapidement sur pied !

— Oui, moi aussi. Personne ne viendra plus lui causer de mal.

Ils se dévisagèrent un court instant. Luc resta impassible.

– Si vous avez besoin d'aide, lui dit-il avec insolence.

Sèchement, elle mit fin à cet entretien qui la mettait sur le qui-vive. La tension, la fatigue, Luc, les trois à la fois peut-être, tout l'indisposait.

– Oui, oui, c'est ça. Au revoir!

Il ouvrit la porte et sortit. Personne ne vit passer sur son visage une expression de triomphe. Mme Roy resta dans l'embrasure à le regarder s'éloigner. Luc monta dans son auto et partit en faisant crisser les pneus. Au même moment, la voiture de son mari s'engageait dans l'entrée. Il sortit de son véhicule et regarda l'autre s'éloigner. Intrigué, il lança un regard interrogateur à sa femme. Une même incompréhension obscurcissait leur visage. Il entra enfin dans la maison et s'informa :

– C'est qui celui-là? Il était pressé de partir!

– C'est Luc, un copain de Thierry, le fils de Benoît Jordan. J'ai pas aimé du tout sa visite. Il s'est comporté de façon très bizarre. Je l'ai trouvé inquiétant. J'aurais pas dû les laisser seuls.

Devant l'air soucieux de son mari, son inconfort s'accentua.

– Tu n'aurais pas dû accepter de le recevoir.

– Je t'en prie, n'en rajoute pas! dit-elle, irritée. Ils se tiennent souvent ensemble depuis le début de l'année. J'espérais que sa visite lui ferait du bien. J'ai eu tort, je le vois maintenant. Je comprends plus rien !

Elle le dévisagea. Il détourna le regard, se dirigea au salon pour s'approcher du bar. Elle le suivit.

Les mouvements brusques de son mari trahissaient une forte tension. D'un mouvement de défi rageur, il se versa une grande rasade d'alcool et porta le verre à ses lèvres.

Au tout dernier moment, il suspendit son geste, les yeux fixés sur son verre. Il hésita, puis le déposa en répandant une partie du liquide sur le comptoir.

Il se tourna vers sa femme, silencieuse et froide.

— Mais raconte, le pressa-t-elle. Pourquoi la police voulait-elle te rencontrer si tôt, ce matin ? Tu me caches quelque chose, je le sens.

— Viens t'asseoir, tu seras beaucoup mieux.

Elle s'exécuta.

— Pour commencer, avant de rencontrer l'inspecteur, un agent m'a informé qu'il y aurait un examen balistique sur le projectile qui a tué Lumino.

— C'est tellement triste !

Son mari l'enlaça, gagné par la même émotion. Elle redressa le dos courageusement.

— Ça va aller. L'important, c'est que notre fils soit vivant et grâce à Lumino. N'est-ce pas ?

Il ne répondit pas. Il enchaîna comme s'il se parlait à lui-même.

— Si je l'avais tenu en laisse... La police n'a rien trouvé pour l'instant sur ce qui a pu se passer depuis vendredi midi. On a questionné le père de Luc, qui a confirmé l'absence de Thierry tout l'après-midi.

— C'est ce qui explique pourquoi Luc était déjà au courant du retour de Thierry, constata Laurence.

— Oui, tu as raison. La police va contacter les enseignants de Thierry dès la première heure demain matin. Aujourd'hui, l'inspecteur Deschênes espère le rencontrer pour lui poser des questions.

— C'est trop tôt ! objecta sa femme. L'obliger à raconter ce qu'il a vécu maintenant, c'est trop lui demander. C'est au-dessus de ses forces, il va refuser.

— Je sais, mais je l'ai assuré qu'il pourrait le faire le plus rapidement possible.

Sur la défensive, elle s'éloigna de son mari. Elle connaissait bien son caractère exigeant. Ce dernier insista malgré ses réticences pour lui faire comprendre l'urgence de la situation.

— On m'a raconté des choses hallucinantes concernant celui qui l'a découvert, Maxime Thériault, des choses à faire dresser les cheveux sur la tête de n'importe quel parent.

— Mais quoi ? s'exclama-t-elle se retournant vers lui. Tu me fais peur.

Il lui fit alors le récit détaillé de son entretien avec l'inspecteur.

∞

Lorsque sa mère et Luc furent sortis de la chambre, Thierry se leva avec effort pour s'habiller. Il enfila un jean et un t-shirt. Il réprima un spasme de douleur. Il en voulait un peu à sa mère d'avoir permis à Luc de le voir ainsi couché, en pyjama tel un malade. Il trouvait cette pensée ridicule, mais elle renforçait son sentiment de vulnérabilité envers ce prétendu camarade, dangereux et sournois.

Seule consolation pendant cette journée lugubre : les pénibles bourdonnements qu'il endurait depuis la veille diminuaient graduellement d'intensité à mesure que les heures passaient.

Il sortit de sa chambre avec le désir de descendre se chercher à boire. La soif le tenaillait sans arrêt depuis son retour à la maison. Il s'arrêta.

Malgré la petite distance qui séparait la porte de sa chambre de l'escalier, cinq pas bien comptés qu'il maîtrisait pourtant parfaitement, il eut peur. Le vide laissé par la perte de son chien venait de le frapper de plein fouet. Il en chancela. La réalité s'imposait à lui, cruelle, impitoyable.

Il se sentit désorienté, seul comme si on lui enlevait la vue une deuxième fois. Tout était noir en lui. Accepter de franchir cette distance, si courte fut-elle, c'était accepter de continuer malgré sa douleur. Ne devrait-il pas tout réapprendre ?

Lentement, il tendit les mains, puis avança. Il s'arrêta au haut de l'escalier, la main posée sur la rampe. Il entendit la porte se fermer ainsi que le ton irrité de la voix son père, s'informant de l'identité du jeune homme qu'il venait de croiser.

Thierry fit un pas derrière pour ne pas être vu, puis resta immobile, attentif. Il n'entendit pas toute leur conversation, mais ce qui lui parvint le figea. Si ses parents se perdaient en conjonctures, pour lui tout apparaissait d'une clarté aveuglante.

Il savait maintenant ce que renfermait le caveau. L'odeur lui revint. Un long frisson l'agita.

Depuis vendredi, on l'avait pressé de toutes parts. Les événements s'étaient bousculés. Luc venait de resserrer l'étau jusque chez lui, tout comme dans son dernier rêve où il ne restait plus que sa chambre.

Mais maintenant au récit de son père, une petite voix têtue s'imposait à lui de plus en plus résolument. Si son corps retrouvait peu à peu sa vitalité, la force de son esprit aussi cherchait à sortir des ténèbres où on l'avait plongé.

« Tu dois te remettre debout ! »

« À quoi bon ? Je n'ai plus le goût de résister ! J'ai échoué ! »

« Non ! Tu t'es tenu debout avec courage pour leur arracher une preuve, tu t'es tenu debout pour tenir tête à Max et sortir du caveau où plus d'un aurait sombré dans la folie et, grâce au dévouement de ton chien, tu peux continuer. Tu dois continuer ! »

Cette voix n'était pas celle de son père, mais celle de son courage à lui.

« Lumino a foncé pour me sauver la vie sans hésiter. Il ne faut pas qu'il l'ait fait pour rien. Ça, je serais incapable de l'accepter. Je dois le faire pour lui et pour ce qu'il y a dans le caveau. »

Du salon lui parvint la fin du récit de son père :

– Max a dit qu'il a fait feu pour se protéger et protéger notre fils parce qu'il n'avait pas reconnu le chien à cause de l'obscurité. Légalement parlant, nous sommes fautifs d'avoir laissé Lumino en liberté. Ce soir, malgré les soupçons contre cet homme, la police va être obligée de le relâcher, faute de preuve !

Laurence se rapprocha de son mari.

– Il va revenir travailler à deux pas d'ici, rôder autour de lui !

Chapitre XIV

Plus fort que la peur !

CES DERNIERS MOTS réussirent à briser cette loi du silence qu'on imposait à Thierry depuis septembre. La seule idée de la libération de Max le remplissait d'effroi.

Un désir brûlant de leur résister s'empara de lui, la même volonté qui l'avait soutenu au fond du réduit. Un retentissant « NON » vibra dans toute la maison, tel un barrage cédant sous la fureur des eaux. Il cria encore :

– Non ! Il nous manipule tous ! Lumino m'a sauvé la vie !

Il tourna promptement pour regagner sa chambre. Les gestes désordonnés, il heurta le cadrage de la porte. Il ne s'arrêta pas, malgré la douleur qu'il ressentit au front.

Irrité, il continua d'avancer tout en parlant :

« Non, on ne m'imposera plus le silence. Je dirai tout. Je me fous de ce que les autres penseront de moi et des conséquences. »

Il n'avait plus de raison de se taire, Lumino mort, la conviction que le caveau renfermait quelque chose de pire que la drogue. La menace que représentait Max, non seulement pour lui ! Pouvait-on l'atteindre plus profondément ? Peut-être ? Et s'ils s'en prenaient à ses parents. Il repensa à son rêve. Il devait agir vite, avant que Max ne retrouve la liberté.

Ses parents, alarmés par les cris de leur fils, montèrent rapidement le retrouver. Il était dans son armoire, agité, fouillant partout.

– Thierry ! Qu'est-ce que tu fais ?

Il ne répondit rien. Ils le virent chercher partout, à travers ses chaussures, étendre les mains sur ses étagères, jeter par terre ses chandails, sortir ses anciens jouets.

La voix pleine d'une colère mal retenue, son père lui demanda :

– Thierry, qu'est-ce qui se passe ?

Sa mère s'avança vers son fils et voulut le calmer en lui prenant les épaules. Il se dégagea, agacé.

– Lumino m'a sauvé la vie, répéta-t-il encore sans cesser ses recherches.

Sa nervosité augmentait parce qu'il ne trouvait pas ce qu'il cherchait.

– Arrête tout de suite ! Écoute-nous ! lui intima son père.

– Où est Amy ? Je ne le trouve nulle part. C'est impossible, il était là cette semaine !

Surpris par une telle demande, ses parents mirent quelques secondes à réagir. Sachant ce que représentait ce jouet pour son fils, sa mère attribua cette requête à la perte de son chien.

– Ne t'inquiète pas, chéri. J'ai demandé à Catherine de mettre tous les nounours dans un sac pour les envoyer chez le nettoyeur. Ils sont en bas dans la penderie de l'entrée.

Paniqué, Thierry sursauta.

– Quoi ! Maman, je le veux. Va le chercher. Apporte-le moi, s'il te plaît ! C'est urgent, je vais vous expliquer !

Après avoir jeté un coup d'œil étonné à son mari, elle quitta la pièce.

– Je reviens, mais calme-toi, je t'en prie !

– Va t'asseoir. Arrête, tu es avec nous, en sécurité. De quoi as-tu peur ? Que s'est-il passé depuis vendredi ? interrogea son père.

Thierry ne répondit rien. Il ne tenait plus en place. Son père le vit fouiller dans son bureau et sortir son ancien magnétophone, le neuf ayant disparu avec son sac. Laurence revint dans la chambre et remit à son fils le jouet.

C'est ton ancien nounours.

Il saisit le chien en pluche, le retourna sur le dos et au creux du pelage épais du jouet, il ouvrit une fermeture éclair, et là, enfoui à la place d'un habituel vêtement de nuit, il sortit une cassette, une lettre et une photo. Une expression de triomphe apparut sur son visage. Il tenait dans ses mains ce pourquoi il avait lutté.

Ses parents n'osaient plus respirer tant cette découverte les prit au dépourvu. Ils se laissèrent choir sur le lit. Ils attendirent les explications en silence. Il leva la cassette en signe de défi.

– Je l'ai ! Je l'ai ! C'est à cause d'elle que tout est arrivé ! On m'a enlevé pour me faire avouer qu'elle existait.

Sa voix devint dure. Les dents serrées, il continua :

– Je n'ai rien dit ! C'est à cause d'elle s'ils ont peur ! Ils ont peur de moi ! Vous vous rendez compte ! J'ai tout découvert. Tout !

Grâce à cet enregistrement, Thierry espérait avoir sa revanche sur les cruautés subies et rendre justice à Lumino. Son père pourrait être fier de lui.

– Qu'est-ce que c'est ? Parle pour l'amour du ciel, insista encore son père. Explique-nous ce qui t'est arrivé. Qu'est-ce que tout cela signifie ?

– Attends ! Donne-lui une chance ! s'impatienta sa femme.

Malgré sa ferme résolution de tout leur dévoiler, un lien invisible retenait encore les mots longtemps refoulés. Il déposa la lettre ainsi que la photo sur son bureau.

Il inséra la cassette dans le dispositif et le mit en marche. La saveur de cette victoire avait le goût amer de l'échec. Durant le déroulement, il entendit son père se lever, fébrile, en proie à une agitation incontrôlable, signe évident d'une grande colère chez lui.

Les visages déjà si tendus de ses parents devinrent livides. Le contenu de ce message les glaça d'effroi. La phrase de Max : « Sinon, je te tue ! » résonna longtemps dans la chambre comme une horreur sans nom.

Laurence s'approcha de son fils et fit tout doucement pivoter la chaise sur laquelle il était assis. La voix sans timbre, elle murmura :

– Mon pauvre amour, comment se fait-il que je ne me suis aperçue de rien.

Son mari, à maintes reprises, se passa les mains sur le visage et glissa les doigts dans ses cheveux jusqu'à la base de sa nuque. Il tonna :

– Mais pourquoi t'as rien dit ? Pourquoi ? C'est qui cette première voix-là ?

– C'est la voix de Luc, celui que tu viens de croiser tantôt ! répondit sa femme. Je croyais qu'il était son ami !

Le jeune garçon secoua la tête.

– Cette autre voix... C'est la voix de Maxime Thériault ! C'est quoi cette cassette-là ? Tu l'as depuis quand ? Tu nous as rien dit ! répéta son père incrédule. Et c'est quoi toutes ces allusions ? Est-ce qu'il t'a forcé à faire des choses ? Il t'a violé ?

Le mot lui brûlait la gorge.

Philippe s'approcha du bureau et prit la photo qui représentait Momo, Éric et son fils, ainsi que la lettre.

– Qui sont ces types ? Parle !

L'éclat sourd de la colère de son père, Thierry la perçut comme une mise en accusation. Toutes ces questions pressantes, où perçait l'incompréhension, firent voler en éclat son fragile espoir.

Mme Roy se dressa entre son mari et Thierry et ordonna, la voix cinglante :

– PHILIPPE ! Ça suffit ! Cesse d'employer ce ton autoritaire ! Nous sommes passés à un doigt de le perdre et ce qu'on vient d'entendre le prouve encore plus. C'est de notre aide qu'il a besoin pas d'un inquisiteur !

À la dernière question de son père, Thierry se revit coincé avec Max. Il répondit avec force et dégoût :

– Non ! Il a essayé. Mais j'ai résisté.

Ses parents se toisèrent quelques instants. Il aurait voulu leur crier d'arrêter de se quereller à cause de lui. Aucun son ne s'échappa de ses lèvres crispées.

– Tu as raison, concéda enfin son père conscient de sa grande maladresse. On doit agir au plus vite, insista-t-il pour empêcher qu'un fou soit remis en liberté et vienne mettre à exécution sa menace.

Voyant dans ses yeux une volonté farouche de défendre son fils, Mme Roy se calma.

– Oui, ce qui importe, c'est sa sécurité, ajouta-t-il.

– Qu'est-ce que Luc est venu faire ici ? demanda-t-elle en adoucissant la voix.

– Me faire savoir que si je les dénonçais, il s'en trouverait toujours un de leurs complices pour me le faire payer.

– Quoi ! Payer ! Mais de quoi parles-tu ?

D'un geste nerveux, il dirigea son visage vers son père.

– Les deux gars de la photo, Luc et Max se sont servis de moi !

Il marqua un arrêt, puis lâcha enfin :

– Pour distribuer de la drogue. Je suis leur complice involontaire depuis septembre.

Il ajouta aussitôt :

– J'en savais rien au début, ensuite ils menaçaient Lumino !

Sa voix se brisa.

– Ils ont des clients, reprit-il lentement, à la poly et à l'université.

Horrifié, son père enchaîna :

– Depuis septembre ! Et Thériault te surveillait à partir du cimetière ! Ah ! mais c'est pas possible !

Comment avaient-ils pu être aussi éloignés du drame dans lequel se débattait leur fils depuis si longtemps ?

– Il faut faire vite. C'est la police qui posera les questions pour empêcher sa remise en liberté, trancha Philippe Roy.

Sa femme acquiesça énergiquement. Il fallait agir, mais elle aurait tant souhaité voir son mari parler avec Thierry, le rassurer, lui dire qu'il avait été courageux, qu'il avait fait pour le mieux.

Elle ne pouvait blâmer uniquement son mari. Elle qui côtoyait son fils tous les jours, elle n'avait pas su comprendre ce qu'il vivait, croyant leur séparation responsable de toutes ses perturbations.

Thierry avait espéré des paroles de réconfort, un geste chaleureux de son père et n'avait reçu qu'un blâme. Il eut l'impression de s'effriter, morceau par morceau. Il ressentit une culpabilité profonde.

Le contact de son père, cette nuit-là, lui avait permis d'espérer de la chaleur pour oublier l'immense froidure du caveau et l'absence de Lumino, mais il n'en fut rien. Cette agitation qu'il avait cru déceler n'était peut-être que le fruit de son imagination.

Au moment de franchir la porte pour téléphoner à l'inspecteur, un bruit anodin se produisit et déclencha tout, tel un signal attendu.

Le déclic sec et métallique de l'arrêt du vieux magnétophone résonna dans la chambre. Thierry réagit violemment. Il plaqua ses mains sur ses oreilles, se plia en deux et, dans un mouvement de va-et-vient, se mit à crier :

– Lumino ! Non ! Lumino, reviens !

Le comportement froid de son père, ce son qui lui rappelait les coups de feu du caveau et celui qui avait tué son chien le déconnectèrent de la réalité. Il se vit de retour dans le cimetière dans un réalisme saisissant.

– Lumino ! continua-t-il d'appeler.

Thierry perdait pied. Désespérée, sa mère se tourna vers son mari. Sans se l'avouer, la force et le courage de son fils avaient jusqu'à présent rassuré son père. Alors, en le voyant ainsi, ses barrières s'écroulèrent.

Ébranlé, il revint dans la chambre, et il enlaça Thierry. Il le serra contre lui.

– Thierry ! Arrête ! Je suis désolé. Nous sommes là. Je t'en supplie, calme-toi. Maintenant, t'es plus seul.

Cette étreinte tant souhaitée l'apaisa. Thierry s'agrippa à lui avec force, cherchant à retrouver son calme.

D'une voix où toute trace de reproche ou d'accusation avait disparu, son père lui répéta, bouleversé :

– Mais pourquoi t'as rien dit ?

– Pour le dire à qui ? T'étais parti ! Mais même si t'avais été là au début, j'avais tellement honte de m'être laissé prendre comme un pauvre idiot, honte de ce que tu penserais de moi, peur des menaces toujours plus oppressantes, peur pour Lumino, peur d'inquiéter maman, toujours la peur tous les jours ! Même dans mes rêves, leurs menaces étaient présentes. J'étais coincé de partout ! Seul avec Lumino que je voulais défendre sans savoir comment. Puis, j'ai eu l'idée de les enregistrer. Pour ce qui est de la lettre, écrire me faisait du bien.

Sa mère revit toutes les fois où elle avait dû le laisser seul. Comme elle s'en voulait !

C'est alors que Philippe Roy fit un geste espéré depuis si longtemps que Thierry avait fini par y renoncer. Il mit les mains sur ses épaules, s'agenouilla pour tenir son visage à sa hauteur face à face et lui dit :

– Thierry, j'ai des choses à te révéler. Je sais pas si tu pourras me pardonner, mais plus jamais, tu m'entends, plus jamais tu dois croire que j'ai honte de toi. Jamais !

Dans un éclair éblouissant, l'enfant revit les yeux perçants et chaleureux de jadis, les yeux de son père posés sur lui. Il pensa au petit garçon qu'il était, fier d'avoir un tel père. Des larmes coulèrent lentement sur son visage.

– Je te promets de tout te raconter mais, pour l'instant, ce qu'il y a de plus urgent, c'est ta sécurité et pour ça, je dois appeler l'inspecteur.

Après un court silence, il se releva et lui dit en appuyant sur chaque mot :

– Je suis très fier de toi ! Mets-toi bien ça dans la tête !

Sa mère éprouva une grande joie d'entendre enfin ces mots.

Philippe n'avait pas franchi la porte que la voix hésitante de Thierry s'éleva. Il avait un tel besoin de parler et de tout révéler maintenant !

– C'est à cause d'une fausse initiation, de fausses cassettes pornographiques que tout a commencé.

Il affermit sa voix, puis il fut incapable de s'arrêter. Ses parents se regardèrent, interloqués, sans l'interrompre. Il raconta tout. Hypnotisés par ce qu'ils entendaient, ils restèrent à l'écouter.

Ils comprirent que leur écoute était plus essentielle encore que l'urgence de prévenir la police. Ils devaient être là maintenant, le soutenir, sinon quelque chose se briserait irrévocablement en lui.

Chaque tranche de son récit lui allégeait le cœur, tout comme un chaland délesté d'une cargaison trop lourde. Il refaisait surface. Plus d'une fois, il s'arrêta, encore habité par la peur.

Son récit approchait du dénouement tragique :

— Dans ma tête une voix me disait que Lumino m'entendait. Je l'ai appelé. Lorsqu'il est arrivé, Perçant était sur le point de me découvrir et de m'attaquer. Sans le secours de mon chien, Max m'entraînait à nouveau dans le caveau rejoindre l'autre.

Il mit plusieurs minutes avant de pouvoir continuer.

— J'en serais jamais ressorti. J'aurais été tout proche de vous et vous m'auriez jamais retrouvé ! Il m'a sauvé la vie. Mais jamais je me le pardonnerai, moi qui voulais le protéger !

Il se tut.

Sa mère frémit en apprenant tout ce qu'on avait fait à son fils. Ils ne lui posèrent aucune question et ne lui adressèrent aucun reproche. Thierry payait déjà beaucoup trop cher.

Tout ce qu'ils venaient d'apprendre accentua l'urgence d'agir.

Philippe Roy se ressaisit, se leva et lui dit :

— Tu as été très courageux, maintenant c'est à nous d'intervenir. Il faut faire vite, tu le sais mieux que nous. Je vais donner un coup de fil à l'inspecteur et je reviens. Je dois te parler.

Il quitta la pièce.

∞

— Bonjour, Deschênes à l'appareil.
— Oui, c'est Philippe Roy.

Sans autre préambule, il enchaîna :

— Thierry nous a tout raconté !

— Oui et alors ?

— Vous aviez raison pour Maxime Thériault, c'est un prédateur sexuel. Il faut l'empêcher de sortir, sinon je ne réponds plus de moi ! C'est un vendeur de drogues, aussi ! Thierry a tout découvert, tout ! Il y a trois autres types impliqués dans cette histoire. Il les connaît tous !

En prononçant ces mots, il vibrait de fierté.

— Votre fils est prêt à faire une déposition ?

— Oui.

— Je vais retenir Thériault. Il ne me reste plus grand temps. Je lui dirai que l'arme pose un problème et je passe chez vous prendre sa déposition.

— Allez donc aussi jeter un coup d'œil au vieux caveau mortuaire de l'ancien cimetière, vous trouverez des choses très intéressantes.

— Il y a déjà un périmètre de sécurité dans cette partie du cimetière. Nous l'avons à nouveau inspecté mètre par mètre. J'ai eu l'autorisation de fouiller ce caveau dont vous parlez. Nous n'avons rien trouvé.

— Pourtant, c'est là que Thierry a été séquestré, insista Philippe.

— J'envoie quelqu'un sur place vérifier à nouveau. Je m'en occupe, soyez sans crainte. J'arrive chez vous dans environ une heure, ça vous convient ?

— Oui. Merci.

Chapitre XV

Un de perdu, un de retrouvé !

PHILIPPE ROY était revenu auprès des siens.

– C'est fait. L'inspecteur prend les dispositions nécessaires pour empêcher la remise en liberté de Thériault, annonça-t-il.

– Et les autres complices ? s'inquiéta sa femme.

– Il vient ici cet après-midi. On lui en parlera. Tu te sens capable de tout raconter encore une fois ? demanda-t-il à Thierry.

– Oui, je crois.

Le jeune garçon se leva et alla s'asseoir près de la fenêtre. Il lui sembla avoir beaucoup vieilli depuis ces trois derniers jours.

Son père s'assit au pied du lit, décidé de tout lui raconter. Sa mère préféra les laisser seuls et sortit, prétextant avoir affaire dans son bureau.

Depuis longtemps, Thierry espérait de son père l'explication de ce qui leur était arrivé lors de l'accident et maintenant, il la redoutait. Il avait peur de perdre ses dernières illusions.

– Je ne suis pas le père fort que tu t'imagines.

Ce début résonna comme l'écho de ses craintes. Peut-être son père n'était-il pas l'homme fort sur lequel il pouvait compter.

— De quel droit, je pourrais te reprocher quelque chose ? Je voulais savoir pourquoi tu n'as rien dit, mais toi, tu as toutes les excuses, tandis que moi, je n'en ai aucune. Tu te rappelles ton accident ?

Hésitant, Thierry secoua la tête.

— Oui.

— Cette journée-là, j'ai fait la plus grande erreur de ma vie.

— Papa, pourquoi tu dis ça ?

Un sentiment d'insécurité l'envahissait. Il ne voulait plus savoir ce secret qu'il croyait deviner, mais qu'il avait refoulé. Il choisit malgré tout de faire confiance à son père. Il attendit la suite.

— Tu te souviens de la belle journée ? Tu pédalais à bicyclette comme un champion.

L'estomac de Thierry se contracta. Comment pouvait-il l'oublier ?

— Lorsque je suis rentré à la maison, ta mère était en retard à son rendez-vous ; je lui ai fait un signe de la main en guise d'au revoir. Elle t'a embrassé sans descendre de l'auto et elle est partie. Tu t'en souviens ?

— J'ai tout revu, scène par scène, des dizaines et des dizaines de fois, même en rêve. Tout est gravé dans mon esprit.

— Ta mère n'a pas pu voir dans quel état je me trouvais.

Il se tut un instant puis reprit :

— Je revenais d'une réunion. Tout le département était là pour fêter la promotion d'un collègue. On a servi l'alcool à plusieurs reprises. J'ai porté des toasts… deux, trois, quatre fois. J'étais fatigué.

D'un ton amer, il se moqua de lui-même :

— Il porte bien ça l'alcool, ton père : le geste précis, la démarche sûre. Personne n'a rien vu, l'ambiance d'une vraie fête, quoi ! De retour à la maison, j'ai continué pendant que tu t'amusais avec tes copains, je buvais encore. Je t'ai appelé pour aller acheter du vin. J'étais merveilleusement bien, heureux, une belle journée, mon petit garçon rieur assis près de moi dans l'auto. Je me suis dis pourquoi l'embêter en lui demandant d'attacher sa ceinture de sécurité ? On avait à peine dix minutes de route à faire. Je te parlais de tout et de rien. Soudain, ton cri pour que je regarde devant moi, le chien surgi de nulle part, l'accident. Tu as tout absorbé vu ta petite taille, sans ceinture. Le coussin gonflable t'a éclaté en plein visage ! Paniqué, je t'ai sorti de la voiture et je t'ai étendu sur le sol. Je tremblais comme un fou. J'ai réussi à me contrôler pour t'examiner. C'est à ce moment-là que deux policiers sont arrivés. Des gars que je connaissais bien pour les avoir rencontrés à hôpital. Ils ne m'ont fait subir aucun test d'ivressomètre. J'ai profité de la situation.

Philippe s'arrêta quelques instants de parler, ressentant les émotions qui l'avaient assailli à l'époque. Il poursuivit :

– Je n'ai rien dit. J'ai eu peur, tu m'entends. J'ai eu la trouille, oui, ton père si fort, pour toi oui... peur de tout perdre : ma réputation, mon nom, une profession que j'aimais, ta mère qui, je le pensais à ce moment-là, ne m'aurait jamais pardonné. Sur le chemin de l'hôpital, je me suis senti tellement lâche, honteux d'avoir pensé à tout ça, alors que tu aurais dû avoir toute mon attention. C'était plus fort que moi. J'ai continué d'y penser dans la crainte d'être découvert. Plus tard, lorsque tu es revenu à la maison, je me suis refermé sur moi-même, le remords au ventre, incapable de me pardonner. Chaque jour, je te voyais te débattre pour t'en sortir mais, moi, j'interprétais ce que je voyais comme une dénonciation muette. Mon erreur et ma lâcheté, je les avais sous les yeux, jour après jour. J'ai ignoré tes appels à l'aide. Au lieu de cesser de boire, j'ai continué. Rien n'y paraissait.

Thierry entendit son père se lever et arpenter la pièce. Sa voix tremblait.

– Ta mère a bien vu que je changeais. Elle-même a changé sous le choc de ce qui t'arrivait. Je ne lui ai jamais avoué toute la vérité. C'est terrible de garder un secret comme ça.

La voix de Philippe Roy se raffermit. Il était décidé à tout raconter. Il retourna s'asseoir, le regard fixé sur son fils immobile.

– Tout est rentré dans l'ordre. Je contrôlais à nouveau ma vie, sauf pour toi. Je me suis mis à t'en vouloir lorsque tu t'obstinais à ne pas faire ce qu'on attendait de toi. Pourtant, je sais, tu étais plein de bonne volonté, cherchant toujours à me faire plaisir, espérant mon attention. Plus tu faisais des progrès, plus tu me donnais raison d'exiger davantage. Tu devais réussir pour moi, pour soulager ma conscience. C'est pour cela que je me suis toujours tu et que j'ai refusé de te donner les explications que tu me demandais sans arrêt. C'est de moi que j'avais honte. Je devais m'éloigner. J'étouffais. Mais vendredi dernier, troublé par l'inquiétude de ta mère, j'étais décidé à t'expliquer pourquoi je devais partir, te dire que depuis septembre, je suis en cure de désintoxication.

Thierry, qui jusque-là était resté impassible, sursauta.

– Pourtant j'hésitais encore, je voulais toujours te cacher une partie de la vérité, mais ta disparition a tout bouleversé. Je me suis vu tel que j'ai été avec toi depuis trop longtemps : sévère, lointain, ne te donnant plus aucune marque d'affection. Si tu n'étais pas revenu…

Les mots se coincèrent dans sa gorge.

– Plus que jamais, continua-t-il, je devais te dire toute la vérité. La maison, l'emplacement, ce n'est pas toi que je tentais d'isoler, mais le père que j'étais devenu.

Soulagé d'avoir tout avoué, Philippe attendit la réaction de Thierry

Ce dernier était resté immobile, la tête tournée vers la fenêtre.

– À cause de ce que je t'ai dit, tu aurais raison de me détester, de vouloir que je parte définitivement. C'est le risque que je suis prêt à courir, mais tu avais le droit de savoir. Tu n'as aucune raison d'avoir honte. Je suis fier de toi. Le courage et la force que tu as démontrés, c'est à toi seul que tu les dois.

Il espérait une réaction qui tardait à venir.

– Dis quelque chose, Thierry ! Crie, pleure, traite-moi de tous les noms, mais parle ! As-tu écouté ce que j'ai dit ?

L'autorité de sa voix ne servait qu'à masquer son profond désarroi.

Ébranlé par les aveux de son père, Thierry murmura si bas que son interlocuteur dut tendre l'oreille pour saisir les premiers mots :

– C'est ta voix par deux fois qui m'a porté secours. Tu sais, lorsque tu prends un ton de voix autoritaire. Celle que je déteste ou croyais détester et qui ne souffre aucune réplique, aucune contestation.

– Oui, je sais. Celle que j'ai trop souvent prise avec toi.

– Celle-là, oui ! Je l'ai entendue aussi nettement que si tu t'étais tenu près de moi. C'est elle qui m'a forcé à me relever lorsque Max a mis ses sales pattes sur moi voulant que je cède à ses avances et l'autre fois dans le caveau où j'ai cru mourir. Tu as exigé que je me tienne debout, je l'ai fait ! Ça m'a redonné la force de continuer à lutter. J'ai compris que tu avais raison pour plein de choses.

D'un ton bourru pour cacher son émotion, son père insista :

– C'est toi seul qui as tout affronté !

Thierry voulut parler, mais son père l'en empêcha :

– Ne proteste pas, c'est vrai.

– J'ai compris aussi combien tu peux me manquer quand tu n'es pas à la maison, même avec toute ta discipline et tes règlements.

Pouvait-il lui dire plus clairement qu'il n'en avait que faire du passé s'il pouvait retrouver le père qu'il avait jadis connu ? C'était maintenant plus que jamais qu'il avait besoin de lui.

Philippe Roy resta sans bouger. Il se sentait pitoyable à force de ne pas savoir comment réagir. À cet instant, il aurait préféré se trouver dans un amphithéâtre plein de stagiaires à répondre à toutes leurs questions. Son malaise aurait été beaucoup moins grand.

– Je ne suis pas facile à vivre, tu le sais ?

– Oui, je le sais.

– J'ai toujours pensé qu'une bonne éducation doit être faite de discipline et de rigueur. Je le pense encore.

– Oui, je m'y attends.

L'ébauche d'un tout petit sourire aux coins des lèvres, Thierry ajouta :

– T'es pas parfait. Ça me rassure.

– Non !

Maladroit, il s'approcha de Thierry et le pressa contre lui avec chaleur. Son fils n'ajouta rien, son émotion étant trop vive.

◌

La journée ne laissa aucun répit à Thierry. L'inspecteur Deschênes vint deux fois le rencontrer. De la première, il entendait encore toutes les questions qu'il lui avait posées, les détails précis qu'il avait dû fournir des événements, la description du caveau. Il fut étonné lorsque l'inspecteur lui avoua :

— Tu es sûr de ce que tu dis. Je ne demande pas mieux, mais les gars n'ont rien découvert et, pourtant, ils ont pénétré dans le caveau, ce matin. Ce que tu décris est exact selon leur rapport : le chat, l'odeur écœurante, la tombe, les marches qui s'enfoncent sous la terre mais ils ont trouvé aucune autre porte. Tu dis qu'il y a un cadavre, qu'est-ce qui te le fait croire ? On te l'a dit ? Tu lui as touché ? Tu sais, dans l'horreur où on t'avait plongé, il serait compréhensible que le délire t'ait fait imaginer des choses. Le cercueil central est vide, complètement vide !

— Non, c'est pas du délire ! répondit-il, agacé. Je le sais, c'est comme ça.

Il marqua une pause et pensa à ses rêves, mais n'en dit rien. Il expliqua :

— Il y a l'odeur, des bouts de phrases de Max. J'ai ressenti comme un choc. Je croyais que j'étais en train de devenir fou, mais, ce matin, quand j'ai entendu papa parler de l'adolescent disparu, j'ai compris !

— Serais-tu capable de venir avec nous sur place, nous montrer l'endroit où…

Il se raidit à cette pensée. Son père s'opposa à cette requête.

Reconnaissant, l'adolescent comprenait mal que personne n'ait rien vu.

— Mais il y a un passage, il y a donc une porte ! réaffirma Thierry fermement.

— Tu peux me redire où tu te tenais exactement quand tu l'as découverte ?

L'épouvante de ces moments refit surface. Il réussit à passer outre, prit une profonde respiration et se concentra.

— J'ai dit une porte, non c'est plutôt un panneau à bascule ! dit-il soudain. Oui c'est ça, un panneau ! Je me suis appuyé sur le mur pour reprendre des forces. À ce moment, j'ai décelé une mince fissure très longue ; mes mains n'ont rien touché d'autre, ni cadrage, ni poignée. J'ai senti un léger mouvement en m'appuyant sur elle. J'ai poussé plus fort et le passage s'est ouvert !

— Un panneau camouflé dans le mur ! En trompe-l'œil ! Une chance sur cent d'être découvert. Ça prenait quelqu'un comme toi, avec ta sensibilité. Chapeau, mon garçon ! s'exclama l'inspecteur Deschênes, ne cachant pas son admiration pour lui. Tu es chanceux d'être sorti de là après avoir découvert tout ça.

– Non, ce n'est pas la chance seule, c'est beaucoup de courage et de volonté, s'empressa d'ajouter Philippe Roy.

– Et Lumino, insista Thierry à mi-voix.

∞

La deuxième fois qu'il revit l'inspecteur, ce dernier l'informa qu'ils avaient, grâce à ses précisions, tout découvert. Munis de fortes lampes, ils virent le passage secret, les différents objets par terre, la drogue, l'argent et, une fois tout vidé, un bruit sourd et creux leur indiqua un double fond. Là, ils trouvèrent le cadavre de Mathieu Leclerc, ses papiers d'identité encore sur lui.

À la description de leur découverte, Thierry sentit son cœur s'emballer. Sa mère interrompit l'inspecteur.

– Je vous en prie ! Il ne sert à rien d'en savoir autant !

– Vous avez raison, madame. Pour résumer, tout était bel et bien là. Le compte est plus que suffisant pour Maxime Thériault. En ce qui concerne les autres vendeurs, on les avait à l'œil depuis l'an passé. Cette fois, les fistons vont voir que papa ne pourra pas tout régler avec de l'argent et des pressions.

– Vous serez là, demain ? demanda l'inspecteur à Philippe Roy.

– Oui !

Sur ses mots, il quitta la résidence des Roy.

Durant la journée, un confrère de Laurence, un oto-rhino-laryngologiste accepta de venir sur place examiner Thierry. Il les rassura : rien d'irrémédiable ne semblait s'être produit. Il leur conseilla tout de même de passer à son bureau pour un examen plus approfondi.

La seule visite qui plut vraiment à l'adolescent fut celle de Catherine, heureuse de le voir sain et sauf. Sa mère en profita pour lui raconter dans le détail tout ce qui s'était produit. Une amitié sincère s'était tissée entre les deux femmes.

Hélas, le calme tant espéré ne lui apporta aucun soulagement ! Au contraire, le silence raviva la réalité de l'absence que la frénésie de la journée avait tant bien que mal occultée. Les douleurs dans son corps, il les savait temporaires, il en guérirait, mais jamais il ne pourrait guérir de la perte de son chien. Il s'isola dans sa chambre. Accroupi sur son lit, il ne parvenait pas à se réchauffer.

Le monde entier l'affolait. Il était angoissé d'affronter à nouveau Luc et ses complices dans la cour de l'école où il serait montré du doigt. Il entendrait chuchoter dans son dos sans retenue, comme si parce qu'il était aveugle, on le croyait sourd aussi ! Tous les élèves seraient au courant, les uns afficheraient de la pitié, d'autres lui manifesteraient ouvertement leur agressivité. Il serait plus seul que jamais, seul sans Lumino. À cet instant, il aurait tout donné pour ne pas retourner à l'école.

Malgré toutes les menaces, Thierry ne regrettait pas d'avoir parlé et il savait combien il avait été tenté de céder à leur chantage. Dire la vérité, c'était rendre justice à Lumino.

Complètement épuisé, il s'étendit tout habillé et s'endormit.

∞

– Thierry! Thierry!

Sa mère était montée à plusieurs reprises le regarder dormir, s'assurant qu'elle n'avait pas rêvé et qu'il était bien là près d'eux, vivant. Sans le réveiller, elle lui avait retiré ses chaussures et l'avait enveloppé d'une couverture. En la lui remontant une fois de plus, elle entendit sa respiration se terminer par de faibles sanglots. En position fœtale, Thierry pleurait dans son sommeil. Doucement, elle mit sa main sur son épaule.

– Chéri! Chéri! Réveille-toi. Ne pleure pas!

Malgré la douceur du geste, il se réveilla en sursaut, sur la défensive.

– Qui est là? Ne me touchez pas!

– C'est maman! s'empressa-t-elle de le rassurer. Tu rêvais. Tu veux me raconter ton rêve?

– Ah! C'est toi… Non, c'est rien.

– Si! Raconte-moi ton rêve! insista-t-elle, tu pleures encore. Tu ne dois pas garder ça pour toi. Il va revenir te hanter toutes les nuits si tu n'en parles pas.

– J'étais victime d'un terrible accident de voiture, commença-t-il, un coussin gonflable s'est ouvert… il avait la forme d'un homme… c'était Max qui, en éclatant, est venu se plaquer avec force sur tout mon corps en riant. J'avais mal partout, j'étouffais, prisonnier sous son poids. L'instant d'après, il m'obligeait à ouvrir les paupières avec ses doigts pour que je regarde quel animal était mort sous l'auto. J'avais les yeux en feu, incapable de les détourner, obligé de regarder. C'était Lumino, maman !

– Ah ! Mon Dieu ! C'est horrible !

Elle l'entoura de ses bras pour le consoler. Il resta ainsi un long moment sans bouger, incapable d'ajouter un mot.

∽

Dans le corridor désert de l'école, leurs pas en écho, Benoît Jordan pressait son fils de se hâter en l'interrogeant :

– Tu sais pourquoi le directeur veut nous voir tous les deux, le lundi matin. C'est ma période de la semaine la plus chargée ! Il m'a téléphoné, il était à peine 7 heures.

– Comment veux-tu que je le sache ! répondit-il, nerveux et agressif.

Outre le directeur, six autres personnes occupaient le bureau : Éric et Momo, leur père respectif, ainsi que deux inconnus.

Le directeur, un homme de taille moyenne aux tempes grisonnantes, s'adressa aux nouveaux arrivants :

– Je vous en prie, asseyez-vous. Il ne manquait plus que vous. Je crois que vous ne vous connaissez pas. M. Benoît Jordan, tuteur de Thierry et père de Luc, l'inspecteur Deschênes de la police et M. Roy, le père de Thierry.

Ce dernier foudroya du regard les trois coupables.

Cette fois, Benoît Jordan ne tenta rien pour défendre son fils, horrifié d'entendre la bande sonore. Apeuré, Momo avoua tout, entraînant avec lui les autres. Renfrognés, les deux pères durent se rendre à l'évidence devant la gravité des accusations.

Philippe Roy détourna enfin le regard pour s'adresser au directeur :

– Je tiens à préciser, monsieur, que si Thierry n'est pas présent ce matin, c'est seulement parce que je m'y suis formellement opposé. Il voulait venir.

– J'en suis sûr. Avec tout ce qu'on vient d'entendre, le courage de Thierry dans ce drame ne laisse place à aucun doute.

∞

Il était encore au lit quand, tôt le matin, ses parents étaient passés le voir pour se rassurer sur son état. Ils l'informèrent que Catherine demeurerait avec lui jusqu'à leur retour.

– Nous aurons une surprise pour toi à notre retour, lui dit son père.

Thierry acquiesça. À la vérité, il n'allait pas bien du tout. Il ressentait la même nausée, le même vertige que lorsqu'on l'avait forcé à boire cette saloperie d'alcool. Trop d'émotions l'étreignaient à la fois. Il aurait voulu se rendormir, tout oublier pour toujours. Aller rejoindre son chien.

La dérive de ses pensées l'effraya ; il se leva pour s'arracher à la torpeur qui l'enveloppait. Il s'habilla et descendit à la cuisine. Catherine était assise au salon en train de feuilleter une revue.

« Comme il a changé », pensa-t-elle.

Elle le regarda descendre, frôler de ses mains les murs et les objets comme étranger à tout ce qui l'entourait, sursautant au moindre bruit. Il errait dans la maison tel un fantôme.

— Bonjour, Thierry. Je suis au salon. Tu as besoin de quelque chose ? s'informa-t-elle en se levant.

— Bonjour ! Non. Pas la peine de venir, je veux juste un peu d'eau.

Elle n'insista pas et continua à feuilleter la revue sans la voir, cherchant plutôt à se donner une contenance.

— Comment te sens-tu ce matin ?

— Ça va…

Elle l'entendit s'affairer, en guettant le moindre appel à l'aide.

Puis, un impétueux désir de parler, de comprendre s'empara de lui. Il aimait bien Catherine. Avec elle, pas besoin de se montrer fort comme avec son père ou craindre de causer du chagrin à sa mère. Il pouvait être lui-même.

Il vint la trouver et, dans l'embrasure de la porte du salon, il lui avoua :

– Non, ça ne va pas très bien. J'arrête pas d'y penser !

– Viens t'asseoir près de moi.

Il s'exécuta. Elle attendit, émue de voir son visage marqué par la violence.

– J'ai l'impression que la peur va me poursuivre toute ma vie. Je suis mêlé dans ma tête. On dirait que c'est moi qui dois protéger mes parents, les assurer que je vais bien. J'espérais depuis longtemps retrouver mon père comme il était avant mon accident. Maintenant, je le sens faire tous ces efforts, je ne le reconnais plus. Je devrais être content et pourtant… J'ai peur que tout redevienne comme avant.

D'une voix dure, il enchaîna :

– Il m'a dit qu'il me ferait une surprise ! Si c'est un chien, sa surprise, j'en veux pas ! Plus jamais !

– Donne-toi du temps avant de dire ça, mais si c'est ce que tu veux. Tu lui as dit ?

– Non, répondit-il la tête baissée. Comment je peux lui dire. Je sais que ce serait pour me faire plaisir.

Il se tut un court moment. Puis, il lui avoua, la voix hésitante, risquant de se briser à chaque mot :

– Je veux pas oublier Lumino, jamais ! Mais les derniers moments gravés dans mon esprit sont faits que de violence, rien d'autre. Max m'a tout pris. Ces images m'effraient, elles font si mal. Elles sont là dans ma tête, je ressens la mort de Lumino à travers tous mes sens : sa plainte déchirante, son pelage si doux, gluant de sang, ce goût amer et cette odeur de mort.

— Tout ce drame est si récent ! lui dit-elle. Seul le temps peut t'aider à surmonter la violence qui enveloppe tes souvenirs. C'est comme lorsqu'on perd quelqu'un qui a souffert, ces images sont les premières à habiter nos pensées. Avec le temps, elles s'estompent et on recherche les souvenirs heureux. Chaque petit bout qui nous revient est précieux comme de l'or.

— Je voudrais jamais être venu dans cette ville. Je la déteste ! C'est pas des souvenirs que je veux, c'est mon chien ! J'aurais dû le brosser, c'est juste ça qu'il demandait avant de partir et je l'ai pas fait.

Thierry mit les deux mains sur son visage, appuya ses coudes sur les genoux et resta ainsi un long moment habité par ses pensées et son chagrin. Catherine attendit, désarmée, émue. Lorsque, enfin, il se redressa, une lueur froide de triomphe animait ses traits. Sa voix était ferme :

— J'ai réussi à foutre en l'air tout leur trafic pourri et Max ne m'a pas fait céder ! Il se croyait le plus fort. Lumino a été merveilleux !

Elle le regarda, admirative. Elle lui mit la main sur l'épaule qu'elle pressa doucement pour lui transmettre son émotion.

– Thierry est dans sa chambre ? demanda Philippe Roy en entrant.

– Oui.

Laurence avait annulé tous ses rendez-vous de l'après-midi. Quant à Philippe, il avait réglé les formalités avec l'inspecteur et le directeur de l'école.

– Thierry ! Nous sommes là, lui crièrent-ils.

Ils s'informèrent auprès de Catherine du déroulement de la matinée.

– C'est très difficile pour lui, mais il est étonnant.

L'adolescent était assis devant son clavier. Il essayait de se concentrer sur les notes de cours qu'il avait conservées, les plus importantes ayant elles aussi disparu avec son sac. Rien ne parvenait à capter son attention, mais s'il restait à ne rien faire, il sentait les ombres emplir sa chambre, s'infiltrer dans l'air ambiant et affoler son esprit.

Empressé de lui donner des nouvelles, son père grimpa l'escalier.

– Thierry, ils ont tout avoué !

– Tout ? questionna-t-il sans enthousiasme en se levant.

– Oui, tu te rends compte ? Du début de l'année jusqu'à aujourd'hui. Tout ! Les parents n'ont rien pu faire. C'est à la police de s'occuper du reste maintenant. Fini les menaces. Thierry, tu n'as plus à avoir peur. J'ai vu à qui tu as eu affaire.

À ces mots, il lui mit les mains sur ses épaules.

— Tous des lâches ! Le seul pour qui j'ai éprouvé un peu de sympathie, c'est le père de Luc. Il était vraiment démoli.

Le jeune garçon ne démontra aucune joie.

— Tu te sens bien ? Qu'est-ce qui te tracasse ?

Son père le regarda attentivement sans comprendre. Thierry hésita un peu puis il avoua :

— Luc, il m'a dit qu'à l'école…

— Ah ! ça ! Je t'ai dit ce matin que nous aurions une surprise pour toi.

— Oui.

Il attendit, fragile, prêt à protester :

« Non ! Pas un chien, supplia-t-il intérieurement. »

À ce moment, sa mère vint les rejoindre.

— Allô, chéri.

— Bonjour, tu ne travailles pas cet après-midi ?

— Non.

Elle s'adressa à son mari :

— Je crois que tu avais commencé à lui dire quelque chose d'important ?

Dans un geste routinier, Thierry alla prendre place près de la fenêtre, piqué par la curiosité.

— Mais c'est quoi ? insista-t-il.

— Que dirais-tu de venir passer le reste de la semaine avec moi. Tout est arrangé avec le directeur. Je lui ai dit que tu avais besoin de vacances. On ne t'en a pas parlé avant d'être sûrs.

– Toute une semaine !

– Peut-être plus…

– Maman va être seule !

– Oui, mais je vais être très occupée avec la maison.

Brûlant d'impatience, il les trouvait bien mystérieux. Il supplia :

– Mais vous allez me le dire à la fin ?

– On vend la maison ! s'exclama sa mère.

– Toi et moi, on en cherche une nouvelle avec de vrais voisins dans la ville où je vis en ce moment, enchaîna son père. Je promets de tout te décrire, dans les détails, l'intérieur comme l'extérieur. Je ne te cacherai rien.

– Et je vais vous rejoindre lorsque j'aurai réglé mon transfert d'hôpital, ajouta Laurence Roy.

– Il y a une très bonne école et tout ce dont tu peux avoir besoin, on verra à te le procurer. Qu'en dis-tu ? On voulait t'en parler, cette fois, surenchérit Philippe.

– C'est encore un déménagement, mais pour ma part maintenant, tout plutôt que de continuer à vivre ici ! dit sa mère.

Leur enthousiasme le gagna.

Son père continua :

– Tout cela n'a pas fait de moi un père idéal. J'ai des idées bien arrêtées, tu le sais. Mais passer aussi près de te perdre m'a fait comprendre à quel point je faisais fausse route.

– Je suis prête à tenter l'expérience, moi, précisa sa mère.

Tous les deux regardaient intensément leur fils, guettant sa réaction.

– Vivre ici, reconnut son père, j'ai compris que ça n'avait aucun sens.

Un premier souvenir lumineux s'imposa à Thierry. Il entendit distinctement le jappement joyeux de Lumino partager leur effervescence.

– Moi aussi, je suis prêt ! Moi aussi ! finit-il par répondre.

Remerciements

À Laurier, mon grand amour, complice de ma vie depuis trente ans.

À ma famille et mes amis pour leur soutien et leur encouragement. En particulier, Guylaine Bétit, Sarah Désaulniers et mon amie Cathie Garand pour l'aide apportée.

Merci aussi à M. Michel Lavoie, grâce à qui Thierry, mon héros, a pu voir le jour.

Table

Collection « Ado »

1. *Le Secret d'Anca*, roman, Michel Lavoie. Palmarès de la Livromanie 1997.
2. *La Maison douleur et autres histoires de peur*, nouvelles réunies par Claude Bolduc, avec Alain Bergeron, Joël Champetier, Michel Lavoie, Francine Pelletier et Daniel Sernine.
3. *La Clairière Bouchard*, roman, Claude Bolduc.
4. *Béquilles noires et flamants roses*, roman, Micheline Gauvin.
5. *La Mission Einstein*, nouvelles, Sophie Martin et Annie Millette. Prix littéraire jeunesse Vents d'Ouest 1996.
6. *Vendredi, 18 heures...*, roman, Michel Lavoie.
7. *Le Maître des goules*, roman, Claude Bolduc.
8. *Le Poids du colis*, roman, Christian Martin.
9. *La Fille d'Arianne*, roman, Michel Lavoie. Palmarès de la Livromanie 1998.
10. *Masques*, nouvelles, Marie-Ève Lacasse. Prix littéraire jeunesse Vents d'Ouest 1997; Prix littéraire *Le Droit* 1998.
11. *La Lettre d'Anca*, roman, Michel Lavoie.
12. *Ah! aimer...*, nouvelles réunies par Michel Lavoie, avec Claude Bolduc, Marie-Andrée Clermont, Dominique Giroux, Robert Soulières.
14. *La Liberté des loups*, roman, Richard Blaimert. Prix Cécile Gagnon 1998.
15. *Toujours plus haut*, roman, Louis Gosselin.
16. *Le Destin d'Arianne*, roman, Michel Lavoie.
17. *Amélie et la brume*, roman, Jacques Plante.
18. *Laurie*, roman, Danièle Simpson.

Réalisation des Éditions Vents d'Ouest (1993) inc.,
Gatineau
Impression : Imprimerie Gauvin ltée
Gatineau

Achevé d'imprimer en août
deux mille sept

Imprimé au Canada